Der Kräuterlehrling

Carina Troxler

D1675075

Inhalt

Eine Spukgeschichte am Frühstückstisch

„Ich hasse Kräutertee!“ Missmutig rührte Ben sein Getränk um und starrte wie gebannt in die dampfende Brühe vor sich. „Blödes Fieber“, fügte er maulend hinzu, legte den Teelöffel beiseite und griff nach der Cornflakespackung. „Ha, wie passend“, sagte er ironisch, nachdem er die Botschaft auf der Schachtel – *Der perfekte Start in den Tag* – kopfschüttelnd betrachtet hatte. Heute konnten ihm auch seine sonst so geliebten Knusperflocken den Tag nicht mehr versüßen. Beim bloßen Anblick wurde ihm sogar beinahe schlecht und er entschloss sich, seine Aufmerksamkeit wieder dem Tee zu schenken, der mittlerweile unangenehme Gerüche verbreitete.

„Mama, das stinkt!“, sagte er aufgebracht. „Das trinke ich nicht.“

„Tja, dann wirst du deine Erkältung wohl nie los“, sagte Resa, seine Mutter, und zuckte mit den Achseln. Ein mitleidiges Lächeln huschte über ihr Gesicht, als sie weiter in der Zeitung blätterte.

„Na und?“ Verärgert zerrte Ben an seinem Schal. „Boah, ist mir heiß. Und die blöden Aspirin-Tabletten wirken auch nicht.“

„Ach Ben“, murmelte Resa, faltete die Zeitung zusammen und erhob sich. „Trink deinen Kräutertee. Dann geht es dir bald wieder besser.“

„Mh. Bist du dir da sicher?“ Trotz seiner Übelkeit konnte Ben für einen kurzen Moment grinsen. Er wollte den Tee nicht trinken. Es ekelte ihn, in die Tasse zu schauen und eine heiße, leicht grünliche Suppe mit getrockneten Blättern zu erblicken. Um seiner Mutter dies nochmals zu verdeutlichen, roch er an dem Kräutertee und verzog daraufhin sofort die Nase.

„Ja, ich bin mir ganz sicher.“ Aufmunternd lächelte Resa ihn an. Sie meinte es ja nur gut, als sie ihm die Tasse hinschob und ihm sagte, er solle es doch trinken.

Aber damit hatte sie ihm keinen Gefallen getan. Ein Schauer lief ihm über den Rücken und er zuckte zusammen. „Pfui“, sagte er und schnitt eine Grimasse. Seine Zunge ließ er wie ein hechelnder Hund heraushängen. „Ich verdurste", rief er und bellte. Zumindest hörte es sich wie ein Bellen an. Tatsache war, dass er sich einen schlimmen Husten zugezogen hatte. *Wuff. Wuff. Wuff.*

„Ich möchte doch, dass es dir bald wieder besser geht." Resa setzte sich neben ihren Sohn und schob ihm einen Löffel Honig in den Mund.

„Geht das nicht auch ohne dieses Gebräu?", fragte Ben genervt und ließ die Tasse ein paar Zentimeter über den Küchentisch schlittern. „Ich trinke das nicht. Das kannst du vergessen."

Resa schüttelte den Kopf. „Stur wie dein Vater ...", murmelte sie. Sie schaute gekränkt auf die Tischplatte, um die Tränen, die sich in ihren Augen sammelten, zu verbergen. Schnell wischte sie sie weg, doch Ben konnte einen feuchten Fleck auf der Tischdecke erkennen. Er schluckte. Das hatte er nicht gewollt. Das war das erste Mal seit Langem, dass sie das Wort *Vater* in seiner Gegenwart gebrauchte. Seit dessen mysteriösem Verschwinden vor acht Jahren hatte sich vieles verändert.

Resa und Peter hatten sich bei Bens Geburt dazu entschlossen, dass nur noch einer der beiden Elternteile das Geld verdienen sollte. Da Peter als selbstständiger Rechtsanwalt arbeitete, wollte er seine eigene Anwaltskanzlei nicht aufgeben. Somit stand der Entschluss fest und Resa kündigte ihren Job als Altenpflegerin. Es war ein unbeschwertes Leben und Resa konnte sich von morgens bis abends um das Wohl ihres kleinen Kindes kümmern. Doch dann kam der Tag, der alles verändern sollte.

Es war ein gewöhnlicher Samstagmorgen bei Familie Ludwig. Ben saß am Frühstückstisch und knabberte an einem Croissant, als Peter fröhlich und gut gelaunt die Treppen herunterhüpfte und seine Angelausrüstung zusammensuchte. Er liebte das Angeln. Schon öfter hatte er seinen Sohn mit auf seine Touren genommen.

Ben erinnerte sich an ihren letzten gemeinsamen Ausflug: Mit ihrem quietschgelben Schlauchboot ruderten sie zur *Geisterinsel*, wie sie die Menschen im Volksmund immer nannten. Denn auf dieser Insel ging es angeblich nicht mit rechten Dingen zu. Die Menschen fürchteten sich vor Schauergeschichten, die von einem jungen Mädchen erzählten, das sich einst auf der Insel verlaufen hatte und ertrunken sein soll. Sie wurde nie wieder gefunden. Ob diese Geschichte wirklich der Wahrheit entsprach, wusste niemand so genau, doch die Tatsache, dass eine solche existierte, beunruhigte die Einwohner von Lucastadt. Außer Peter und Ben traute sich niemand auf die Insel.

„Diese Angsthasen“, hatte Ben schon mit seinen fünf Jahren gesagt und gelacht, als er zum ersten Mal mitdurfte. An Spukgeschichten glaubten er und sein Vater nicht und somit wurde die Geisterinsel ein ganz besonderer Ort für die beiden, ein geheimer Platz, an dem sie sich zum Angeln treffen und ihr Vater-Sohn-Leben genießen konnten ...

Am letzten gemeinsamen Ausflugstag schien die Landschaft nie schöner gewesen zu sein. Ben erinnerte sich noch genau daran, wie warm und weich der Sand gewesen war, auf dem sie es sich mit Handtüchern gemütlich gemacht hatten. Die Sonne lachte und ihre Strahlen streichelten ihn am ganzen Körper. Vögel flogen zwitschernd durch die Lüfte und sangen in den höchsten Tönen.

Einige Wolken versammelten sich über Ben und das helle Licht der Sonnenstrahlen versuchte, die verdunsteten Wassertröpfchen zu durchdringen. Ein Lichtspiel aus hellen Flecken schmückte seinen Körper und er schloss die Augen. Als sich eine große Wolke vor die warmen Sonnenstrahlen schob, öffnete er sie wieder.

„Sieh mal!“, sagte sein Vater, der eine Gestalt aus Wolkenschwaden erblickte. „Sie winkt dir zu! An wen erinnert dich diese Wolke?“

Ben schaute sie sich an und überlegte.

„An was dachtest du, als du sie zum ersten Mal am Himmel gesehen hast? Der erste Gedanke ist immer der, der aus deinem Herzen kommt. Merk dir das.“

Ben nickte. Er verstand seinen Vater gut. „Die Wolke erinnert mich an dich“, antwortete er bestimmt. Sein Vater lächelte und nahm ihn liebevoll in den Arm. Die Wolke verschwand und neue erschienen.

Sie stellten ihre Klappstühle an das Seeufer und warfen ihre Angeln in das Wasser. Ben mochte aufgespießte Fische am Haken genauso wenig wie sein Vater. Deswegen befestigten sie den Köder mit der Angelschnur so, dass die Fische munter fressen, sich aber nicht verletzen konnten. Den Haken hatten sie schon Jahre zuvor verschwinden lassen ...

An diesem Samstagmorgen wollte Peter also wieder zu der Insel.

„Dann gibt es heute Abend leckeren Fisch zu essen?", fragte Resa. Eifrig kritzelte sie auf ihrem Einkaufszettel herum.

„Ja", sagte Peter und zwinkerte Ben grinsend zu. Peter würde nach dem Angeln – beziehungsweise dem *Fischefüttern* – zum Supermarkt fahren und frischen Fisch kaufen. Denn von dem Pakt zwischen Vater und Sohn, was das Angeln mit Haken anbelangte, wusste Resa nichts.

„Darf ich mitkommen?", fragte jemand aufgeregt und zog an Peters Hosenbein.

„Ach Ben, du bist doch noch nicht mal richtig angezogen."

„Ich beeil mich!"

„Lass deinen Vater doch alleine gehen", rief seine Mutter aus der Küche.

Beleidigt verschränkte Ben seine Arme und schaute bockig zu Boden. Er fing an, laut mit den Füßen aufzustampfen und erhoffte sich dadurch, dass sein Daddy ihn doch mitnahm. Allerdings zog sich dieser schon seine Stiefel über die Hosen und wollte sich seine gute Laune nicht verderben lassen.

„Du bist gemein!", rief Ben.

„Es ist schon spät und ich möchte heute noch angeln. Das nächste Mal nehme ich dich dann wieder mit."

„Ich will aber heute mit!", quengelte der Junge.

„Ben! Es reicht! Du hast deinen Vater gehört", kam eine energische Stimme aus der Küche. Heulend schmiss sich Ben auf den Fußboden. Er hämmerte mit seinen Fäusten so fest auf den harten Untergrund, dass er sich wehtat und noch mehr Tränen über sein Gesicht kullerten.

Sein Vater tätschelte ihm den Kopf. „Das nächste Mal darfst du wieder mit. Versprochen."

Doch Ben wollte davon nichts hören. „Du bist so gemein."

„Ben, beruhige dich. Heute Abend siehst du deinen Vater wieder, er wird leckeren Fisch zum Essen mitbringen und das nächste Mal angelst du dann wieder deinen eigenen."

Doch an diesem Tag gab es keinen Fisch zum Abendbrot, denn sein Vater kam von dem Angelausflug nie zurück. Monatelang suchte man vergeblich nach ihm.

Er war spurlos verschwunden.

Seit diesem Datum gab es fast keinen Tag, an dem seine Mutter nicht rote, geschwollene Augen vom vielen Weinen gehabt hatte. Nur selten sprach sie mit Ben über ihre Gefühle. Lieber schloss sie sich in ihrem Schlafzimmer ein, drehte die Musik laut auf und ließ ihrem Kummer freien Lauf. Sie schämte sich für ihre Traurigkeit, die eigentlich nicht zu ihr passte, und ihr Sohn sollte sie auch nie zu Gesicht bekommen. Dieser kannte sie nur als lebensfrohen und lustigen Menschen – und so sollte es bleiben.

Manchmal erzählte sie von gemeinsamen Ausflügen oder von lustigen Besuchen beim Zahnarzt. Ihr Mann mochte den Kieferchirurgen nicht besonders und seine Erfahrungen waren immer nette Anekdoten für zwischendurch. Diese Geschichten zauberten Resa ihr bekanntes Lächeln ins Gesicht. Auch wenn der Name *Peter* darin vorkam, verhielt sie sich normal. Sie wollte ihrer Trauer keine Möglichkeit geben, die Oberhand zu gewinnen. Gegenüber ihrem Sohn durfte sie nicht freudlos oder deprimiert wirken.

Die Geschichte vom Wattebauschmann

Heute war es wieder so weit und Peter befand sich auf dem Weg zum Zahnarzt. Er war zehn Jahre alt und seine Mutter schickte ihn zum ersten Mal allein zur Untersuchung. Aus seiner Tasche kramte er einen zerknitterten Zettel hervor: *Freitag, 15 Uhr, Zahnarzttermin bei Herrn Doktor Meier.* Er schaute auf seine Armbanduhr. Noch zehn Minuten. Er überlegte sich, was er in der verbleibenden Zeit noch alles machen könnte. Nachdem er an einem Spielwarengeschäft vorbeigelaufen war, stand sein Entschluss fest.

Die Ladentür öffnete sich mit einem furchtbaren Geräusch und Peter hielt sich vor Schreck die Ohren zu. Beinahe hätte er sich auch seine Augen zugehalten. Der Laden war ein einziges Chaos, vollgestapelt mit Spielen, Puppen und Autos. Sein Mund stand sperrangelweit offen. Dennoch begab er sich vorsichtig ins Gewühl und wurde fündig. In der hintersten Ecke entdeckte er ein kleines, buntes Kästchen. Seine Hände grapschten begierig danach. Es war ihm egal, dass er dabei in Spinnennetze fasste und ein Weberknecht ihm den Arm hochkrabbelte.

Mit seinem Zeigefinger schnipste er den Langbeiner fort und kam mit der Kiste zurück in die Ladenmitte, denn nur an dieser Stelle befand sich eine Lampe, die ausreichend Licht spendete. Peter pustete die Staubschicht von seinem ergatterten Fund und öffnete diesen neugierig.

Die Enttäuschung war groß. Das Kästchen war leer. Seltsam. Er rüttelte und schüttelte das Ding, doch nichts passierte. Mit seinem Finger pulte er an dem rot leuchtenden Stoff der Schatulle herum. Es knackte und Peter schaute neugierig hinein. Sein Gesicht war nur noch wenige Zentimeter von der Schachtel entfernt. Plötzlich kam etwas auf ihn zugeschossen.

Vor Schreck ließ der Junge das Kästchen fallen, das mit einem klirrenden Geräusch zu Boden fiel. Er hockte sich hin und erblickte einen Clown, der an einer Feder befestigt war und fröhlich wippte.

Verärgert rieb sich Peter die Backe und stellte das gemeingefährliche Ding zurück zu seinen achtbeinigen Freunden in die staubige Ecke.

Als er wenig später auf dem Zahnarztstuhl saß, begrüßte ihn ein älterer Mann in weißem Kittel und mit Mundschutz freundlich. „Na, was hat der Patient für ein Problem?", wollte er wissen.

„Keins", erwiderte Peter trotzig. „Ich soll nur zur Untersuchung kommen."

„Na, dann wollen wir mal sehen." Peter öffnete seinen Mund und der Doktor schaute hinein. „So, so", murmelte der Arzt schmunzelnd und holte einen Wattebausch aus seiner Wattebauschsammlung. Diesen tunkte er in eine rote Flüssigkeit. Entsetzt blickte der Junge in das freundliche Gesicht des Mannes, der ihm das weiche Ding in den Mund schob und etwas betupfte.

Es tat höllisch weh und Peter zuckte zusammen. „Lächelnde Ärzte, die einem Schmerz zufügen, sind die schlimmsten", dachte er und schenkte dem Wattebauschmann seinen feindseligsten Blick.

„Was hast du denn gemacht?", wollte dieser von ihm wissen.

Die Situation war dem Jungen peinlich. Peter wusste ganz genau, dass er sich versehentlich aufs Zahnfleisch gebissen hatte, als der blöde Clown ihn an der Backe erwischt hatte. Doch das konnte er unmöglich dem lächelnden Wattebauschmann vor sich erzählen. „Keine Ahnung", sagte er deshalb, sprang von dem Stuhl und verabschiedete sich von dem Arzt, der ihm schmunzelnd hinterherschaute.

Diese Geschichte hatte Resa ihm oft erzählt, weil Ben große Angst vor Ärzten gehabt hatte.

„Wenn Peter gleich zum Arzt marschiert wäre, ohne sich von etwas aufhalten zu lassen, hätte er sich nicht selbst verletzt", hatte Resa immer gesagt. „Und was lernt man aus dieser Geschichte?"

„Halte dich fern von Clowns!", hatte Ben darauf geantwortet und zu lachen begonnen.

Es waren Momente, in denen sie glücklich waren, ohne dass der Schrecken der Vergangenheit sie einholte. Augenblicke, die blitzartig kamen und genauso schnell wieder verschwanden.

Nachdem Resa einsehen musste, dass ihr Mann nie wieder zurückkommen würde, suchte sie nach einer Anstellung. Es war leichter gedacht als getan, denn sie hatte schon seit Jahren nicht mehr gearbeitet. Jetzt hieß es Schulbücher wälzen und pauken.

Amüsiert setzte sich ihr Sohn zu ihr und machte seine Hausaufgaben. „Soll ich dir helfen?“, fragte er ab und zu, doch Resa schüttelte nur lachend den Kopf.

Bis tief in die Nacht saß sie an ihrem Schreibtisch und lernte. Sie bemerkte nicht, wie ihr Sohn an der Tür lehnte und sie beobachtete. Auch wenn er erst acht Jahre alt war, erkannte er den Kummer seiner Mutter, die verzweifelt versuchte, den Lebensstandard beizubehalten, den ihr Sohn gewohnt war. Sie besuchte Lehrgänge und konnte bald darauf wieder als Altenpflegerin arbeiten. Alles konnte sie jedoch nicht bewahren, denn Peter war für immer verschwunden und mit ihm das fröhliche Familienbeisammensein. Resa war plötzlich eine alleinerziehende Mutter und musste Ben immer häufiger allein lassen. Es war eine schlimme Zeit, denn den leeren Platz des Vaters konnte Resa nicht besetzen.

Abends lag Ben oft lange wach im Bett und fragte sich, ob Peter wohl im Himmel war und ihn von oben aus beobachtete. Vielleicht spielte er mit Fleckchen, seinem Kaninchen, welches ein Jahr zuvor gestorben war. Dann musste der Vater sich in dem unendlichen Wolkenreich nicht langweilen.

„Mama“, fragte Ben eines Abends. „Was ist, wenn der liebe Gott Papa nicht finden kann? Schließlich hat ihn die Polizei ja auch nicht finden können.“

Resa war daraufhin für einen kurzen Moment innerlich zusammengezuckt. „Der liebe Gott ist ein kluger Mann“, hatte sie dann gesagt und Ben in den Arm genommen.

Doch das war jetzt schon acht Jahre her.

Resa schluckte und mit einem Mal erhob sie sich. Erstaunt schaute Ben in ihr Gesicht, welches eine leicht rötliche Farbe angenommen hatte. Sie fing tatsächlich an, den Abwasch zu machen und die Küche aufzuräumen, als wäre nichts gewesen. Mit mahnender Stimme forderte sie Ben abermals auf, endlich seinen Tee zu trinken. „Dein Tee wird kalt“, sagte sie mit einem drängenden Unterton.

„Hmm“, murmelte er in seinen nicht vorhandenen Bart. Ben rührte weiterhin seinen Kräutertee. Mittlerweile bildete sich ein kleiner Strudel vom vielen Drehen. Doch das störte ihn nicht. Sollte das Gebräu doch überschwappen. Es war ihm egal. Er würde warten, bis seine Mutter aus der Küche gegangen war, und es dann wegschütten, so wie jedes Mal, wenn er krank war.

Aber an diesem Tag fand Resa großen Gefallen am Geschirrspülen und Abtrocknen. Sie holte sogar saubere Teller aus dem Schrank, um sie zu waschen, mit der Begründung, sie wären eingestaubt gewesen. Im Schneckentempo öffnete sie Türen und Schränke und stellte sich auf Hocker und Stühle, um an die obersten Regale heranzukommen.

Als sie das geschafft hatte und Ben glaubte, dass seine Mutter nun vom Putzen genug hätte, kam sie auf die Idee, sie könnte auch noch das Besteck glänzend polieren.

Das ärgerte Ben. Er wusste ganz genau, dass seine Mutter nur darauf wartete, dass er den Tee trank. Mit Unschuldsmiene lächelte sie ihn an.

Durch seine Wut und die Hitze, die sein Körper wegen des Fiebers verströmte, rührte er das Getränk so schnell, dass Spritzer in alle Richtungen flogen. Der Strudel wurde immer größer und entpuppte sich als kleine Sturmflut in Bens Tasse.

Plötzlich geschah etwas Seltsames. Durch die Wirbel sah es aus, als würde ein Tunnel in seiner Tasse entstehen. Die Flüssigkeit bewegte sich in Richtung des Tassenrandes und offenbarte mittig einen Weg. Einen Weg in das dunkle Unerreichbare. Einen Weg in das Innere der Tasse.

Interessiert hob Ben seinen Becher und schaute neugierig hinein. Er nahm einen starken Druck auf seinen Ohren wahr. Das Gefühl erinnerte ihn an die *Flugzeugkrankheit*, wie er sie gerne nannte. Denn beim Start des Flugzeuges waren seine Ohren wie verschlossen. Es war ein seltsames Gefühl. Geräusche um sich herum nahm er nur verschwommen wahr und sein eigenes Zähneknirschen hingegen viel lauter als normalerweise. Im Flugzeug musste er deswegen immer auf Kaugummis kauen, was aber keinesfalls eine eklig schmeckende Medizin war. Ganz im Gegenteil. Für diese Reisen kaufte seine Mutter immer ganz besondere Kaugummis. Sie waren blau-grün gestreift und zuckersüß, echt lecker und ungesund. Täglich durfte der Junge diese nicht essen. Leider.

Aber genau einen solchen Druck spürte Ben jetzt auch. Er brauchte einen Kaugummi. Dringend. Hektisch wühlten seine Hände in den Taschen des Bademantels, sie fanden aber nur ein altes, verklebtes Bonbon. Wie appetitlich! Aber egal. Hauptsache, der Druck auf seinen Ohren verschwand. Und schon steckte er das klebrige Ding in seinen Mund. Es schmeckte abscheulich. Das Verfallsdatum war sicherlich schon seit Ewigkeiten abgelaufen und helfen tat es auch nicht. Die Flugzeugkrankheit schien sich sogar noch zu verschlimmern.

Auf einmal spritzte es heftig und er wurde in einen riesigen Strudel gesogen. Ben traute seinen Augen nicht. Vor lauter aufbrausendem Tee konnte er nichts erkennen. Wo war er gelandet? Um ihn herum war überall eine warme Flüssigkeit, die sich um seinen Körper legte und ihn in die Finsternis trug. Überall riesige Wellen. Nirgends konnte er ein Ende sehen.

Es schien, als würde von allen Seiten immer neue Flüssigkeiten hinzugeschüttet werden. Die Wassermassen peitschten ihm um die Ohren und er versuchte mit aller Kraft, an der Oberfläche zu bleiben.

Verzweifelt rief er: „Hilfe! Hört mich jemand? Bitte helft mir doch! Hilfeeeeee!"

Doch es schien zwecklos, denn er war allein. Er erblickte Strömungen, die sich mit einer atemberaubenden Geschwindigkeit bewegten und auf ihn zukamen.

Ihm wurde schlecht und das Bonbon in seinem Mund verstärkte dieses Gefühl. Das Wasser schien überall zu sein. Er war sich nicht einmal mehr sicher, ob oben wirklich über ihm war oder ob er auf dem Kopf schwamm. Verzweifelt kämpfte er gegen das Wasser ... und seine Übelkeit. Deutlich spürte er, wie sich sein Mageninhalt in die entgegengesetzte Richtung bewegte und er aus Reflex würgte. Er spuckte das Bonbon aus. In diesem Moment schluckte er Wasser. Er hustete, doch in seinen Mund drang immer mehr Flüssigkeit.

Panisch strampelte er mit seinen Armen und Beinen, doch seine Kräfte ließen nach. Seine Arme wurden schwer und er wusste, dass er sich nicht länger halten konnte.

Auf einmal wurde er von den großen Wassermengen in die Tiefe gerissen. Mit letzter Kraft blickte er hinauf zu der angenommenen Oberfläche und versuchte abermals, in diese Richtung zu schwimmen, doch seine Arme konnten nicht mehr.

Der große Mann

Ben rieb sich die Augen. Wo war er? Er versuchte verzweifelt, sich die letzten Ereignisse ins Gedächtnis zu rufen, aber das Einzige, an das er sich noch erinnern konnte, waren die schweren Wassermassen, die ihn in die Tiefe gezogen hatten.

Stechende Hitze schlug ihm ins Gesicht. Er blinzelte in das helle Sonnenlicht und kniff die Augen leicht zusammen, um etwas zu erkennen. Trotz der glänzenden Strahlen kam ihm der Himmel grau und finster vor. Das Licht war unheimlich grell, als ob jeden Moment ein Gewitter losbrechen würde. Doch am Himmel war keine Wolke zu erkennen. Die Gegend schien sehr trocken und unbewohnbar. Gräser pikten ihn in den Rücken.

Langsam und mit schmerzenden Gliedern erhob sich Ben aus seiner Liegeposition. Alles tat ihm weh. Mit seinen Fingern strich er über den ausgedorrten Untergrund. Staub stieg ihm in seine Lunge und er musste husten. Zu seiner Verwunderung musste er nicht bellen. Der Schleim im Rachen, der ihm in den letzten Wochen so zu schaffen gemacht hatte, war auf mysteriöse Weise verschwunden. Auch sein Kopf fühlte sich wieder normal an – keine Kopfschmerzen. Er war wie durch Zauberhand geheilt.

„Was ist nur geschehen?“, fragte er sich.

Schlaftrunken musterte er seine neue Umgebung. Er befand sich inmitten einer Gegend, die groß und endlos erschien. Weit und breit war kein Haus zu sehen. Nur trockenes, verdorrtes Gras.

Um sich zu vergewissern, dass er nicht träumte, kniff er sich in den rechten Oberarm. Es ärgerte ihn, als er einen kurzen Schmerz verspürte und er sich sicher sein konnte, dass er nicht schlief. Zu gern hätte er jetzt einfach nur die Augen geöffnet, als wäre er aus einem bösen Traum erwacht. Aber es war kein Traum. Diese triste Gegend war real. Leider.

Etwas unbeholfen erhob er sich und lief tapsigen Schrittes vorwärts. Dann machte er kehrt und lief orientierungslos zurück.

„Ich will hier weg. Ich will hier weg. Ich will hier weg", murmelte er. Blöderweise übersah er dabei eine Wurzel, die unverschämt aus der Erde ragte und sich um seinen Fuß klammerte. Natürlich musste es so kommen ... Ben blieb hängen und fiel zu Boden. Dumpf schlug er mit dem Kopf auf der harten Erdschicht auf. „Verdammt noch mal, was ist hier los? Was ist mit mir los?"

„Steh auf!", rief plötzlich eine raue Stimme dicht hinter ihm.

Ruckartig drehte sich Ben um und erblickte einen alten Mann mit grauem, langem Bart. „Um Himmels willen. Na, Sie haben mich aber erschreckt", sagte Ben und hielt seine Hand vor die Brust.

„Das habe ich mir erhofft", sagte der Mann schroff und fuhr sich durch die struppigen Haare. „Was haben die mir nur für einen schmächtigen Lehrling geschickt ...", brummte er.

„Was haben Sie gerade gesagt?", fragte Ben. Mit großen Augen musterte er den Mann. So viele Narben und Schrammen hatte er selten gesehen. Eine Narbe war größer als die andere. Eine besonders tiefe Wunde war knapp über der rechten Augenbraue zu erkennen. Diese zuckte leicht, als der Mann auf Ben herabschaute. Tatsächlich traf es *Herabschauen* ziemlich genau. Der Mann war mindestens zwei Meter und 50 Zentimeter groß.

„Durch eine normale Tür kann der Riese bestimmt nicht gehen", dachte Ben. „Sicherlich muss er immer den Kopf senken. Vielleicht leidet er durch seine Größe sogar unter Rückenschmerzen."

Das tat dem Jungen schon beinahe leid. Ben hatte sich immer gewünscht, nur fünf Zentimeter größer zu sein. Es wäre so viel praktischer gewesen. Er erinnerte sich an lange Einkaufsnachmittage mit seiner Mutter, die ohne Vorankündigung in kleinen Boutiquen und hinter großen Kleiderständern verschwunden war. Ein Hinterherkommen schien ihm unmöglich, doch mit wenigen Zentimetern mehr hätte er seine Mutter vielleicht erspähen können. Dann hätte er auch den kritischen Blick von Resa beobachten können, wie sie Kleiderstücke in die Höhe hob und sie musterte. Es war ein amüsantes Bild und der Höhepunkt eines jeden gefürchteten Shoppingabenteuers. Frauen verbrachten für Bens Geschmack viel zu viel Zeit mit dem Anprobieren von Klamotten. Das gleiche Szenario spielte sich in der Männerwelt viel geregelter ab. In den Laden rein. Auswählen. Anprobieren. Loben. Fertig. Und dann ab in den nächsten Elektronikladen, denn dort gab es mit Sicherheit ein ganz neues, heiß begehrtes Computerspiel, welches getestet werden musste. Auch der riesige Mann, der nun vor ihm stand, verbrachte sicherlich nicht viel Zeit mit Kleidung. Er trug ein olles weißes Leinenhemd, welches er vermutlich seit Ewigkeiten besaß. Schon an mehreren Stellen war es geflickt worden. Allerdings nicht mit weißen, sondern mit grünen, blauen, gelben und roten Fäden. Das Hemd lag sehr eng an seinem Körper und die Knöpfe schienen dem Umfang des Bauches nicht mehr lange gewachsen zu sein.

„Was sitzt du hier eigentlich noch so herum? Ich sagte, dass du aufstehen sollst!" Der große Mann packte Ben am Kragen und zog ihn mit einer unmenschlichen Leichtigkeit hoch. Er hielt ihn sich so vors Gesicht, dass Ben ihm direkt in die Augen schauen konnte. Verdattert sah er den großen Mann an. Der Herr machte ihm Angst. Wie konnte dieser nur so schnell hinter ihm stehen, wo doch ein paar Minuten vorher niemand zu sehen gewesen war? „So, so", sagte der große Mann. „Du bist also mein neuer Lehrling." Er musterte ihn amüsiert und beäugte ihn von Kopf bis Fuß.

Dann ließ der große Mann seinen Schützling los und der Junge fiel auf den Boden. Zum zweiten Mal am heutigen Tag schlug Ben mit dem Kopf auf dem steinharten Boden auf. Entrüstet blickte er in das vernarbte Gesicht des Unbekannten. Wie konnte man jemanden nur so herzlos fallen lassen? Doch anstatt sich für sein Verhalten zu entschuldigen, fing der große Mann an zu schmunzeln. Aus dem Schmunzeln wurde schnell ein lautes und verspieltes Lachen. Freundschaftlich streckte er Ben seine Hand entgegen. Der Junge ergriff sie zögernd und wurde hochgezogen.

„Ich bin Kumbold", stellte sich der große Mann vor. „Und mit wem habe ich das Vergnügen?"

„I...", stotterte Ben vor sich hin.

„Lernt man in deiner Welt heutzutage nicht einmal mehr sprechen?", fragte Kumbold kopfschüttelnd und schmunzelte weiter vor sich hin.

Ben schaute peinlich berührt zu Boden. Es hatte ihm die Sprache verschlagen, worüber er sich sehr ärgerte. Sonst bekam er doch auch immer den Mund auf. In der Schule galt er als der Redekünstler schlechthin und wurde bei Vorträgen immer als Erster gewählt. Das Besondere an seinen Vorstellungen war nicht die mühevoll gestaltete Power-Point-Präsentation oder das Tonband, mit dem er Lieder vorspielte. Es waren die Wörter, mit denen er experimentierte und die er auf außergewöhnliche Art und Weise betonte.

Doch momentan befand er sich in keinem Klassenzimmer – auch wenn es ihm seltsamerweise lieber wäre, jetzt einfach in dem gefürchteten Matheunterricht von Frau Hämpel aufzuwachen. Eine Entschuldigung für sein unmögliches Verhalten, im Unterricht zu dösen, vor sich hinzubrabbeln, erschien ihm so viel einfacher als eine Unterhaltung mit dem großen Mann. Er wusste nicht, wie er sich verhalten sollte. Er kannte weder Kumbold noch die Gegend. Außerdem fragte er sich, wie er hierhergelangt war und was der Mann mit *Lehrling* meinte.

„Ich bin Kumbold, der bekannteste Kräutermeister im ganzen Land", sagte der Mann, als ob er Bens Gedanken gelesen hätte. „Und du bist hier, weil du der Auserwählte bist. Du wurdest auserkoren, um ein genauso berühmter Kräutermeister zu werden ... oder zumindest ein halb so guter."

Ungläubig musterte Ben Kumbold, der sich als Berühmtheit ausgab. Er wusste nicht, was er von diesem *prominenten* Fremden halten sollte. Von Bescheidenheit hatte dieser Typ wohl noch nichts gehört.

„Komm mit!" Kumbold ging mit erstaunlich schnellen Schritten voran. Mit jedem Schritt, den er machte, hinterließ er einen tiefen Fußabdruck. Ruckartig drehte er sich um, als er bemerkte, dass Ben ihm nicht folgte. „Das Gehen muss ich dir aber nicht beibringen, oder?"

„Was bildet sich der Kräutermeister eigentlich ein?", ging es Ben durch den Kopf. „Ich lasse mich doch nicht wie ein Sklave behandeln, nur weil sich der Typ als Star ausgibt ..." In der Theorie plante er, endlich seinen Mund zu öffnen, um zu zeigen, was er konnte. Er konnte schließlich reden und auch gehen, doch in der Praxis sah das etwas anders aus. Der Lehrling stand wie angewurzelt da und schüttelte verwirrt den Kopf. Er wollte dem Kräutermeister so viele Fragen stellen, doch er traute sich nicht. Das war doch nicht zu fassen! Dieser Mann vor ihm schien so groß und stark und er dagegen so klein und schmächtig. Noch nie in seinem Leben hatte er sich so winzig und eingeschüchtert gefühlt. Am liebsten hätte er einfach losgeschrien, sich auf den Boden plumpsen lassen und wild auf den Untergrund geklopft, so wie in seinen frühen Kindheitsjahren. Wenn ihm etwas nicht gepasst hatte, er sauer oder auch ängstlich war, versuchte er immer, durch dieses Trommeln auf sich aufmerksam zu machen, um zu zeigen, dass er auch noch da war. Seine Mutter hatte sich dann immer zu ihm umgeschaut und ihn liebevoll in den Arm genommen, um sich für ihr Verhalten zu entschuldigen, dass sie sich für einen Moment mal nicht mit ihm beschäftigt hatte. Seine Mutter! Doch sie war nicht da. Niemand war da – außer diesem seltsamen großen Mann.

„Sag mal, willst du hier Wurzeln schlagen? Du sollst mitkommen." Abermals wurde Ben aus seinen Gedanken gerissen und plötzlich schien alles wieder zu funktionieren. Seine Füße bewegten sich und er lief dem Meister hinterher.

„Wie heißt du?", fragte der ihn nun das zweite Mal.

„Ben", antwortete er etwas leise und zurückhaltend.

„Wie?"

„Ben", antwortete er genervt.

„Was?"

„Ich heiße Ben!", schrie er Kumbold schon beinahe ins Gesicht.

„Ben. Weißt du, warum du hier bist?" Wahrheitsgemäß schüttelte der Junge den Kopf. „Du bist hier in Ventya, dem wundervollsten Land auf der ganzen Welt. Hier sind die unterschiedlichsten Tiere und Pflanzen zu Hause. Die Bewohner Ventyas pflegen diese auf liebevolle Art und Weise und sorgen für deren Erhaltung. Es ist ein Geben und Nehmen. Die Bewohner versorgen die Pflanzen mit Nährstoffen, die sie zum Leben brauchen, und erhalten dafür wertvolle Lebensmittel", sagte der Meister stolz.

Ungläubig schaute sich Ben um. Wollte der Mann ihn auf den Arm nehmen? Er sah weder Tiere, Pflanzen noch Menschen. Was erzählte der Herr da?

Von dem skeptischen Blick des Jungen ließ sich Kumbold nicht aus der Fassung bringen und plauderte munter weiter. „Ventya ist ein traumhaftes Land mit vielen Tieren, einzigartig blühenden Pflanzen und netten Bewohnern. Du wirst es lieben mit all seinen Facetten."

„Okay", dachte Ben, „ist die Dauerwerbesendung nun bald vorbei?" Vermutlich wollte der Meister ihm das traurige Gebiet schmackhaft machen, doch er konnte ihn nicht für dumm verkaufen. Er hatte schließlich Augen, die die Lügen des Mannes nicht abkauften. „Wer wohnt denn hier?", wollte er deshalb wissen.

„Jeder, der hier wohnen will", antwortete der Meister, der den

Jungen amüsiert beobachtete. „Fliegende Elfen wohnen in Blüten und singen den ganzen Tag. Zauberhafte Töne versüßen deine Ohren. Die Zwerge höhlen das Innere der Bäume aus und gestalten sie zu ihrem Zuhause um und griesgrämige Kobolde können dir manchmal deine gute Laune nehmen und den ganzen Tag versauen." Er lachte und blickte zu seinem Begleiter hinunter. Dieser musterte ihn ungläubig. „Glaubst du mir etwa nicht?", hakte der Meister nach.

Was sollte der Junge auch glauben? Außer dem verdorrten Gras gab es hier nichts Sehenswertes. „Vielleicht ist der Mann einfach verwirrt und lebt in seiner eigenen Welt", dachte Ben.

Als Kumbold keine Antwort bekam, fragte er abermals: „Glaubst du mir die Geschichte?"

Der Junge sah dem Meister lange ins Gesicht und sagte dann: „Nein." Einfach nur Nein. Ohne Begründung.

„Warum glaubst du mir nicht?" Kumbold beugte sich zu Ben.

„Weil es keine Fabelwesen gibt", sagte der Junge schroff.

„Und wer sagt das?"

„Das sagen alle." Er presste seine Lippen aufeinander und schaute den Meister verärgert an. „Was sollen diese Fragen?", dachte er. „Es hört sich fast wie ein Verhör an." Er erinnerte sich an die Verhandlungen, die seine Mutter wegen des seltsamen Verschwindens seines Vaters besuchen musste. Jedes Mal saß sie mit verheulten Augen vor dem Richter und berichtete die Geschichte, die ihr Herz bluten ließ. Es waren die Erinnerungen an den letzten Tag, die so sehr schmerzten, und es waren Erinnerungen an die glückliche Vergangenheit, die sie so sehr vermisste.

„Wieso glaubst du das, was alle glauben? Warum hast du keine eigene Meinung?"

„Weil niemand sie hören wollte", antwortete der Junge knapp.

Das Gericht wollte ihn nicht hören. Seine Mutter weinte und er konnte nichts dagegen unternehmen. Sie wollten ihn nicht befragen, dabei wusste er doch auch über alles Bescheid. Er hätte genau dasselbe wie seine Mutter erzählen und sie entlasten können. Doch wer glaubte einem achtjährigen Kind? Dieses war viel zu klein, um sich mit der Situation auseinanderzusetzen. Doch genau dieses kleine Kind schien den Durchblick zu haben, denn es machte die Augen auf, um etwas zu sehen, was niemand sehen wollte. Es gab eine Information, die nur das Kind selbst kannte. Diese gehörte zu dem Pakt zwischen Vater und Sohn, und als Ben erklären wollte, dass er sich sicher sei, dass sein Vater noch lebte, schüttelte der Richter nur mit dem Kopf. Er wollte Beweise sehen und wollte wissen, warum der Junge daran glaubte.

Daraufhin hatte Ben gesagt: „Weil ich die Hoffnung nicht aufgegeben habe und weil ich fest daran glaube, dass es etwas geben muss, das meinen Vater inspiriert hat. Dorthin ist er gegangen. In seine eigene Welt, in der es keine bösen Menschen gibt." Dabei schaute er dem Richter in der schwarzen Robe zornig ins Gesicht, so als wollte er damit andeuten, dass er das Verhalten des erwachsenen Mannes nicht tolerierte. In diesem Moment schien er, der kleine Junge mit seiner durchlöcherten Hose und dem Zeigefinger in der Nase, der Erwachsene zu sein, der einem unwissenden Kind die Welt erklären wollte.

„Warum wollte niemand deine Meinung hören?", fragte Kumbold.

„Weil ich nur ein dummes, kleines Kind war."

Der Junge hatte aufgehört zu träumen, denn seine Traumwelt war geplatzt. Und wer war schuld? Es war nicht nur der Richter, der ihm mit übertriebener Fürsorge erklärte, dass sein Vater nicht wiederkommen würde. Auch seine Großmutter Frieda war schuld. Bei ihren wöchentlichen Besuchen zu Kaffee und Kuchen bedauerte sie jedes Mal zutiefst den Verlust des Vaters und tätschelte den Kopf des Jungen, der daraufhin aufgebracht aus dem Zimmer lief. Er schrie, dass sie alle lügen würden, dass sie alle nicht sehen konnten, was wirklich los war. Letztendlich wurde er zu einem Psychologen gebracht, der ihm am allerwenigsten helfen konnte. Was nützte es dem Jungen, über seine Probleme durch den Tod seines Vaters zu reden, wenn es keine Probleme diesbezüglich gab? Schließlich glaubte er, dass sein Vater noch lebte, doch das verstand niemand. Niemand!

„Hast du schon mal etwas von Zwerganien gehört?"

Ben schüttelte den Kopf.

„Es ist das Land, in dem die Zwerge leben. Dort wohnte auch

Wunibald, den du demnächst kennenlernen wirst. Er war mit der damaligen politischen Lage in seiner Heimat nicht einverstanden und sagte öffentlich seine Meinung, die jedoch nicht angenommen wurde. Letztendlich ging in seinem Land alles den Bach runter, so wie er es prophezeit hatte. Doch niemand wollte ihn hören ... außer Ventya. Und nun ist er hier." Kumbold streckte seine Arme aus und drehte sich leicht. „Dieser Ort ist magisch. Jeden Tag kommen mehr Bewohner der unterschiedlichsten Art hierher. Sie kommen, weil sie mit ihrem Leben nicht zufrieden sind, die Hoffnung aber noch nicht aufgegeben haben, dass es irgendwo einen Platz geben müsse, an dem sie freundlich empfangen würden. Es gibt die verschiedensten Gründe."

Bewohner der unterschiedlichsten Art. Was meinte Kumbold damit? Vermutlich dachte sich der Meister das alles nur aus, genau wie die zahlreichen Pflanzen und Tiere, die es hier geben sollte.

„Tut mir leid", sagte Ben deshalb.

Kumbold seufzte. Der Junge glaubte ihm nicht. Irgendetwas schien ihn zu beschäftigen, was ihn zutiefst bedrückte.

„Ich sehe weder Pflanzen noch Tiere", sagte Ben.

Der Meister nickte traurig. „Was dies betrifft", sagte er, „muss ich dir recht geben. In diesem Teil des Landes treiben seit einiger Zeit seltsame Wesen ihr Unheil. Seitdem sind Pflanzen verdorrt und die Bewohner Ventyas geflüchtet."

„Was sind das für Wesen?" Auf einmal wurde der Junge hellhörig und starrte mit offenem Mund den Meister an.

„Wenn ich das wüsste ..." Der Kräutermeister schüttelte den Kopf. „Sie hausen im Dunkelwald. Keiner, der sich je dorthin gewagt hat, kam zurück. Doch jetzt bringe ich dich erst einmal in eine schönere Gegend als dieses tote Gebiet."

Der Junge zuckte teilnahmslos mit den Achseln und richtete seinen Blick starr nach vorne.

Sie kamen an einen schmalen Feldweg und folgten diesem. Ben verstand nicht, was er mit dieser Geschichte zu tun hatte. Warum gerade er in diesem Land war und was er hier sollte. Fragend schaute er den Kräutermeister an, doch dieser schien ihn nicht zu beachten. Kumbold betrachtete die Gegend und schüttelte traurig den Kopf. Ben räusperte sich, doch der Kräutermeister schenkte ihm keine

Aufmerksamkeit. Mit zittrigem Finger tippte Ben den Mann an seinem Arm an, aber dieser bemerkte die Berührung nicht. „Hey. Ich bin auch noch da“, sagte Ben verärgert.

Verwundert drehte sich Kumbold um, erblickte trockene, eingestaubte Sträucher, die ihre Blüten hängen ließen, schüttelte abermals den Kopf und wandte sich wieder nach vorne.

Neben ihm fing Ben zu winken und zu rufen an: „Hallo. Hier bin ich!“

Der Blick des Kräutermeisters streifte nun das verdorrte Land auf der linken Seite. Von der rechten Seite ertönte genervtes Rufen. Ben fuchtelte wild mit seinen Händen herum, um auf sich aufmerksam zu machen.

„Was tust du da?“, fragte der Kräutermeister ungläubig und schaute in die Ferne.

„Sie beachten mich nicht.“

„Warum sollte ich das tun?“

„Gegenfrage: Warum bin ich hier?“

„Das habe ich doch schon gesagt.“

„Nein. Haben Sie nicht.“

„Du hörst mir nicht zu!“

„Doch! Ich habe Ihnen zugehört!“

„Wenn du mir zugehört hättest, würdest du mir nicht diese Frage stellen.“

„Okay, Kumbold. Könnten Sie Ihre Aussage noch einmal für mich wiederholen?“

„Warum sollte ich das tun?“

„Damit ich endlich weiß, warum ich hier bin!“ Ungeduldig stampfte Ben mit seinen Füßen auf und kickte einen Stein aus dem Weg.

Doch Kumbold antwortete ihm nicht mehr. Stattdessen drehte er sich zu ihm und schaute ihn eindringlich an, als wollte er sagen: „Das musst du schon allein herausfinden.“

Langsam wurde es dunkler. Ben fragte sich allmählich, wie lange sie wohl noch gehen würden, denn weit und breit sah er nur das verdorrte und triste Land. Wohin wurde er gebracht?

Als könnte der Fremde Gedanken lesen, sagte er: „Wir sind gleich da. Siehst du den Wald dort vorne?“ Er zeigte mit dem Finger in die

Richtung.

Ben blinzelte. In der Finsternis konnte er keine Umrisse erkennen. Erst jetzt fiel ihm auf, wie schnell die Dunkelheit hereingebrochen war. Und tatsächlich! Wenn er sich anstrengte und genauer hinsah, erkannte er einen Wald, dem sie sich langsam näherten. Dann hatte der Mann vielleicht doch nicht gelogen, als er von Ventya so sehr geschwärmt hatte.

„Leg dich hierhin!", befahl Kumbold, als sie an einem baumähnlichen Gegenstand vorbeikamen.

„Warum?", fragte Ben.

„Möchtest du nicht schlafen?"

„Oh." Er fühlte sich tatsächlich sehr müde durch das Marschieren. Er gähnte und merkte, wie seine Augen langsam schwer wurden. Mit ausgestreckten Händen versuchte Ben, den Baum zu ertasten. Er fühlte eine raue Oberfläche mit Einkerbungen, die einer Baumrinde ähnelte. Langsam tastete er sich voran und kniete sich vorsichtig nieder, um kleine Pflänzchen auf dem Boden zu verteilen, die er in der Dunkelheit ergreifen konnte. Die Erde fühlte sich etwas feucht an und die Temperatur sank.

Langsam ließ er sich in sein selbst kreiertes Bett fallen. Noch immer quälte ihn die Frage, wie die Dunkelheit so schnell unbemerkt hereingebrochen war. Vor wenigen Minuten konnte er noch alles sehen und nun war es so finster, als wäre die Sonne für immer verschluckt und als würde kein Mond existieren. Er wandte seinen Blick dem Himmel zu, doch er konnte weder den Mond noch die Sterne erkennen. Vermutlich war er zu müde und erschöpft, um noch etwas wahrzunehmen.

Bei den frechen Schmetterlingsfrauen

Unfreundlich wurde Ben aus seinen Träumen gerissen. Kleine, fliegende Wesen zogen an seinen Ohren und ihre leisen, hohen Stimmchen riefen immer wieder wirr durcheinander: „Wer ist das?" Sie zeigten mit ihren zarten Puppenfingern auf ihn und diskutierten laut in der Runde.

„Ich habe ihn hier noch nie gesehen", sagte eine Elfe und beäugte ihn argwöhnisch.

„Ich auch nicht!", antwortete die nächste und schaute ihn schief von der Seite an.

Ein anderes helles Stimmchen fragte: „Hat ihn denn überhaupt schon mal jemand gesehen oder weiß irgendwer, wer das ist und was er hier verloren hat?" Ein skeptisches Kopfschütteln und ratlose Blicke waren die Antwort.

Erstaunt beobachtete Ben die winzigen Wesen. Er war umringt von Elfen. Wesen, die seiner Meinung nach nicht mehr existierten. Geschöpfe, die schon vor Jahren aus seinen Träumen gerissen wurden, weil er zu früh mit der Wirklichkeit konfrontiert worden war. Schon im Alter von drei Jahren war er auf das Geheimnis des Weihnachtsmannes gestoßen, als er seinem Vater den aufgeklebten Bart abriss und feierlich verkündete, dass sein Daddy ein miserabler Schauspieler war. Damals hatten sie alle darüber gelacht und die Tradition mit dem verkleideten Weihnachtsmann trotzdem beibehalten. Doch Ben wurde in dem Moment, als er erfuhr, dass es den alten Mann mit weißem Bart und roter Mütze nicht gab, ein Teil seiner blühenden Fantasie genommen. Und von Mal zu Mal verschwand sie mehr. Jetzt schien sie beim Betrachten der fliegenden, zarten Geschöpfe wieder neu aufzuleben.

Die Gestalten der Elfen hatten maximal die Größe von Bens Hand. Die winzigen Flügel, der zierliche Körper und die vielen Farben faszinierten ihn. Als Kind hatte er sich Elfen immer viel größer und menschlicher vorgestellt, doch diese sahen aus wie zu groß geratene Schmetterlinge mit großen, spitzen Ohren. Sie trugen schimmernde Gewänder, die im Wind flatterten. Es war ein hübsches Bild. Doch als sie anfingen, an Bens Haaren zu ziehen, wurde es ihm zu viel. „Ich weiß doch auch nicht, warum ich hier bin. Könntet ihr mich bitte in Ruhe lassen?"

„Unfreundlicher Kerl!", kam es von allen Seiten und entrüstete, aufgebrachte Blicke streiften ihn. Verdattert musste Ben mit ansehen, wie er mit kleinen Stöckchen beworfen wurde.

„Hey! Was soll das? Ich habe euch doch nichts getan!", versuchte er, sich zu wehren.

„Ja, noch nicht!", sagte eine freche Stimme neben seinem Ohr und flatterte auf den Boden, um sich ein neues Stöckchen zu holen und ihn zu bewerfen.

„Ich habe doch nichts gemacht und habe auch nicht vor, irgendetwas zu machen", murmelte Ben, aber es schien ihm niemand zuzuhören. Die kleinen Wesen hatten in Windeseile ein Seil um seine Beine gewickelt und waren gerade dabei, kleine Knötchen in den Strick zu machen. Ben grinste vor sich hin. Die Winzlinge wollten ihn tatsächlich fesseln. „Die kleinen Knötchen habe ich doch in Kürze wieder geöffnet", dachte er.

„Unterschätz uns nicht!", sagte eine Elfe aufgebracht und verschränkte die Arme vor ihrer Brust, als sie entschieden den Kopf schüttelte. Verdattert schaute Ben sie an. Das war jetzt schon das zweite Mal seit seiner Ankunft in Ventya, dass ihm jemand auf seine Gedankengänge antwortete. Mit einem Grinsen im Gesicht flatterte die Elfe wieder zu ihresgleichen und half weiter beim Fesseln.

Nun hatte Ben Gelegenheit, sich etwas umzuschauen, während er weiterhin Gesellschaft von den reizenden Wesen hatte. Er befand sich inmitten eines kleinen Dorfes. Überall grünte und blühte es farbenfroh. Bäume ragten hoch in den Himmel und das Innere dieser urigen Pflanzen war wohnlich eingerichtet worden. Er erkannte bunt gemusterte Gardinen, die im sanften Wind leicht hin und her wehten und den Blick in das Innere eines der Bäume für einen kurzen Augenblick freigaben. In der Mitte des hellen Zimmers stand ein runder Tisch. Auf diesem befand sich eine Decke in demselben bunten Muster wie die Fenstervorhänge. Jemand legte vermutlich großen Wert auf stimmige Dekoration. Die Wand war in einem hellen Ton gestrichen und mit einer bestimmten Tupftechnik gemustert. Beeindruckt von der Welt um sich herum versuchte Ben, einen Blick in ein anderes Fenster zu erhaschen, doch aus seiner Sitzposition schien dies unmöglich. Er wälzte und rekelte sich, aber die kleinen Seile schnitten ihm in die Haut. Verärgert lehnte sich Ben wieder gegen den Baum. Hier kam er ohne Hilfe nicht mehr weg. Er atmete tief ein. Die Luft war leicht süßlich und angenehm frisch. Am Himmel flogen zahlreiche Vögel. Einer schöner als der andere.

„Was für ein traumhafter Ort", dachte er. „Wenn bloß diese nervigen Elfen nicht wären ..." Er seufzte.

„Du kommst hier nicht mehr weg!", sagte eine Elfe schnippisch und lachte.

Das hatte er auch schon bemerkt. „Warum halten mich die Winzlinge für gefährlich? Hat das ganze Theater etwas mit diesem Dunkelwald zu tun?", grübelte Ben weiter.

Wie aufs Kommando äußerte eine Elfe eine schlimme Vermutung. „Vielleicht ist er ein Wesen aus dem Dunkelwald."

Stille.

Die Elfen blickten entgeistert zu ihrem gefesselten Opfer und hielten die Luft an.

„Er wird alles zerstören, was wir uns mühevoll aufgebaut haben. Unsere schöne Welt wird untergehen", offenbarte die nächste.

„So weit darf es nicht kommen!", schrie eine weitere. „Krisensitzung! Alle Mann hierher!"

Hunderte von Schmetterlingsfrauen bildeten einen schwebenden Ballon. Sie steckten die Köpfe zusammen und gestikulierten wild mit Armen und Beinen. Plötzlich war die Konferenz vorbei und die Elfen flogen in Scharen davon. Einige hasteten zu den Seilen und knoteten weiter, andere hielten Wache vor Bens Füßen. Mit kleinen Steinchen malten sie etwas in die weiche Erde.

Der Junge drehte leicht seinen Kopf, um die Schriftzeichen zu entziffern. *GEFAHR!* Na toll, jetzt wurde er als schlimmer Krankheitserreger betrachtet, als ein Virus, welches sofort bekämpft werden musste, denn es folgte ein Gemälde unter dem Schriftzug. Ein Totenkopf wurde von einer künstlerisch veranlagten Dame auf den Boden gezeichnet. Die Wachposten liefen wenige Meter zurück und betrachteten stolz ihr Werk. Sie schüttelten sich gegenseitig die Hände und klopften sich auf die Schultern. Solche Angeber.

„Na, wie findest du dein Namensschild, werter Fremder?“, wollte eine Elfe mit bissigem Unterton von ihm wissen.

„Nur mit viel Mühe kann ich erahnen, was es darstellen soll. Der Kopf ist etwas unproportioniert gezeichnet, aber es ist wohl ein Selbstporträt meiner netten Freundin gegenüber, habe ich recht?“ Ben grinste schelmisch und wartete auf einen Konterversuch seiner Gesprächspartnerin.

„Pah“, machte die Elfe verächtlich und flog eingeschnappt davon.

Als sie wiederkam, hatte sie an ihren Füßen einen prall gefüllten Sack hängen. Dieser war etwa so groß wie sie selbst und musste ein enormes Gewicht für die Elfe darstellen. Sie flog zu Boden, landete auf ihrem Säckchen und löste die Schnüre. Aus dem Inneren des Beutels holte sie kleine Klümpchen. Ben rekelte sich, um mehr zu erkennen. Aus der Entfernung konnte er allerdings nicht identifizieren, um was es sich dabei handelte. Doch er sollte es schneller erfahren, als ihm lieb war, denn kurzerhand flogen ihm die seltsamen Kügelchen auch schon um die Ohren. Sie rochen modrig und waren schlammig. Angewidert verzog er sein Gesicht und rümpfte die Nase.

„Ganz frisch. Soll ich dir sagen, worum es sich dabei handelt, oder möchtest du es vielleicht lieber gar nicht wissen?“ Ohne auf die Reaktion des Betroffenen zu warten, sagte sie: „Es ist Gülle. Ein guter Dünger für nährreichen Boden. Eigentlich zu schade für so ein unverschämtes Wesen wie dich.“ Verärgert flog sie davon. Sehr humorvoll. Doch ein weiteres Mal wollte Ben sich mit dieser reizenden Dame nicht anlegen.

„Wo bleibt nur Kumbold?“

„Woher kennst du den Kräutermeister?“, fragte eine neugierige Elfe freundlich. Verdattert blickte Ben in deren verhältnismäßig große blaue Augen. Die Freundlichkeit des Wesens brachte ihn für einen kurzen Moment aus der Fassung. Konnten Elfen wirklich Gedanken lesen?

„Aber nein!“, sagte die Elfe mit den blauen Augen unvermittelt. „Wir können nur sehr gut in deinem Gesicht lesen und vermuten, was du gerade denkst.“

„Oh“, meinte Ben erstaunt. Diese Gabe besaß bislang nur seine Mutter, die jeden geheimen Wunsch oder jede unausgesprochene Sorge sofort wahrnahm. Seine Mutter. Er schluckte.

„Nun sag schon! Woher kennst du den Kräutermeister?“, fragte die Elfe erneut erwartungsvoll.

„Er hat mich hierher gebracht“, antwortete Ben wahrheitsgemäß.

„Einfach so? Du bist aber nicht von hier, richtig?“

„Ich habe diese Welt noch nie zuvor gesehen.“

Die Elfe nickte und flatterte in Richtung eines dieser Baumhäuser. Geschwind flog sie durch das geöffnete Fenster, durch das Ben zuvor schon hineinblicken konnte. Was hatte sie vor?

Nach kurzer Zeit öffnete sich die Tür des Hauses und ein fülliger Mann mit spitzer roter Mütze auf dem Kopf kam heraus. Dieser war viel größer als die Elfe, doch immer noch kleiner als Ben. Er trug eine dunkelgrüne, weite Hose und ein ockerfarbenes T-Shirt. Sein Gesicht war faltig und seine Wangen leuchteten rosafarben. Er sah aus wie ein Zwerg.

„Hallo“, sagte der Zipfelmützenträger freundlich und streckte Ben eine kleine, speckige Hand entgegen.

Der Junge ergriff sie und begrüßte ihn ebenfalls. „Hallo!“

„Ich heiße Wunibald. Suleika erzählte mir gerade, dass Kumbold dich hierher gebracht hat. Stimmt das?“

Ben nickte stumm und zeigte mit den Fingern auf die Elfen. Alle außer Suleika knoteten wie wild Seile aneinander.

„Wir wollten unser Dorf beschützen, weil du ein Fremder bist“, sagte Suleika und klatschte laut in die Hände. Abrupt hörten die zarten Wesen mit ihrer Arbeit auf und richteten ihre Aufmerksamkeit auf die Elfe mit den großen blauen Augen. Mit einer Armbewegung verdeutlichte diese, dass sie aufhören sollten, Ben zu fesseln. „Er ist ein Bekannter von Kumbold“, sagte sie.

Die Elfen schenkten Ben verächtliche Blicke und fingen schimpfend an, die Seile zu entknoten.

„Hätte der uns auch mal früher sagen können“, zeterte eine Elfe und die anderen nickten.

„Jetzt müssen wir alles wieder öffnen“, maulte eine andere.

„Und wir haben uns doch so schöne gemeine Dinge für ihn einfallen lassen“, sagte eine eingeschnappte Elfe enttäuscht.

Suleika lächelte freundlich und entschuldigte sich bei Ben für ihr Verhalten. „Die Gemeinschaft ist ihnen sehr wichtig. Du hast ihnen einen ganz schönen Schreck eingejagt. Sie hatten Angst, dass ihre Gemeinde zerstört werden könnte. Ihre Existenz stand auf dem Spiel."

Ben zuckte mit den Achseln. „Sie konnten ja nicht ahnen, dass ich mit guten Absichten hier bin."

Ein heller, lauter Pfiff ertönte. Suleika nahm ihre Finger aus dem Mund, als sie sah, dass ein Vogel vor ihr landete. Dieser neigte sich zu ihr herunter und die Elfe flüsterte ihm etwas ins Ohr. Der Vogel nickte und flog davon.

„Das ist Calibri, mein Haustier, Fortbewegungsmittel und Freund", erläuterte sie und grinste. „Er wird nach Kumbold Ausschau halten. Ich denke, er hat uns einiges zu erklären."

Mariella und der Kobold

Fluchend versuchte sich Mel durch das dichte Geäst zu kämpfen. Mühselig schob sie mit ihren zarten Händen Äste aus dem Weg und achtete darauf, dass ihr kleiner Gefährte mit ihr Schritt halten konnte. Sie hörte den Kobold hinter sich laut schimpfen.

„Das ist ja wohl das Allerletzte. So etwas Unerhörtes habe ich schon lange nicht mehr erlebt. Sie erwartet doch tatsächlich, dass ich ihr auf Schritt und Tritt folge. Doch da hat sie sich getäuscht. Da mache ich nicht mehr mit. Das hat sie nun davon.“ Mit hocherhobenem Haupt marschierte der kleine Wicht voran. Doch ein Ast hinderte ihn am Weitergehen. „Ich habe es geahnt. Vorgewarnt habe ich sie. Aus diesem Wald werden wir nicht heil herauskommen, habe ich gesagt. Und? Wer hat recht behalten? Ich! Doch sie wollte nicht auf mich hören. Das hat sie nun davon. Es ist alles ihre Schuld.“ Mel drehte sich lachend um und rettete ihren Kameraden aus den Schlingen der Pflanzen. „Warum müssen wir uns durch so ein Gestrüpp schlagen?“, zeterte der Kobold empört.

„Dieser Weg ist der schnellste, Molle!“ Sie hob das meckernde Männlein hoch, setzte es auf ihre Schulter und quälte sich erneut mit den widerwilligen Schlingen der Pflanzen herum.

Mit zerkratztem Gesicht, blutigen Händen und zerrissener Kleidung kamen sie am Ende des Weges an. Molle, ihr Kobold, leckte sich über seine Verletzungen und schaute Mel böse an. „Schau dir das an, Mariella! Ich bin verletzt!“, klagte er.

Aus ihrer Tasche zog Mel ein Tuch heraus und gab es Molle liebevoll. Dieser ergriff es mürrisch und band es sich um sein schmerzendes Handgelenk.

„Wie wäre es mit einem Dankeschön?“, bemerkte Mel lächelnd.

„Du verlangst ein Dankeschön? Wären wir nicht durch dieses Gestrüpp gelaufen, hätte ich dein Tuch nicht gebraucht“, sagte Molle brummig. Mit einem eleganten Sprung kam er auf dem Boden auf und setzte sich beleidigt auf einen Stein. Mit verschränkten Armen beobachtete er Mel, wie sie sich ihr Kleid zurechtzupfte und Stacheln aus ihrem Haar kämmte. Sie kramte in ihrer Umhängetasche und zog ein zerknittertes Blatt Papier heraus. Dieses faltete sie auseinander und warf einen Blick auf die Landkarte. Mit einem roten Stift machte sie Häkchen auf das Blatt.

„Was tust du da?", wollte Molle teilnahmslos von ihr wissen.

„Ich hake die Gebiete ab, die wir schon gesehen haben." Mit einem prüfenden Blick verfolgte sie die eingezeichneten Straßen. „Weißt du, wo ich gern einmal wieder hingehen möchte?", fragte sie.

Desinteressiert zuckte Molle mit den Achseln. „Ich bin mir sicher, dass du mich gleich darüber in Kenntnis setzen wirst."

„Natürlich nur, wenn du es möchtest", sagte sie, fuhr aber dennoch unbeirrt fort. „Die Meerjungfrauen haben mich eingeladen, sie zu besuchen."

Entsetzt blickte der Kobold in das strahlende Gesicht seiner Freundin. „Nicht die!", klagte er. „Die sind unmöglich. Da kannst du schön alleine hingehen. Ich werde dich auf keinen Fall begleiten."

Mel kicherte. Sie erinnerte sich noch allzu gut an den letzten Besuch. Ihre drei Freundinnen Suzie, Louisa und Nana hatten sich sehr über den kleinen Kobold gefreut. Endlich hatten sie ein Plüschtier zum Knuddeln. Molle war entsetzt, als er von einer Fischfrau zur nächsten gereicht wurde und sich vor Küssen kaum retten konnte. Er schrie wie am Spieß und fuchtelte hektisch mit den Armen und Beinen. Doch das störte die Damen nicht sonderlich. Sie fanden das Verhalten des brummigen Kobolds amüsant.

„Bist du knuffig", sagten sie.

Über ihre langen Schwanzflossen ließen sie den entsetzten Molle wie auf einer Rutsche ins Wasser gleiten. Und das war das Schlimmste, was man einem Kobold antun konnte! Denn Kobolde verabscheuten es, gebadet zu werden. In dem Moment schienen sie aus Zucker zu sein ... als ob das Wasser sie verletzen würde. Und dementsprechend herzzerreißend schrie der kleine Molle. „Ich will hier weg. Hilfe, ich ertrinke." Die Meerjungfrauen kicherten. Dann holten sie ihren Spielgefährten, der aussah wie ein nasser Pudel, aus dem Wasser. „Grrr. Das war so kalt", sagte Molle aufgebracht und schaute böse zu den Fischfrauen. „Ihr habt ja keine Ahnung, was ihr mir damit angetan habt. Ihr seid für meine nächste Erkältung verantwortlich."

„In Ordnung. Damit haben wir kein Problem. Wir pflegen dich dann, bauen dir ein Bett aus Algen und Muscheln und füttern dich mit Fischen", sagte Suzie und streichelte dem Kobold über das Fell.

Dieser zuckte zusammen und schüttelte sich. „Nein. Ich werde nie wieder hierherkommen. Nie mehr!"

„Ach komm. So schlimm war der Nachmittag nun auch nicht. Sie haben doch nur mit dir geplanscht. Ich werde auf jeden Fall wieder hingehen", meinte Mel.

„Ohne mich! Ich lasse mich doch nicht wie einen Teddybären behandeln. Das könnte denen so passen. Mich tragen keine zehn Pferde mehr zu den fischigen Frauen. Habe ich schon erwähnt, dass ich Fische nicht mag? Fische riechen seltsam und überhaupt. Schmecken tun sie schon gar nicht. Und genauso ist es mit Meerjungfrauen, nur dass man diese nicht essen kann."

Damit war das Thema beendet. Mariella faltete das Papier wieder zusammen und ließ es in ihrer Tasche verschwinden. „Komm! Wir müssen weiter", sagte sie, hob den gekränkten Molle hoch und setzte ihn auf ihre Schulter.

„Nein", sagte dieser und schüttelte den Kopf. „Ich laufe nicht mehr durch so ein Gesträuch, welches meine schönen Kleider und meine Haut zerstört! Ich möchte nach Hause gehen." Abermals sprang er von ihrer Schulter und setzte sich mit verschränkten Armen vor ihr auf den Boden.

„Jetzt werden die Wege besser und wir haben es bald geschafft." Mel lächelte und marschierte los. Sie beobachtete, wie ihr kleiner Gefährte anfing, leise mit sich zu diskutieren. Vermutlich überlegte er gerade, ob er ihr nun folgen sollte oder nicht. Mit einem Mal sprang er auf und rannte ihr hinterher. „Na, da bist du ja wieder", sagte Mel und bot ihm ihre Schulter an. Molle machte es sich daraufhin auf seinem Lieblingsplatz bequem und fing an, lauthals zu schnarchen. Zärtlich streichelte sie ihm über sein graues Koboldfell. Seine spitzen, weichen Ohren hoben und senkten sich gleichmäßig bei jedem Atemzug. Mel summte vor sich hin. Ihre lange schwarze Mähne flatterte im leichten Wind und ihr kleiner Gefährte öffnete jedes Mal, wenn er eine Strähne von Mels Haaren in sein Gesicht bekam, die Augen und schaute sie aufgebracht an.

„Nicht mal richtig schlafen darf man mehr …" Er seufzte und verschwand in sein Träumeland.

Sie kamen an einen tosenden Fluss. Mel schaute sich um, konnte aber nirgends eine Brücke oder einen ähnlichen Übergang finden. Verwundert stupste sie Molle an, der daraufhin empört aus seinen Träumen gerissen wurde.

„Ich habe gerade einer Elfe eine leckere Nascherei geklaut, bin weggerannt und habe einen Salto gemacht. Wie konntest du mich aus einer so spannenden Szene reißen?", murrte der Klabautermann.

„Wo ist die Brücke?", fragte Mel.

„Welche Brücke? Ich sehe keine Brücke."

„Die Tatsache, dass kein Übergang existiert, ist dir richtig aufgefallen. Ich sehe nämlich auch keinen, und das ist sehr schade, weil wir auf die andere Seite müssen. Auf meiner Karte ist eine Brücke eingezeichnet." Sie holte ihr zerknittertes Blatt Papier aus der Tasche und reichte es Molle. „Wie sollen wir diesen Fluss überqueren? Er ist zu breit, um darüberzuspringen."

Der Kobold grinste vor sich hin. „Das ist ja mal wieder typisch. Hast du dir mal angeschaut, wie alt diese Karte schon ist?" Auffordernd hielt er Mel die antiquarische Karte, die schon leicht vergilbt und zerrissen war, hin. Diese schaute sie sich an und nickte stumm. „Dieser Plan ist aus dem letzten Jahrhundert, Mel! Heutzutage werden Brücken gebaut und auch zerstört", sagte Molle, der mit seiner äußerst klugen Antwort sehr zufrieden war.

„Mir ist jetzt nicht zum Spaßen zumute", gab Mariella verletzt zurück und berichtigte den Fehler mit einem roten Stift.

Molle zeigte auf einen Baum, dessen starker Ast halb abgebrochen auf dem Boden aufkam. „Diesen können wir nehmen", sagte er und kletterte flink hinauf.

Mel holte ein kleines Messer aus ihrer Umhängetasche und kletterte ebenfalls nach oben. Mit aller Kraft versuchte sie, den Ast von seinem Stamm zu trennen, sie rüttelte und schüttelte, doch es schien, als würde der Baum den Stock nicht hergeben wollen. Enttäuscht ließ sie ihr Messer wieder in die Tasche fallen.

„Das schaffen wir nie", sagte sie.

„Du wirst doch wohl nicht aufgeben, Mel?"

„Was bleibt mir anderes übrig?“

„Na, dann gehen wir eben den furchtbaren Weg durch das Gestrüpp zurück.“

„Auf keinen Fall!“ Mit neuem Mut kämpfte Mel gegen die Stärke des Baumes. „Du blödes Teil. Jetzt geh schon ab“, murmelte sie. Und tatsächlich schien sie diesmal zu siegen. Mit einem Ächzen fiel der Ast plötzlich zu Boden.

Der Kobold klatschte freudig in die Hände. „Das war Spannung pur“, rief er begeistert. „Viel besser als meine Saltos.“

„Da bin ich ja beruhigt“, sagte Mel und lächelte. Sie schoben den Ast über den Fluss und balancierten auf die andere Seite hinüber.

Kaum angekommen ging das Gemaule des Kobolds weiter. „Wann sind wir endlich da?“, nörgelte Molle auf ihrer Schulter. Mit nervösen Fingern trommelte er auf ihrem Kopf herum.

„Molle! Hör auf. Du nervst. Wir sind doch bald da.“

„Ich sehe nur Bäume und abermals Bäume.“

„Auf meiner Karte sind es jetzt nur noch etwa drei Meilen.“

„Auf deiner Karte!“, sagte Molle aufgebracht. „Deine Karte ist unbrauchbar und uralt. Auf die würde ich mich nicht verlassen.“

„Ach ja? Dann zeig mir doch den Weg, Herr Oberschlau!“

„Wird gemacht“, sagte Molle, hopste auf den Boden und marschierte voran.

Ungläubig schaute Mel ihm hinterher. Dieser kleine Wichtel wollte ihr doch tatsächlich zeigen, wo es langging. Lachend schüttelte sie den Kopf und lief ihm hinterher. Der Weg schien zu stimmen. „Woher kennst du den Weg?“, wollte sie von ihm wissen, als sie ihn eingeholt hatte. Trotz seiner geringen Größe konnte der Kobold ziemlich schnell laufen und Mel musste sich beeilen, um ihn nicht aus den Augen zu verlieren.

„Hast du noch nie von meinem eingebauten Atlas gehört?“, fragte der Kobold grinsend.

Mel schüttelte skeptisch den Kopf. Sie wusste, dass Kobolde ein gutes Gedächtnis und außergewöhnliche Kräfte besaßen, aber von einem *eingebauten Atlas*, wie es ihr kleiner Gefährte nannte, hatte sie noch nie gehört.

„Mel. Wie lange kennst du mich schon?“

Mel lächelte. Sie kannte ihn schon, seit sie denken konnte. Seit ihrer Geburt vor fünfzehn Jahren. Er spielte mit ihr, als sie noch kleiner war, und brachte ihr das Lesen und Schreiben bei, als sie größer wurde, und nun begleitete er sie auf ihre Touren. Seit Jahren versuchte sie vergeblich herauszufinden, woher sie stammte und wer ihre Eltern waren. Sie war bei den Kobolden aufgewachsen, die sie als Baby aufgenommen hatten. Molle hatte ihr erzählt, dass sie in ein Tuch eingewickelt auf einem Moosbett direkt vor Molles Haus abgelegt worden war. Die Kobolde sollten sie finden und beschützen. Doch die Gründe blieben ungeklärt. Und das sollte sich ändern, denn Mel blickte voller Tatendrang der Zukunft entgegen, in der sie ihre Eltern kennenlernen wollte.

„Und? Ist es dir wieder eingefallen?“, fragte Molle.

„Wie bitte?“ Mariella war in Gedanken versunken.

„Der Atlas.“

„Atlas? Ach ja, richtig. Nein, ich kann mich nicht daran erinnern, je von deinem eingebauten Atlas gehört zu haben.“

„Glaubst du nicht, das ist eine Bildungslücke, Mariella?“ Molle versuchte gekonnt, ihr ein schlechtes Gewissen einzureden.

„Es tut mir leid, Molle“, sagte sie.

„Warum?“, fragte der freche Klabautermann unschuldig.

„Weil ich nichts von deinem eingebautem Atlas gewusst habe.“

„Konntest du auch nicht“, erwiderte der Kobold und fing lauthals an zu lachen. „Das war ein Scherz, Mariella.“

Das Mädchen blickte verdutzt drein, als es den Reinfall bemerkte. Doch als es seinen Freund beobachtete, der sich vor Lachen nicht mehr halten konnte, ließ es sich von seiner Freude anstecken.

Nach einiger Zeit erreichten sie ein kleines Dorf. Auf dem Boden erblickte Mel einen Jungen. Er sah etwas verärgert aus, denn er war gefesselt und schien sich nicht aus den Klauen seiner Widersacher, einer Schar von Elfen, befreien zu können. Die fliegenden Wesen flogen zeternd umher.

Eine Elfe rief: „Wenn du nicht stillhältst, können wir dich nicht befreien!“

„Ihr hättet mich ja erst gar nicht festbinden brauchen“, sagte Ben, dem fast der Geduldsfaden riss. Er saß jetzt schon über zwei Stunden festgeknotet am Boden und sein Hinterteil tat ihm langsam weh. Er wollte aufstehen und umherlaufen. Leicht bewegte er seine Füße und Beine, doch die Fesseln waren zu stark.

„Du hättest gleich sagen sollen, dass du ein Bekannter von Kumbold bist!“, sagte die eingeschnappte Elfe, konnte sich ein Grinsen aber nicht verkneifen. Das Bild, das sich ihr bot, war einfach zu komisch.

Mel kicherte, zog ihr Messer aus ihrem Täschchen und sagte: „Ich helfe euch!“ Zweifelnd schaute Ben auf Mels Hand, die nervös mit dem Messer hantierte. „Gleich geschafft“, meinte sie und grinste verlegen. „Ich bin auch ganz vorsichtig, und falls ich einen Finger abschneiden sollte, habe ich Nadel und Faden zum Annähen dabei.“ Entrüstet blickte Ben auf seine Hände. „Das war nur ein Scherz“, sagte Mel und kicherte. „So, fertig.“

„Danke“, antwortete Ben beschämt und schaute in ihre pechschwarzen Augen. Für einen kurzen Moment konnte er sich von diesem Anblick nicht lösen. Die dunklen Augen, die im Sonnenlicht zu schimmern schienen, und die langen, dunklen Wimpern schienen nicht von dieser Welt zu sein. Er schien wie hypnotisiert, doch dann holte ihn die Realität wieder ein und er stellte sich abrupt auf die Beine. Ihm war es sichtlich unangenehm, von einem Mädchen befreit worden zu sein, und er merkte, wie seine Wangen heiß wurden.

„Hallo“, sagte Mel und streckte ihm ihre Hand entgegen. „Ich heiße Mariella, aber du kannst auch Mel zu mir sagen.“ Ben ergriff ihre Hand und stellte sich ebenfalls vor. „Warum wurdest du denn gefesselt?“, fragte Mel.

„Weil die Elfen mich für ein gefährliches Wesen hielten“, sagte Ben achselzuckend.

Mel kicherte. „Das ist ja witzig.“

„Na ja.“

„Genug Bekanntschaft gemacht“, unterbrach Molle die zwei. „Wir müssen weiter!“

Ben zog ruckartig seine Hand zurück, die immer noch Mels zarte Finger umschlossen hatte.

„Nein, Molle! In diesem Dorf wohnen die Zwerge! Sieh nur!“ Aufgeregt zeigte sie auf Wunibald, der mit gemächlichen Schritten auf sie zukam, sie mit einem argwöhnischen Blick von Kopf bis Fuß musterte und anschließend mit einem seltsamen Gesichtsausdruck fragte: „Wer oder was bist du?“

„Wie meinst du das?“, mischte sich Ben empört in das Gespräch ein. „Was meinst du mit *was*?“

„Schau sie dir an!" Wunibald machte eine auffordernde Bewegung mit seinem Kopf in Richtung Mel.

Ben betrachtete sie, konnte allerdings nichts Seltsames feststellen. Sie war ein Mensch wie er. Vermutlich etwas jünger. Ihr Gesicht war schmal und etwas blass. Sie trug ein langes dunkelgrünes Kleid, welches am Saum etwas eingerissen war. Ein Täschchen baumelte um ihr Handgelenk. Ihre schwarzen, langen Haare lagen sanft über ihren Schultern. Sie war ein hübsches Mädchen. Mels Augen suchten nach einer Erklärung. Fragend blickte Ben zu Wunibald.

„Fällt dir denn nicht diese zarte, blasse Haut auf? Ihre schwarzen, glatten, langen Haare?" Ben zuckte mit den Achseln. „Sie ist kein Mensch so wie du. Sie ist kein Zwerg, keine Elfe und auch kein Kobold. Ich weiß nicht, was sie ist."

Ben verstand ihn nicht. Sie sah doch aus wie ein Mensch. Wie konnte Wunibald sie nur wegen ihrer hellen Haut beurteilen? „Natürlich ist sie ein Mensch", erwiderte Ben und betrachtete abermals seine neue Freundin.

„Das weiß ich nicht", sagte Mel zögernd und etwas eingeschüchtert nach einer Weile. „Ich hatte gehofft, ich könnte es bei euch Zwergen herausfinden. Da habe ich mich wohl geirrt." Enttäuscht blickte sie zu Boden.

„Du weißt nicht, was du bist?", wollte eine neugierige Elfe wissen und flatterte auf Mels Augenhöhe.

„Nein." Das Mädchen schüttelte den Kopf.

„Du bist ja komisch!", sagte eine weitere Elfe und kicherte.

„Hört auf zu lachen", warf Molle wütend ein.

„Wir lassen uns von einem Kobold nichts verbieten", antwortete eine schnippische Stimme.

Mel schaute traurig zu Ben.

„Hört bitte auf damit", stieß der Junge daraufhin hervor. Molle streichelte von Mariellas Schulter aus über ihren Kopf, um sie zu trösten. „Ich möchte dir helfen", fügte Ben an sie gewandt zögernd hinzu.

Mel schaute ihn an. Ihre Augen glänzten und sie schien sich zu freuen, doch in ihrem Gesichtsausdruck spiegelte sich noch etwas anderes wider. Angst. Verwirrung. Hoffnungslosigkeit. Schließlich suchte sie schon seit Jahren vergeblich nach ihrer Herkunft. „Das würdest du wirklich tun?", fragte Mariella erwartungsvoll.

Ben nickte. „Natürlich."

Auf Mels Gesicht breitete sich ein Lächeln aus, doch ein brummiges Stimmchen ließ dieses Lächeln sofort wieder erlöschen. Verärgert schaute Ben zu dem Übeltäter. Molle richtete sich auf Mels Schulter auf, um Ben in die Augen blicken zu können. Mit erhobenem Zeigefinger sagte er: „Wie willst du Wicht ihr denn helfen?"

„Ich werde mit ihr gehen und sie unterstützen. Zu zweit ist alles meist sehr viel einfacher."

„Ohne dich sind wir jahrelang auch gut klargekommen. Wir brauchen keine Hilfe."

„Molle! Sei doch nicht so unfreundlich. Er möchte uns seine Hilfe anbieten und ich möchte sie gerne annehmen." Mel schaute Ben dankbar an.

„Wir brauchen seine Hilfe nicht", meckerte Molle weiter.

„Ich möchte aber, dass er mitkommt", sagte Mel. Sie blickte zu Ben, der das Gespräch der beiden mit einem Grinsen im Gesicht verfolgte. Mit einem verzweifelten Gesichtsausdruck machte sie Ben deutlich, dass es zwecklos war, den Kobold überzeugen zu wollen.

„Ich möchte nicht, dass er mitkommt", konterte Molle.

„Und ich möchte nicht weiter mit dir diskutieren. Er darf mit und basta!"

„Der Häuptling hat gesprochen. Du respektierst meine Meinung nicht. Du hast überhaupt keine Ahnung, auf was du dich einlässt. Mariella, du bist zu naiv. Du kennst diesen jungen Mann seit fünf Minuten und möchtest ihn auf deine Reise mitnehmen. Woher willst du wissen, dass du dich auf ihn verlassen kannst?" Gespannt blickte der Kobold zu Mel. Doch diese drehte sich zögernd zu Ben, der mit den Achseln zuckte.

Molle verschränkte gekränkt die Arme vor seiner Brust: „Da habe ich mich wohl getäuscht. Ich dachte, dass sich Freunde, die sich schon jahrelang kennen, respektieren und nicht bei einer kleinen Lappalie zum Nächstbesten rennen, um sich auszuheulen. Das habe ich nicht von dir erwartet. Es macht mich sogar richtig wütend." Bockig schaute er zu Boden. Mariella strich ihm über sein zerzaustes graues Haar, doch der Kobold sprang von ihrer Schulter und setzte sich nach einer eleganten Landung ins Gras.

Mel seufzte und wandte sich an Ben. „So ist das nicht immer", versuchte sie, sich zu entschuldigen.

„So war es noch nie", antwortete der eifersüchtige Molle erbost und schenkte Ben seinen unfreundlichsten Blick. Der Junge lachte und strich voller Mitgefühl über Mels Schulter.

Plötzlich ertönte ein hoher Schrei am Himmel und der schöne Vogel von vorhin landete vor Suleika. Er neigte sich zu der kleinen Elfe hinab und schien ihr etwas zuzuflüstern.

Daraufhin flatterte die Elfe in die Höhe und verkündete feierlich: „Kumbold wird bald kommen."

Den hatte Ben schon fast vergessen, als er sich dazu entschloss, Mel zu begleiten.

„Wer ist Kumbold?", fragte Mariella und schaute in die Runde. Ein entsetztes Schweigen war die Folge. Mel schluckte.

„Soll das heißen, du hast noch nie etwas von dem bekanntesten Kräutermeister von Ventya gehört?" Wunibald schüttelte entrüstet den Kopf.

„Nein."

Die Elfen tuschelten und schauten während ihrer Diskussion immer wieder mit einem abwertenden Blick zu Mel.

„Man muss nicht jeden kennen", meldete sich auf einmal Molle wieder zu Wort. „Mariella wohnt seit einigen Jahren bei mir. Ich habe ihr viel von Ventya erzählt und ihr eine Menge Leute vorgestellt, doch Kobolde legen nicht viel Wert auf Kräuter. Sie suchen sich das, was sie brauchen, im Wald und essen das, was ihnen schmackhaft erscheint. Noch nie habe ich die Dienste des Kräutermeisters in Anspruch genommen. Deshalb habe ich ihn in ihrer Gegenwart noch nie erwähnt."

Die Elfen schenkten den beiden verachtende Blicke. „Kumbold ist eine wichtige Person. Er weiß alles von Ventya und lebt vermutlich am längsten von uns allen hier. Keiner weiß so genau, wie alt er ist, aber einige munkeln, dass er zu den Gründern des Landes gehört. Er ist sozusagen der König", sagte eine kenntnisreiche Elfe mit großen Brillengläsern auf den Augen. Die anderen Elfen nickten und lästerten weiter.

„Hört auf!", schrie Ben, der die Spannung zwischen Mel und den Elfen nicht ertragen konnte. „Ich kenne Kumbold doch auch erst seit gestern. Behandelt sie nicht wie einen Außerirdischen!"

Ein leises Räuspern ertönte. Ben drehte sich zu Wunibald, der sein fieses Grinsen im Gesicht nicht zurückhalten konnte. „Ich weiß nicht, was sie ist“, sagte dieser daraufhin. „Vielleicht kommt sie ja von einem anderen Planeten.“

„Sag nicht so etwas!“ Schnurstracks drehte sich Mel um, marschierte zu Molle und ging den Weg zurück, den sie vor einer Weile gekommen war. Dass ihr eine Träne über das Gesicht kullerte, konnte nur Molle sehen.

An diesem Ort konnte sie keine zwei Minuten mehr bleiben. Sie konnte und wollte es nicht mehr ertragen, wie eine Fremde behandelt zu werden. Sie wollte wissen, wer sie war, und nicht beurteilt werden. Am meisten bedauerte sie es, Ben verlassen zu müssen. Doch es schien für sie das Beste zu sein. Solange sie nicht wusste, wer sie war, wollte sie mit niemandem befreundet sein – außer natürlich mit Molle.

„Ich habe dir doch gesagt, der Junge macht nur Ärger“, sagte Molle gefühllos.

„Es war nicht seine Schuld“, murmelte Mel, holte ein Taschentuch aus ihrem Umhängetäschchen und wischte sich die Tränen weg. Von Weitem konnte sie Bens Stimme hören, die ihren Namen rief, doch Mel drehte sich nicht mehr um.

Der verschwundene Sohn

Mit zittrigen Händen tippte Resa die Notrufnummer der Polizei in ihr Handy und drückte auf die grüne Taste. Die Zeit schien unendlich und das Piepen in der Leitung machte sie noch nervöser, als sie sowieso schon war. Ihre Finger klopften ungeduldig auf die Tischplatte, während das Telefon zwischen Ohr und Schulter klemmte und weiter vor sich hin tutete.

„Jetzt nimm schon ab", murmelte sie und betrachtete ihre durch die täglichen Putzaktionen robusten Hände. Beunruhigt kaute sie an einem Fingernagel. „So ein Mist", fluchte sie, als sie sich einen Nagel einriss und Blut über ihren Daumen rann. Wie einen Lolli schob sie sich den verletzten Finger in den Mund und nuckelte darauf herum. Zeitgleich nuschelte sie in das Telefon. „Nimm endlich ab ..." Sie verstummte, als sich am anderen Ende eine Stimme meldete. Postwendend war ihr Daumen aus dem Mund heraus.

„Mein Sohn ist verschwunden!", rief sie panisch in den Hörer. „Ich kann ihn nicht finden. Er ist wie vom Erdboden verschluckt." Sie holte kurz Luft und vergaß dabei fast das Ausatmen, als die Stimme am Apparat besänftigend auf die aufgebrachte Mutter einredete. Resa versuchte, sich zu beruhigen, und atmete langsam aus, wieder ein und aus. „Das ist doch eigentlich nicht so schwer", dachte sie. Schließlich kannte sie die Atemübungen beim Yoga gut.

Ben hatte sie deswegen häufig ausgelacht. „Yoga, das ist doch keine Sportart", hatte er einmal gesagt. „Außer Entspannen und Ausruhen machst du doch gar nichts."

„Yoga ist weitaus mehr als eine Sportart", hatte Resa daraufhin gesagt. „Denn Yoga ist eine Lehre, die alle Teile des Körpers anspricht. Es beginnt schon beim gesunden Essen und endet bei geistigen wie auch körperlichen Übungen. Aber wir Yogis ruhen uns auch nicht nur aus!"

Denn dass es neben dem Entspannungsteil auch anspruchsvolle Übungen gab, die höchste Konzentration und Körperbeherrschung forderten, das vergaß der Junge häufig, wenn nicht sogar immer. Sie erinnerte sich an einen Nachmittag, an dem sie Ben das Yoga näherbringen wollte. Sie zeigte ihm die *Heuschrecke*, bei der man sich auf den Bauch legte, die Hände dicht am Körper platzierte, das Kinn aufstellte, um dann die Beine anzuheben.

Der Sohnemann scheiterte an der Übung. Und trotzdem hielt er nichts von den Ansichten seiner Mutter, was das Yoga anbelangte. „Das ist nicht gut für mich", hatte er gesagt und sich mit seiner Sportmatte in der Hand vom Acker gemacht.

„Vielleicht hat Ben recht behalten", überlegte Resa, denn jetzt, wo sie die richtige Atemtechnik beherrschen sollte, da funktionierte sie einfach nicht. Sie fing an zu weinen. Aus ihrer Hosentasche kramte sie ein benutztes Taschentuch und schnäuzte kräftig hinein. Tränen liefen über ihr Gesicht. Mit den Händen wischte sie über ihre geröteten Augen. Dabei fiel das Handy zu Boden. Das hatte sie schon völlig vergessen. Sie hörte, wie die Stimme am Apparat alarmierend laut wurde und sich besorgt nach ihrem Wohlbefinden erkundigte. Benommen fischte sie unter der Tischplatte nach dem rufenden Gerät.

„Was ist passiert?", wollte die Stimme wissen.

„Das Handy, es ist auf den Boden gefallen. Aber es ist alles okay, es ist nichts kaputt." Sie hielt kurz inne und ließ den letzten Satz noch einmal Revue passieren, bis sie erschrocken sagte: „Nichts ist okay. Mein Sohn ist verschwunden." Abermals begann sie zu weinen. Mittlerweile wurden ihre Tränen durch die sich auflösende Wimperntusche schwarz. „Bitte, Sie müssen ihn finden", ergänzte sie verzweifelt.

„Wir werden ihn finden. Doch zuallererst muss ich wissen, was genau vorgefallen ist."

Mit nervöser Stimme erzählte Bens Mutter von dem seltsamen Verschwinden ihres Sohnes. „Er saß am Küchentisch und sollte seinen Tee trinken. Ich habe nebenbei die Küche sauber gemacht und bin kurz aus dem Zimmer gegangen, um einen neuen Putzlappen aus dem Nebenzimmer zu holen. Als ich wiederkam, war mein Sohn verschwunden. Ich habe weder die Haustür noch irgendein anderes Geräusch gehört. Ich kann mir das einfach nicht erklären." Sie schluchzte und wischte sich eine Träne aus dem Gesicht.

„Beruhigen Sie sich", sagte die Stimme am Apparat. „Wir werden bald bei Ihnen vor der Haustür stehen und nach Ihrem Sohn suchen."

Resa legte auf und ließ ihren Blick durch den Raum schweifen. Irgendwie wirkte dieser leer. „Vielleicht sollte ich mal wieder die Wände streichen. Oder endlich mal das Regal aufstellen ...", dachte sie. „Ben wollte es schon vor Wochen zusammenbauen ... Ach Ben ..."

Seufzend erhob sie sich und machte abermals einen Rundgang durch das Haus. Sie öffnete jede Tür und schaute in jeden Raum. Doch es war still. Niemand war da. Eine Träne lief über ihre Wange. Alles um sie herum wirkte verschwommen und unecht. Schließlich fiel ihr Blick auf ein Porträtfoto ihres Mannes.

„Peter, dieses Haus ist wie für uns gemacht", murmelte Resa und erinnerte sich zurück an den Besichtigungstermin des Grundstückes. Das Haus, welches sie mit Peter vor einigen Jahren in einem verwahrlosten Garten vorfand, hatte ihr auf Anhieb gefallen. „Aus dem Haus ist nichts mehr zu machen ... So ein Quatsch." Resa fühlte sich wie in Trance, als sie die Stimme des Maklers nachahmte. Tatsächlich hatte der Mann geraten, das Haus abreißen zu lassen. „Der war einfach nur blöd, dieser Makler. Blöd und frauenverachtend." Für einen kurzen Moment huschte ein Lächeln über ihr Gesicht. Sie erinnerte sich daran, wie Peter augenzwinkernd zu dem Makler gesagt hatte: „Das ist das erste Haus, das ihr gefällt."

„Frauen haben einen gewöhnungsbedürftigen Geschmack." So lautete die Antwort des Maklers, woraufhin Resa ihn hätte erwürgen können, diesen Blödmann.

„Ihr Männer habt einfach überhaupt keinen Sinn für das Schöne. Wenn etwas nicht rot lackiert und motorisiert ist, habt ihr doch gar kein Interesse." Für sie war das Haus perfekt, in keinem anderen hätte sie wohnen wollen. Es erinnerte sie an ein Hexenhäuschen. Das spitze, hohe Dach und die kleinen asymmetrischen Fenster entzückten sie. Vor allem aber blieb ihr der Garten in Erinnerung. Es grünte und blühte, wo man nur hinsah, in unverschämten Höhen und mitten auf dem Weg. Schmetterlinge flogen umher und Vögel zwitscherten. Es war ein schönes Bild für Naturliebhaber und ein grauenhaftes für Landschaftsgärtner. Unkraut wuchs meterhoch. Die Pflanzen würden kaum zu bändigen sein, sie wucherten überall. Doch das hatte Resa nichts ausgemacht. „Peter, dieser Garten ist wundervoll“, hatte sie gesagt und sich mit ausgestreckten Armen einmal um die eigene Achse gedreht.

Noch hatte ihr Mann etwas skeptisch dreingeschaut. Die Renovierungskosten waren unbezahlbar. Das Haus hatte durch das Alter und die Nässe bleibende Schäden davongetragen. An einigen Stellen sammelte sich Schimmel. „Schatz, wie stellst du dir das vor?“, hatte Peter vorsichtig gefragt.

„Wie ich mir das vorstelle? Peter, dieses Haus ist ein Traum. Natürlich muss es renoviert und der Garten wieder hergerichtet werden, aber das kriegen wir schon hin. Mit ein bisschen Farbe ist viel gewonnen. Du wirst schon sehen.“

Und Resa hatte recht behalten.

Mit viel Mühe und Arbeit renovierten Resa und Peter das Haus. Das Ergebnis war unglaublich. Das ehemals heruntergekommene Holzhaus schien nun wie einem Bilderbuch entsprungen: Es hatte eine cremeweiße Fassade mit gleichfarbigem Geländer. Rote Gardinen flatterten bei offenem Fenster im Wind und verdeckten für einen kurzen Moment die Blumenkübel auf den Fensterbrettern. Das spitze Dach mit den roten Ziegeln und dem windschiefen Schornstein erinnerte noch immer an ein uriges Hexenhaus. Es war wie gemacht für Hänsel und Gretel. Denn es war verlockend schön und zuckersüß. Im Sommer frühstückte Familie Ludwig auf der Veranda und schaute in den gepflegten Garten mit den Rosensträuchern. Resa liebte Rosen und den lieblichen Duft, den die Blumen im ganzen Garten verströmten.

„Was mache ich hier überhaupt?“, fragte sich Resa plötzlich. Sie schien wie aus einem Traum erwacht zu sein. „Diese Erinnerungen sind nicht gut. Verdammte Realität. Warum hast du mir meine Familie genommen?“ Mit zittrigen Händen nahm sie Peters Foto in die Hand und verstaute es in der nächstbesten Schublade. „Du bist nicht da, weißt du“, sagte sie noch, um ihr Gewissen zu beruhigen. Resa öffnete die Haustür und lehnte sich über das Geländer. Sie vergrub ihr Gesicht in den Händen und fing an zu weinen. „Warum? Warum? Warum?“, schrie sie verzweifelt. Sie schrie sonst nie. Doch das Gefühl, einfach mal alles rauszulassen, was Kummer bereitete, tat ihr gut. Sie rief den Namen ihres Sohnes, doch niemand meldete sich. „Ben? Bitte antworte mir!“

Keine Antwort war bekanntlich auch eine Antwort. Sie spürte einen dicken Kloß im Hals. Sie hätte ihn nicht zwingen sollen, den Tee zu trinken. Vielleicht war sie zu streng mit ihm gewesen. Er war doch krank.

Das Gefühl, gleich im Boden zu versinken, machte sich in ihr breit. Sie dachte an Rumpelstilzchen, der wütend mit seinen Füßen auf den Boden stampfte, weil die Prinzessin sein Geheimnis gelüftet hatte. Dann war das Rumpelstilzchen verschwunden und die Prinzessin lebte glücklich bis an ihr Lebensende. Resa schniefte. Wann würde sie wieder glücklich sein? Es fühlte sich so an, als ob jemand ihre Kehle zuschnüren würde. Sie schnappte nach Luft und ließ sich zu Boden gleiten. Sie vergrub ihre Hände in den Haaren und weinte.

Wenig später klingelte es an der Tür. Panisch wischte sie die Tränen aus dem Gesicht und steckte eine Locke, die sich aus der Frisur gelöst hatte, mit einer Haarklammer zurück.

Ein Polizist begrüßte sie freundlich und bat um Einlass. Am Küchentisch besprachen sie die Situation. Der Polizist hielt den Vorfall für einen dummen Jungenstreich.

„Dieses Problem habe ich täglich. Jungen in seinem Alter finden es amüsant, wegzulaufen und von der Polizei wieder nach Hause gebracht zu werden“, sagte er und schüttelte den Kopf.

Resa schluckte und sagte: „Wie können Sie es wagen, meinen Sohn mit irgendwelchen anderen Jungen zu vergleichen, die der Polizei Ärger bereiten? Ben ist noch nie negativ aufgefallen. Er hat hohes Fieber und ist sehr schwach. Wie kann er es in diesem Zustand lustig finden wegzulaufen?“ Sie klang wütend, verletzt und ängstlich zugleich. Ihre Hände zitterten.

Der Polizist nickte verständnisvoll. „Natürlich haben Sie Angst um Ihren Sohn, doch Sie sagten selbst, dass Ihr Sohn vernünftig ist. Vielleicht wollte er nur kurz zu einem Freund.“

„Was unternehmen Sie jetzt?“, wollte Resa wissen, die mit ihren Nerven fast am Ende war.

„Bis heute Abend erst einmal gar nichts. Wir werden abwarten, ob Ihr Sohn nicht vorher wieder nach Hause kommt“, sagte er mit ruhiger Stimme.

„Wie bitte? Wie können Sie nur so sorglos an den Fall herangehen? Mein Sohn ist vielleicht in Gefahr und braucht Hilfe!“, sagte

Resa aufgebracht. Ihr Atem ging schnell. Ihre natürliche Gesichtsfarbe veränderte sich kurzerhand, Bens Mutter wurde dunkelrot. Sie erinnerte an einen Drachen, der kurz vor einem Wutausbruch stand. Sie ballte ihre Fäuste und erschien im selben Moment wie ein kleines, verletztes Mädchen, dem das Lieblingskuscheltier weggenommen worden war. Doch ihr war etwas viel Wichtigeres genommen worden. Ihr eigenes Kind war spurlos verschwunden.

„Bitte beruhigen Sie sich. Ihr Sohn wird wieder auftauchen. Haben Sie schon bei Freunden oder Verwandten des Jungen angerufen?“ Resa schüttelte den Kopf. „Dann telefonieren Sie erst einmal herum und starten Telefonketten.“

Sie nickte und tippte eine Nummer in das Telefon. Der Polizist erhob sich und verabschiedete sich mit einem freundlichen Winken. Resa starrte ihm verzweifelt hinterher, während das Telefon vor sich hin tutete.

Am Abend war Ben immer noch nicht aufgetaucht und auch die Telefonate im Umfeld hatten nichts ergeben. Resa rief bei der Polizei an. Dieses Mal erschien der Polizist mit Verstärkung. Er murmelte, dass so etwas nur in den seltensten Fällen eintreten würde, doch das konnte Resa auch nicht ermutigen. Sie machte sich große Sorgen. Eine junge Polizistin legte beruhigend einen Arm auf ihre Schulter und versicherte ihr, ihren Sohn bald zu finden.

„Wie sieht Ihr Sohn aus? Welche Kleidung trug er heute Morgen?“, wollte der Polizist wissen.

„Ben ist etwa einen Meter fünfundsiebzig groß und hat dunkle Haare, die er mit etwas Haargel nach oben kämmt. Heute Morgen trug er noch seinen blauen Schlafanzug, denn schließlich ist er krank.“

„Haben Sie ein Bild Ihres Sohnes?“

„Sicher.“ Sie brachte ein Fotoalbum und schlug eine Seite auf. Mit dem Finger zeigte sie auf eines der Bilder und sagte: „Das ist Ben.“

Der Polizist betrachtete das Foto aufmerksam. Dann nickte er und sagte: „Wir werden jetzt mit der Suche beginnen.“

„Ich komme mit“, sagte Resa prompt. Sie wollte sich an der Suche beteiligen, auch wenn der Polizist ihr das Gegenteil riet. Aber sie konnte nicht unnütz zu Hause herumsitzen und an die Wand starren. Eilig zog sie sich ihre Jacke über und zerrte an dem Reißverschluss. Ihre Hände wühlten in den Jackentaschen und überprüften, ob sie den Haustürschlüssel und den Führerschein dabeihatte. Plötzlich zuckte sie zusammen. In ihrer Hand hielt sie einen kleinen Kompass, den ihr Ben vor einigen Jahren geschenkt hatte. Er hatte gesagt, dass sie mit diesem Gerät immer wieder nach Hause finden könnte. Sie musste nur der kleinen Nadel folgen. Sie schluckte und drückte das Geschenk ihres Sohnes an ihre Brust. Damals war sie für einige Tage zu ihren Verwandten gefahren, weil ein Freund ihrer Eltern verstorben war. Für Ben waren diese fünf Tage eine halbe Ewigkeit gewesen. Er hatte Angst, dass seine Mama den Weg nach Hause nicht mehr finden würde, einfach nur deswegen, weil sie es in den fünf Tagen vergessen haben könnte.

„Bitte führ mich zu Ben", flüsterte Resa und seufzte.

Der Polizist betrachtete sie besorgt. Resa versuchte zu lächeln, auch wenn ihr innerlich anders zumute war. Ihr Haupt fühlte sich schwer an, als ob sie es kaum halten konnte. Es war gefüllt mit Erinnerungen an Ben und Schuldgefühlen, mit denen sie zu kämpfen hatte. Andererseits erschien ihr Kopf gleichzeitig wie leer gefegt. Resa bewegte sich wie in Trance vorwärts und strich gedankenverloren über die Bilderrahmen, die eine fröhliche Familie zeigten. Ihr Leben war zerstört. Das Liebste war ihr genommen worden.

„Geht es Ihnen gut?", fragte der Polizist. Verstört blickte Resa in das besorgte Gesicht.

„Können Sie sich die Antwort nicht denken?", erwiderte sie schwach und schaute gekränkt zu Boden.

„Was ist mit Bens Vater?", wollte der Polizist noch wissen. Diese Frage war berechtigt und trotzdem fühlte Resa einen schmerzhaften Stich in der Brust. „Entschuldigung, wenn ich so in Ihre Privatsphäre eindringe. Ich habe mich nur gefragt, ob man ihn nicht informieren sollte", sagte der Mann, dem der entsetzte Gesichtsausdruck von Resa auffiel.

„Mein Mann ist vor einigen Jahren verstorben", sagte sie.

Der Polizist senkte betroffen den Kopf. Auf einmal fiel ihm der Fall wieder ein. Er erkannte Resa, die vor einigen Jahren panisch in der Polizeizentrale auftauchte und von ihrem Mann berichtete, der von seinem Angelausflug nicht zurückgekommen war. Damals konnte die Polizei nur vermuten, dass der Mann ertrunken war.

Denn weder das Boot noch die Leiche konnten gefunden werden. Es war ein seltsamer Fall gewesen. Der Polizist betrachtete die Mutter, die sich in den letzten Jahren kaum verändert hatte. Und trotzdem sah sie irgendwie anders aus. Die Lebensfreude und Hoffnung, die sie damals ausstrahlte, waren erloschen. Die junge Frau hatte ihr Schimmern in den Augen verloren. Augenringe offenbarten ihre schlaflosen Nächte.

„Er war mit dem Boot unterwegs auf dem Lucasee", fuhr sie fort. Der Polizist nickte. Der Lucasee barg Gefahren. Der Lucasee! Wie vom Blitz getroffen rannte er zum Wagen. Verwirrt schaute Resa dem Polizisten hinterher, verschloss die Haustür und rannte zu ihrem Auto. Mit lauter Sirene und quietschenden Reifen begann die Suche.

Das Haus des Kräutermeisters

„Wie konntet ihr nur so gemein sein?“, fragte Ben in die Runde. Er schaute Mel betroffen hinterher. In der Ferne hörte er die Klagen des kleinen Kobolds, der sich fürchterlich über das Verhalten der Elfen beschwerte. Der Junge schüttelte den Kopf. Was für ein launischer Begleiter. Arme Mel.

„Du wirst das Mädchen wiedersehen“, sagte plötzlich eine vertraute Stimme hinter ihm. Kumbold kam mit großen Schritten auf ihn zu.

„Woher willst du das wissen?“, fragte Ben.

„Ich weiß es einfach.“ Durch eine Bewegung mit dem Zeigefinger bedeutete Kumbold, ihm zu folgen. Sie verabschiedeten sich von Wunibald und den Elfen und gingen.

„Wieso bist du dir in deinem Handeln und allen Schritten, die du tust, so sicher? Ich habe das Gefühl, dass du Gedanken lesen kannst. Die Elfen hatten eine ähnliche Gabe, aber sie meinten, dass sie nur meinen Gesichtsausdruck leicht deuten könnten.“

„Elfen haben eine erstaunliche Menschenkenntnis. Der erste Eindruck reicht ihnen oft, um zu erkennen, was du denkst und was du vorhast. Doch eine hundertprozentige Sicherheit erzielen sie damit nicht. Was mich anbelangt“, Kumbold drehte sich in Bens Richtung und zeigte stolz mit dem Finger auf seine Brust, „ich habe die Eigenschaft, in die Zukunft zu sehen.“

„Toll!“, sagte Ben begeistert. „Dann kannst du mir doch bestimmt ganz viele Dinge erzählen, die demnächst passieren.“

Kumbold räusperte sich. „Ganz so einfach ist es leider nicht. Ich kann nur eingeschränkt in die Zukunft sehen. Zum Beispiel weiß ich, welches Wetter wir morgen haben. Auch bei Menschen klappt das gut, doch bei den meisten Wesen fällt es mir schwerer und ich muss mich sehr konzentrieren. Bei dir hingegen macht es richtig Spaß.“

„Wie?“, fragte Ben verunsichert.

Kumbold kicherte. „Deine Gedanken fliegen mir regelrecht zu, als ob du sie mir erzähltest. Das finde ich lustig."

Ben schaute auf den Boden. „Na toll. Das heißt, du kannst nicht nur in die Zukunft blicken, du kannst auch Gedanken lesen ... und weißt somit, was ich fühle."

„Exakt!"

Ben kratzte sich verlegen an seinem Ohrläppchen.

„Ich weiß, was du denkst!", feixte Kumbold und klopfte Ben auf die Schulter.

„Mh", murmelte Ben. Die Situation war ihm sichtlich unangenehm.

„Ich weiß, was du denkst!", sagte der Meister abermals. „Ich weiß auch, was du jetzt denkst. Haha!"

Ben stöhnte. Das musste er nun den ganzen Weg ertragen. Na toll!

Kumbold schüttelte den Kopf: „Wie soll ich so nur mit dir arbeiten? Wie wäre es mit einer positiveren Einstellung?" Er grinste und musste sich beherrschen, nicht loszuprusten.

Ben beäugte den Kräutermeister, der sich nicht mehr halten konnte. Kumbold presste die Hand auf den Mund und beugte seinen Oberkörper leicht nach vorn. Mit der anderen Hand schien er nach etwas zu suchen, um sich abzustützen. Er fand einen Stock, der sein Gewicht tragen konnte. Genervt stand Ben am Wegesrand und beobachtete Kumbold, wie er sich gerade auf der Erde wälzte und laut lachte. Dabei rief er: „Ich weiß, was du denkst!"

„Wie peinlich er sich verhält", dachte Ben und grinste.

„Ich und peinlich? Was für eine kuriose Verbindung!" Kumbold kugelte sich weiterhin lachend auf dem Boden. Tränen sammelten sich vor Freude in seinen Augen.

„Lass uns weitergehen", nörgelte Ben und tippte mit seinem Finger auf die Schulter des Kräutermeisters.

Dieser dachte aber gar nicht daran. Mit einer knappen Geste scheuchte er Bens Hand beiseite und kugelte sich weiter auf der Erde herum. Es schien ihm Spaß zu machen, sich wie ein wildes Tier im Dreck zu suhlen. Kumbolds Kleidung war schon ganz sandig und mit jeder Bewegung, die er machte, ließ er eine Staubwolke entstehen.

Ben hustete und zupfte abermals an Kumbolds Hemd. „Kumbold, du machst dich total dreckig und versandest die Gegend. Lass uns weitergehen", sagte Ben. Dabei klang er beinahe so wie eine Mutter, die ihren Sohn ermahnte, weil er mal wieder in eine Pfütze gesprungen war. Auf der anderen Seite war er jedoch wie der mürrische Sohn, der von dem langen Spaziergang echt genug hatte und nun endlich nach Hause wollte. Wie auch immer, Kumbold benahm sich sehr seltsam. Die ganze Welt schien nicht normal zu sein.

Als Kumbold sich endlich gefangen hatte, konnte die Reise weitergehen. Der Kräutermeister klopfte seine Kleidung ab und latschte mit großen, schweren Schritten voran. Er sagte kein Wort, doch Ben konnte erkennen, dass sein Begleiter vor sich hin schmunzelte. Klar, er wusste, was Ben gerade dachte.

Die Gegend, in der sie sich befanden, schien unendlich groß zu sein. Ben konnte kilometerweit sehen. Er erblickte blühende Felder und einen strahlend blauen Himmel. Mehr nicht. Der Weg schien endlos. Und schon jetzt hatte er keine Lust mehr, auch nur einen weiteren Schritt zu gehen. Die Sonne brannte auf seine Haut, welche langsam, aber sicher unangenehm zu jucken begann. Ein Sonnenbrand war vorprogrammiert.

„Ich will nach Hause", dachte er und kratzte sich an seinem Oberarm. Er sah eine Raupe, die langsam über den Weg kroch.

„Moment", sagte Kumbold plötzlich, legte das kleine Tier vorsichtig auf seine Hand und beförderte es auf die andere Seite.

„Pah!", dachte Ben. Er erinnerte sich, wie *nett* Kumbold ihn in die Höhe gehievt hatte.

„Bei dir war das etwas anderes", murmelte Kumbold in seinen langen grauen Bart. Lächelnd schaute er der Raupe zu, wie sie unter der Pflanzendecke verschwand.

Sie erreichten schließlich ein winziges Holzhaus inmitten einer großen Wiese. Ben gefiel der Anblick. Das Haus machte einen unglaublich ruhigen Eindruck auf ihn. Alle Sorgen und Ängste schienen wie weggeblasen. Als ob ein Wind vorbeigekommen wäre und sie einfach mitgenommen hätte. Fensterläden knarrten leise im Wind. Glöckchen, die über der Tür hingen, erklangen.

„Wie schön", murmelte Ben. Mit seinem Finger fuhr er über die Fensterbretter. Dabei fielen ihm die Blumentöpfe auf. Etwas Grünes, Undefinierbares wuchs darin. „Was ist denn das?“, fragte Ben. Aber Kumbold schien die Frage nicht gehört zu haben. In dem Moment schlug er mit seiner Schulter gegen die Tür, die sich mit einem Ächzen langsam öffnete.

„Hereinspaziert“, sagte der Kräutermeister feierlich und bat Ben einzutreten.

Auf dem Boden lag eine fußmattenähnliche Decke. Sie schien aus Moos zu sein. Ben blieb verdutzt stehen. Wie würden seine Schuhe wohl sauberer sein? Wenn er sie sich auf diesem Ding abputzte oder wenn er einen großen Schritt darüber machte?

Er entschied sich, über die Decke zu laufen, weil er nicht unhöflich sein wollte. Entsetzt sah er, wie seine Schuhe eine grünliche Farbe annahmen, doch er ließ sich nichts anmerken. Auch Kumbold putzte sich seine Schuhe ausgiebig und fuhr kräftig mit seinen großen Latschen über die Matte. Ein Schmunzeln konnte er dabei nicht unterdrücken. Natürlich, er wusste, woran Ben gerade gedacht hatte!

Anschließend betrat der Junge einen großen Raum. Die Wände waren aus Holz und der Boden mit Gras bewachsen. In der Mitte des Zimmers befand sich ein Kasten. In diesem lag zusammengefaltet eine Decke aus Moos. Vermutlich war das der Schlafplatz des Kräutermeisters.

Kumbold lachte. „Nein. Ich schlafe nicht auf Moos. Das ist das Bett des Kräuterlehrlings.“ Entgeistert blickte Ben in die Augen des Meisters. „Vor vielen Jahren musste auch ich in diesem Bett schlafen. Nun bin ich froh, in einem bequemeren Gestell nächtigen zu dürfen.“ Kumbold fuhr mit der Hand über seinen Rücken. „Damals dachte ich noch, dass ich mit Spätfolgen und Rückenproblemen zu rechnen habe, doch es ist alles in Ordnung. Du brauchst also keine Angst zu haben.“ Er grinste und zeigte zu einer Tür.

Neugierig öffnete Ben diese. Er schaute in einen hellen, freundlichen Raum mit vielen großen Fenstern. Sein Mund blieb ihm sperrangelweit offen stehen. Das gab es ja nicht! Der Boden bestand aus glänzendem Holz und auch das Bett sah unglaublich bequem aus. Die Bettdecke war rein und weiß und bestand aus weichen Federn. Der Unterschied zwischen den beiden Zimmern war wie Tag und Nacht. Empört musterte Ben den stolzen Meister, der sich in sein Bett fallen ließ und laut zu schnarchen anfing.

Ben schüttelte den Kopf und tippte mit dem Finger den schlafenden Meister an, doch dieser hielt die Berührung für eine lästige Fliege und schlug mit seiner Hand nach dem störenden Etwas. Es knallte laut, als Kumbold Bens Hand traf, doch auch dieser Lärm schien ihm nichts auszumachen.

„Ja klar, lass mich hier ruhig herumstehen und dich beim Schlafen beobachten", murmelte Ben gereizt. Er rieb sich beleidigt seine schmerzende Hand und ging gesenkten Hauptes zurück in sein neues eigenes Reich. Dort ließ er sich auf das Moosbett fallen.

Nach einem dumpfen Geräusch spürte Ben den Schmerz an seinen vier Buchstaben. Verärgert rieb er sich seinen Po. Er konnte unmöglich in diesem Ding schlafen. Auch wenn Kumbold keine Spätfolgen erlitten hatte, hieß das noch lange nicht, dass Ben von Schmerzen verschont bleiben würde. Aber der Kräuterlehrling hatte keine andere Wahl. Auf dem mit Gräsern bewachsenen Boden wollte er auf keinen Fall nächtigen. Schließlich konnte ja sonst wer sein Lager dort aufgeschlagen haben. Spinnen, zum Beispiel, mit unglaublich langen Beinen, oder Zecken, die nur auf sein menschliches Blut lauerten. Nein, der Boden kam für den Jungen nicht infrage. Mit skeptischem Blick betrachtete er den Kasten und legte sich vorsichtig hinein. Dieser war eindeutig zu klein. Seine Füße lagen auf der Bettkante.

„Sehr bequem", dachte Ben. Er konnte sich nicht vorstellen, wie Kumbold einst in diesem Bett geschlafen hatte. Kumbold, dessen Maße bestimmt die Zwei-Meter-fünfzig-Marke übertrafen. Das bedeutete, er war gute achtzig Zentimeter größer als Ben. Bei diesen Gedanken gähnte der Junge und schloss seine Augen. Wenig später war er auch schon eingeschlafen.

„Aufstehen!" Kumbold rüttelte an Bens Bettgestell. Der Junge stöhnte und erhob sich ächzend aus seiner Liegeposition. Er hatte schlecht geschlafen und merkte seine verspannte Schultermuskulatur. „Daran gewöhnst du dich", versicherte ihm Kumbold. Das Grinsen in seinem Gesicht ließ darauf schließen, wie sehr er es genoss, dass Ben genauso litt wie er einst selbst. „Komm! Wir haben heute noch viel zu tun!", sagte er.

Mit einem tiefen Seufzer kletterte Ben aus seiner Kiste, streckte und rekelte sich.

„Hast du Hunger?“, fragte Kumbold.

„Ja“, sagte Ben und strich über seinen knurrenden Bauch.

„Dann komm mal mit.“ Mit großen Schritten ging der Meister voran und führte Ben in einen kleinen Raum mit vielen Schränken und einem großen, runden Tisch.

Auf dem Fensterbrett standen Kräuter. Irgendwelche Sorten, die Ben vage bekannt vorkamen. In Resas Küche standen auch solche Töpfe, aber er hatte sich noch nie mit diesem Grünzeug beschäftigt. Sein Blick wanderte in Richtung Boden. Auf jeder Fliese war eine andere Pflanze abgebildet sowie deren Name und Bedeutung. Thymian, Rosmarin, Lavendel, Lorbeer, Anis und viele weitere Kräuter versammelten sich unter seinen Füßen. Von der Decke hingen ebenfalls Kräuterbüschel herunter und an den Wänden klebten Pflanzenbilder. Alles voller Kräuter!

Ben mochte sie nicht, nicht aufgrund ihres Aussehens, sondern wegen des unangenehmen Geschmacks. Alle Kräuter erinnerten ihn an das widerliche Gebräu, welches er trinken musste, wenn er krank war. Das widerliche Gebräu, welches seine Mutter ihm immer wieder unter die Nase schob und ihn bat, es zu trinken. Seine Mutter. Wie es ihr wohl ging? Er würde ihr so gern Bescheid geben und ihr alles erzählen. Es ging ihm doch gut … Zumindest den Umständen entsprechend, als er sah, was Kumbold vor seinen Augen fabrizierte.
„Was ist das?“, fragte Ben.

„Kräutersuppe.“

„Hm.“ Ben rümpfte die Nase. Die Suppe sah nicht besser aus als das eklig schmeckende Gebräu seiner Mutter, die das Zeug *Kräutertee* nannte.

„Auch daran wirst du dich gewöhnen“, versicherte Kumbold mit einem Augenzwinkern.

Ben zuckte mit den Achseln und ließ sich auf einem schmalen Schemel nieder. Bald darauf setzte sich Kumbold zu ihm und schob ihm die Suppe mit einem Laib Brot und einer Tasse Tee zu. Ben seufzte vernehmlich und starrte in das Getränk. Als sein Magen ein weiteres Knurren von sich gab, nahm er das Besteck. Er beobachtete seine Hand, wie sie den Löffel langsam in die seltsam riechende Suppe eintauchte und sich dann in Richtung Mundöffnung bewegte. Seine Augen wurden immer größer und sein Gesicht verzerrte sich angewidert. Bäh! Nein. Er wollte das nicht essen. Niemals! Er schüttete etwas Brühe zurück in das Schälchen und schaute enttäuscht auf seine Mahlzeit. Sein Magen zog sich zusammen und knurrte abermals. Das Hungergefühl war unerträglich. Er musste etwas essen. Sofort.

„Okay, neuer Versuch", dachte er. Das Gebräu näherte sich immer mehr dem Geschmacksorgan. Seine Lippen öffneten sich und die Zunge schob sich leicht nach vorn. Er probierte von der Suppe und ... konnte es kaum fassen. Ja, die Suppe schmeckte ausgezeichnet! In Sekundenschnelle schlürfte er den Teller leer. Er probierte auch den Tee ... und tatsächlich, das Kräutergebräu schmeckte ihm. Er verlangte sogar Nachschub.

Kumbold lächelte. „Habe ich es dir nicht gesagt?", freute sich der Meister.

Nachdem sie den Abwasch hinter sich gebracht hatten und Kumbold mit dem Glänzen seiner Teller und Tassen zufrieden war, machten sie sich auf den Weg.

„Wohin gehen wir?", fragte Ben neugierig.

„Ich möchte dir etwas zeigen."

„Und was?"

„Lass dich überraschen."

Sie gingen einen schmalen Weg entlang, kamen an einem Brunnen vorbei und passierten große Wiesen. Das Gras leuchtete in kräftigen Grüntönen. Solch intensive Farben der Natur hatte Ben noch nie gesehen.

„Es ist wirklich schön hier", sagte er.

„Ja", murmelte Kumbold. „Nur leider nicht mehr lange."

Sie überquerten einen Fluss. Und plötzlich erschienen das Gras und die Bäume sehr alt und trist.

„Was ...", fragte Ben verdattert.

Kumbold kniete sich nieder und riss einen Grashalm aus der trockenen Erde. Er erhob sich und hielt Ben den Stängel hin. „Wir müssen etwas dagegen tun, verstehst du? Wenn wir das ignorieren, wird es bald kein Ventya mehr geben. Siehst du die Eimer?" Ben nickte. „Deine heutige Aufgabe besteht darin, die Pflanzen mit viel Wasser zu versorgen. Doch merke dir eines: Gib den Pflanzen nie zu viel und nie zu wenig Flüssigkeit, denn beides kann ihnen das Leben kosten."

„Verstanden“, murmelte Ben. Was war hier bloß los? Er nahm eine Kanne und füllte sie mit Flusswasser. Dann lief er zu der ersten Grasfläche und fing an zu gießen. Eine fast vertrocknete Blume schien die Flüssigkeit aufzunehmen und sich langsam aus ihrer schlaffen Position zu erheben. Er beobachtete, wie sie ihre Blätter ausstreckte, als ob sie aus einem langen Winterschlaf erwacht wäre. Ihre Blüten nahmen einen zarten rosafarbenen Ton an. Plötzlich schüttelte sie sich wie ein nasser Hund und beugte ihren Blütenstamm leicht nach vorn. Verblüfft betrachtete Ben das zarte Geschöpf, wie es sich vor ihm verbeugte. Auf diese Weise schien es sich bei ihm zu bedanken.

„Kumbold, sieh nur!“, rief er.

Der Meister lächelte: „Das ist ihre Art, danke zu sagen.“

„Aber wofür?“

„Du rettest ihnen das Leben.“

„Ich?“

„Ja, Ben. Du.“

Für einen kurzen Moment verharrte Ben in seiner gebückten Haltung. Er rettete jemandem das Leben. Er! „Warum sind die Pflanzen auf dieser Seite so verwelkt, wenn doch auf der gegenüberliegenden Seite alles blüht und gedeiht?“, fragte er.

„Wir nähern uns langsam einem Gebiet, welches für uns schier unerreichbar geworden ist.“

„Wie meinst du das?“

„Wir nähern uns dem Dunkelwald.“

„Was ist der Dunkelwald genau?“

„Das wirst du noch früh genug erfahren und jetzt stell mir nicht so viele Fragen, sondern arbeite!“

Den restlichen Tag sprach Kumbold fast kein Wort. Ben traute sich auch nicht, einen Mucks von sich zu geben. Irgendetwas verschwieg ihm der Meister.

Den ganzen Tag schufteten sie wie die Wilden. Als die Sonne unterging, packten sie ihre Sachen zusammen und machten sich auf den Heimweg. Mit dem Ergebnis konnten sie zufrieden sein. Sie hatten viel geschafft. Das Gebiet sah gleich viel freundlicher aus und nicht mehr so trocken und trist. Zum Abschied verbeugten sich die kleinen Pflänzchen vor ihren Rettern. Ben lächelte. Er fühlte sich gut mit dem Gedanken, etwas verändert zu haben.

„Kumbold?“, fragte Ben zögernd.

„Was gibt‘s?“, antwortete dieser etwas brummig.

„Du erinnerst mich an meine Eltern.“

„Oh.“ Verwundert blickte der Meister zu dem Jungen und musterte ihn eindringlich. Er suchte nach einer klugen Antwort, doch ihm fiel nichts Passendes ein. Mit den familiären Problemen des Lehrlings war er vertraut. Schließlich konnte er Bens Gedanken lesen. Doch sprechen wollte er über das heikle Thema nicht. In solchen Dingen war er noch nie besonders talentiert gewesen. Verlegen kickte er einen Stein vor sich hin und blickte zu Boden.

„Genau wie du pflegten sie liebevoll ihren Garten. Sie versuchten, mir die Pflanzen und verschiedenen Gewächse schmackhaft zu machen, und schenkten mir mein ganz persönliches Beet.“ Ben erwartete keinen Kommentar des Freundes. Er wollte sich seinen Kummer von der Seele sprechen und verlangte nur das aufmerksame Gehör des Meisters.

Dieser reagierte allerdings leicht allergisch auf Offenbarungen von Geheimnissen. Nervös spielte Kumbold mit seinen Fingern und hoffte, dass er sich später nicht mit dem Jungen über seine eigenen Probleme unterhalten musste. Natürlich ehrte es ihn, dass Ben ihm seine Ängste anvertraute. Er war sogar etwas stolz darauf. Allerdings wusste er nicht, wie er sich verhalten sollte. Die Rolle eines Vaters hatte er noch nie gespielt und er wollte diesen Platz auch nicht einnehmen.

Ungehemmt sprach Ben weiter: „Ich pflanzte Erdbeeren und Salat an, doch wenn es ans Ernten ging, waren sie durchlöchert. Das Ungeziefer war einfach schneller als der kleine achtjährige Gärtner. Ich war sehr unglücklich, weil ich wusste, dass ich etwas falsch machte. Bei meinen Eltern gab es schließlich immer viel zu ernten und bei mir sah es so kahl aus.“

Dicke Krokodilstränen kullerten über Kumbolds faltiges Gesicht. Der Meister war so gerührt von der Geschichte, dass er nicht mitbekam, wie emotional er darauf reagierte.

Erschrocken schaute Ben nach oben. „Habe ich ...“

„Nein, nein, mein Junge. Bitte erzähl weiter!“, bat Kumbold.

„Nicht aufgeben, hieß die Devise. *Gib niemals auf. Die Welt ist viel zu schön, um den Kopf hängen zu lassen.* Das haben sie immer gesagt. Aber weißt du, was? Sie haben sich getäuscht, denn die Welt ist furchtbar. Die Welt hat mir meinen Vater genommen und meiner Mutter die Freude am Leben."

Jetzt gab es kein Halten mehr. Der Meister schnäuzte sich in sein Taschentuch und wischte sich mit dem Hemdärmel über die verheulten Augen. Aber mit dem Weinen aufhören konnte er nicht. Er musste an den kleinen Jungen denken, dem in so frühen Jahren das Wichtigste genommen worden war. Die Erinnerungen an seine eigene Kindheit vermischten sich mit Bens Erzählungen. Kumbold hatte seine Eltern nie richtig kennengelernt und er identifizierte sich mit dem Schicksalsschlag des Jungen.

„Was ist los?", wollte Ben wissen. In seinen Augen lag so etwas wie Schuldgefühl, Trauer, Angst, aber auch Mut.

Kumbold schnäuzte sich nochmals die Nase und wischte sich die Tränen aus dem Gesicht. Dann wandte er sich dem Jungen zu und erzählte seine Geschichte.

Die Geschichte des Kräutermeisters

Im Alter von drei Jahren wurde Kumbold zu einem Waisenkind. Das Jugendamt machte eine Familie ausfindig, mit der er verwandt war, und schickte ihn einfach dorthin – ohne vorher mit ihm darüber geredet zu haben. „Als meine Eltern starben, wurde ich zu meiner Großmutter gebracht. Sie wohnte, genau wie du, in Lucastadt."

Überrascht schaute der Junge auf. „Das bedeutet ja, dass du auch nicht auf Ventya geboren bist. Wie bist du hierhergekommen?"

„Nicht so schnell. Immer mit der Ruhe", sagte Kumbold und lächelte. „Ich hatte meine Großmutter noch nie gesehen, weil meine Eltern nicht wollten, dass ich sie kennenlernte. Meine Oma, die Mutter meines Vaters, wollte der Hochzeit meiner Eltern nicht zustimmen und versuchte mit allen Mitteln, eine Ehe zu verhindern. Sie hatte einen großen Kräutergarten und kannte sich gut mit Pflanzen aus. So fiel es ihr auch nicht schwer, einen Trunk zu mixen, der meiner Mutter schaden sollte. Im letzten Moment erwischte mein Vater meine Oma, wie sie das Gebräu in eine Tasse kippte. Er war fix und fertig mit den Nerven und unglaublich wütend auf seine Mutter. Sofort ging er mit seiner Frau weg. Sie kamen nie mehr zurück."

Aber die Großmutter wollte ihren geliebten Enkelsohn sehen. Sie traute ihrer Schwiegertochter nicht das Geringste zu und wollte das Kind zu sich holen. Beatrice, die Mutter des Kindes, war in ihren Augen noch viel zu jung für eine Familie. Mit ihren 20 Jahren hatte sie doch gerade erst das Jugendalter hinter sich gelassen. Und überhaupt wirkte die Frau noch so kindlich mit ihren langen geflochtenen Zöpfen und den Schleifen in den Haaren. Nein, Kumbolds Großmutter konnte Beatrice nicht leiden. Das lag unter anderem auch daran, dass ihr Sohn so frühzeitig das Elternhaus verlassen hatte, um mit Beatrice zusammenzuziehen. Die beiden waren noch nicht einmal verheiratet, schon bekam Beatrice einen kugelrunden Bauch. Kumbold kündigte sich an und mit ihm ein Skandal. Die Menschen in Lucastadt beobachteten das Geschehen mit entrüsteten Blicken. Eine 20-jährige Frau, die unverheiratet und schwanger war, das hatte es bislang noch nicht in Lucastadt gegeben – und gern gesehen war es natürlich auch nicht.

Hierbleiben konnte das junge Paar auf keinen Fall, doch Walter, Kumbolds Vater, plante schon das nächste Ereignis. Er wollte Beatrice zu seiner Frau nehmen. Der nächste Skandal stand in den Startlöchern, weil Kumbolds Großmutter der Heirat nicht zustimmte. Walter war das egal. Er wollte mit Bea zusammenleben und ließ sich durch seine launische Mutter nichts verbieten. Was für eine Schande. Die Familie war Gesprächsthema Nummer eins in der Stadt und die Großmutter entschied, die Hochzeit auf ihre Weise zu verhindern. Nach Kumbolds Geburt zogen die Eltern mit ihrem Sohn in die Nachbarstadt und lebten dort zehn glückliche Tage, bis Beatrice an einer seltenen Krankheit starb. Von einem Tag auf den nächsten ging es der jungen Mutter sehr schlecht. Sie klagte über Bauchschmerzen und Übelkeit und musste im Bett bleiben. Nach einigen Tagen stieg ihre Körpertemperatur in gefährliche Höhen. Walter wusste sich in seiner Not nicht anders zu helfen, als seine Mutter um Rat zu fragen. Die Kräuterhexe kannte sich mit der Medizin aus und konnte spezielle Tinkturen mixen, um Kranke zu heilen. Aber Beatrice helfen wollte sie nicht. Walter, der seiner Mutter die Schuld an dem schrecklichen Unglück gab, sprach daraufhin kein einziges Wort mehr mit ihr. Auch als er nach drei Jahren selbst im Sterben lag, weil er über den Verlust seiner Lebensgefährtin nie hinweggekommen war, redete er nicht mit ihr.

Die Großmutter hatte geschafft, was sie wollte. Der kleine Kumbold kam zu ihr. Aber war sie wirklich glücklich damit? Ihr Sohn und seine Frau waren tot und sie hatte an allem Schuld. Sie hatte das junge Glück zerstört, weil sie Beatrice nicht leiden konnte. Dabei war diese ein so reizendes Mädchen gewesen, quietschfidel und sympathisch. Jeder konnte sie leiden und Walter und Bea galten als das Traumpaar in der Stadt. Zumindest bevor sie zum Skandal geworden waren. Was war der Auslöser für die Intoleranz der Großmutter? Es war der Neid. Sie war neidisch auf die junge Frau, die in ihrem Leben all das bekommen sollte, was sie sich wünschte. Bea wollte mit Walter, dem Mann, den sie liebte, zusammenleben. Sie war schwanger und erwartete das erste Kind. Dann war die Hochzeit geplant. Rosige Zeiten standen ihr bevor.

Ganz anders erging es Kumbolds Großmutter, die zu einer Heirat gezwungen worden war. Ihr Mann war ein herzloser Mensch, der sie häufig schlug und betrog. Sie wurde schwanger und war schon bald allein, weil er sie wegen einer anderen verließ.

Der kleine Kumbold bekam von der Tragödie seiner Familie kaum etwas mit. Er verstand anfangs nicht, warum seine Eltern nun nicht mehr bei ihm waren und er bei der für ihn fremden Frau leben musste.

Ben schluckte. Was für eine traurige Geschichte das doch war. „Wie war deine Großmutter zu dir?", wollte er von dem Meister wissen.

„Meine Großmutter liebte mich über alles und erfüllte mir jeden Wunsch. Zumindest fast jeden. Ich wollte Geschichten über meine Eltern hören, die sie mir nur selten oder auch gar nicht erzählte. Ich wollte wissen, wie das schreckliche Unglück passierte, als meine Mama und mein Papa starben. Aber meine Großmutter tätschelte mir nur den Kopf und sagte: *Es war ein grauenhafter Unfall.* Ich wusste, dass sie log. Das sagte ich dann auch zu ihr. Mit Tränen in den Augen erzählte sie mir dann von dem Hexentrunk."

Schon wenige Tage nach dem Umzug des jungen Paares zog sich die Großmutter in ihren Kräutergarten zurück. Das war der einzige Ort, an dem sie sich geborgen und sicher fühlte. Der Garten war ihr Lieblingsplatz. Hier verbrachte sie mehrere Stunden am Tag, pflegte ihre Pflanzen und mixte neue Tinkturen. Ihr Blick fiel auf die schwarzen Beeren der Zauberpflanze Atropa belladonna.

„Welch schöner Strauch", dachte die alte Frau. Sie strich mit ihren faltigen Händen über die Blätter und betrachtete die leuchtenden Beeren. „Aber gleichzeitig ist es auch ein tückisches Nachtschattengewächs, welches seinen giftigen Charakter nach außen hin nicht offenbart. Es ist vor allem gefährlich für Kinder, die gern Beeren naschen. Denn die Teufelskirschen führen bei unsachgemäßem Gebrauch zum Tod." Die Mundwinkel der Frau wanderten langsam in die Höhe. Sie hatte etwas vor, das stand ihr ins Gesicht geschrieben. Großzügig griff sie in den Strauch und pflückte acht Beeren. Das sollte reichen. Wenig später stand sie in der Küche. In einem Kessel brodelte eine schwarze Flüssigkeit. Sie grinste höhnisch und wirkte in dem Moment wie eine böse Hexe. Es fehlte nur noch der spitze Hut.

„So leicht kommt ihr mir nicht davon“, sagte sie und lachte schadenfroh. „Euch werde ich es zeigen.“

Tatsächlich brachte sie eines Tages der jungen Mutter Beatrice ein kleines Fläschchen dieser hoch konzentrierten Mischung vorbei. Erschrocken öffnete das Mädchen die Tür, aber nur einen Spaltbreit, als sie erkannte, wer zu Besuch kam. „Was willst du hier?“, zischte sie.

„Ich bringe dir einen süßen Sirup, liebe Beatrice. Der ist perfekt, um Desserts zu verfeinern.“

„Seit wann kommst du uns besuchen, werte Schwiegermutter? Du solltest besser gehen. Ich möchte deinen Sirup nicht und Walter schon gar nicht.“

„Walter liebte diese Süßigkeit, und da du nun so etwas wie meine Tochter bist, möchte ich dich in die Kunst des Sirupmachens einführen.“

„Ich? Ich soll deine Tochter sein? Du konntest mich noch nie leiden. Wie kommt dein plötzlicher Sinneswandel?“

Die Großmutter schluchzte gekünstelt und fing an zu weinen. „Es tut mir alles so leid. Bitte lasst mich an eurem Leben teilhaben. Ich vermisse meinen Sohn, den kleinen Kumbold und natürlich auch dich.“

Natürlich war Bea etwas skeptisch, als ihr die Frau die Flasche reichte. Aber schließlich war sie die Mutter ihres geliebten Mannes und eine Versöhnung war ihr sehr wichtig. Sie ging zum Gefrierschrank und griff nach einer Schachtel mit Eiscreme. „Dann probieren wir deinen Sirup doch gleich mal aus“, rief sie und griff nach zwei Schälchen.

„Nein, nein“, sagte die Großmutter daraufhin. „Ich habe schon zu viel davon genascht. Gerade habe ich keinen Appetit. Aber iss du nur.“ Und Bea aß. Es schmeckte ihr sehr und schon bald war die ganze Flasche leer.

„Wie kann man nur so kalt sein?“, fragte Ben fassungslos.

„Das habe ich mich auch immer und immer wieder gefragt. Meine Großmutter hat meine Mutter getötet. Und meinen Vater dadurch auch.“ Kumbold schluckte.

„Das tut mir sehr leid", sagte Ben und schaute betroffen zu Boden.

Kumbold zuckte aber nur mit den Achseln. Was sollte er darauf auch antworten? Mittlerweile war die Geschichte uralt und er kramte sie nur noch selten aus seinem Gedächtnis heraus.

„Wie bist du dann nach Ventya gekommen?", fragte Ben.

„Das ist eine lange Geschichte", sagte Kumbold. „Die erzähle ich dir an einem anderen Tag. Jetzt solltest du dich erst einmal ins Bett legen."

Erstaunt blickte Ben nach vorn. Tatsächlich. Sie waren mittlerweile an Kumbolds Haus angelangt. „Wie schnell doch die Zeit vergeht", dachte er und gähnte.

Im Reich der Meerjungfrauen

„Was ziehe ich heute nur an?“, fragte sich Mel. Verzweifelt stand sie vor dem Kleiderschrank. Kleider über Kleider. Die Auswahl war groß und doch schien sie nichts Passendes zu finden. Warum tat sie sich auf einmal so schwer? Sonst hatte sie doch auch kein großes Problem mit ihrer Kleiderauswahl gehabt. Ganz im Gegenteil. Eigentlich machte sich das hübsche Mädchen nicht viel aus Kleidung. Mit so einer zeitaufwendigen Prozedur wie dem Haarefrisieren und der Kleiderauswahl wollte sie keine einzige wertvolle Minute verschwenden. Der ganze Mädchenkram mit dem Trend zu Rosatönen ging an ihr vorbei, ohne Halt zu machen.

Als Kind bekam Mel von Molle eine Puppe geschenkt. Doch anstatt mit ihr zu spielen, spazieren zu gehen und sie puppengerecht zu kleiden, spielte sie lieber Friseur und schnitt dieser eine Glatze. Damals dachte sie, dass die Haare nachwachsen würden, doch als nach einem halben Jahr immer noch keine Haare gewachsen waren, fing das kleine Mädchen bitterlich an zu weinen und verlangte nach einem Arzt.

Molle tätschelte ihren Kopf und bedauerte, dass auch ein Arzt nicht mehr helfen könne. „Deine Puppe braucht jetzt viel Zuwendung und Pflege. Bade doch mit ihr“, schlug er vor. Diese Idee gefiel Mel gut. Doch vorerst setzte sie ihren kleinen, glatzköpfigen Spielgefährten in einen Eimer, der mit Schlamm gefüllt war.

„Du wolltest deine Puppe doch waschen?“, fragte Molle entsetzt.

„Ja, aber warum soll ich sie waschen, wenn sie noch nicht einmal dreckig ist? Ich verpasse ihr gerade eine Schlammkur. Die ist gut für die Haut und ich habe nachher einen triftigen Grund, sie sauber zu machen“, sagte die Kleine altklug. Als die Puppe dann gewaschen war, wurde sie einparfümiert und bekam ein neues Kleidchen angezogen. Doch irgendetwas fehlte noch.

Die kleine Mel blickte an sich herunter und betrachtete ihre Hände. Dabei fielen ihr ihre bunt lackierten Fingernägel ins Auge.

Geschwind holte sie Nagelschere und Nagellack und setzte sich der Puppe gegenüber. Doch nachdem sie der Puppe statt der Fingernägel alle Hände abgeschnitten hatte, fehlte ihr etwas zum Lackieren. Tränen kullerten über ihr Gesicht und sie holte den Verbandskasten. Eilig umwickelte sie die Arme des demolierten Geschöpfes und brachte es Molle.

„Molle, ich mache alles kaputt!", klagte sie. „Warum hast du mir nie gezeigt, wie man sich als Mädchen richtig verhält? Warum habe ich keine Mama, die mir das zeigt?"

„Es tut mir leid, meine liebe Mel. Es tut mir so leid. Wenn ich nur wüsste ..." Molle sprang auf ihre Schulter und tätschelte ihren Kopf. „Ich weiß es aber nicht. Ich habe keine Ahnung, wo deine Eltern sind." Seit diesem Tag hatte Mel die Puppe nie mehr in die Hand genommen und somit war es die erste und letzte Begegnung mit Mädchenkram gewesen.

Allmählich wurde ihr bewusst, dass sie als feine Dame nichts taugte, und sie tollte lieber mit Molle im Wald herum. Das war ihr Zuhause. Sie spielte Indianer und Pfadfinder und fühlte sich gut dabei, sich auch mal dreckig zu machen.

„Ha, das ist es!", rief Mel. Plötzlich fiel ihr Blick auf ein elegantes schneeweißes Kleid aus samtweichem Stoff und ihre Entscheidung stand fest. Schnell schlüpfte sie in das gewählte Gewand. Die empfindliche Seide schmeichelte ihrer Haut und fühlte sich angenehm weich an. Das Kostüm passte wie angegossen – das musste es auch. Schließlich war es extra für sie entworfen worden.

Sie erinnerte sich an Tante Margot, die Mutter von Molle, die etwas wackelig auf einer Leiter stand und die Maße des schlanken Mädchens nahm. Das war vielleicht eine Tortur! Stundenlang hantierte die Koboldfrau mit ihrem Maßband und ihrer Leiter herum, bis die Skizze des Kleides fertig war.

Aufmerksam betrachtete Mel ihr Antlitz im Spiegel. Sie drehte und wendete sich, hielt mit zwei Fingern einen Teil des Saumes und hob den Stoff etwas an. Wie eine piekfeine Dame stolzierte sie in ihrem Zimmer herum.

„Edler Herr, was sagen Sie zu meiner Garderobe? Finden Sie nicht auch, dass sie reizend aussieht?", fragte das Mädchen in den leeren Raum und kicherte. „Aber ja, es steht Ihnen ausgesprochen gut. Sie sehen aus wie ein Engel", sagte sie mit tiefer Stimme und freute sich, wie gut sie den Ton eines Mannes nachahmen konnte. „Oh, vielen Dank für Ihr nettes Kompliment, werter Herr. Darf ich den Namen des Gentlemans erfahren?" Instinktiv platzte die Antwort aus ihr heraus. „Aber natürlich. Mein Name ist Ben." In diesem Moment schrak Mel zusammen. Wie kam sie plötzlich auf diesen Namen, wo es doch Millionen von anderen Männernamen gab. Wieso fiel ihr gerade dieser und kein anderer ein?

„Darf ich mich korrigieren? Mein Name ist nicht Ben, sondern Hans", sprach sie vor sich hin. Doch auf einmal machte ihr dieses Spiel keinen Spaß mehr. Was machte sie hier eigentlich? Das war doch überhaupt nicht ihr Ding, in eleganten Kleidern herumzustolzieren und sich zu verhalten wie eine Dame. Was war nur in sie gefahren?

In diesem Moment betrat Molle ihr Zimmer und blieb wie versteinert stehen. „Also eigentlich wollte ich mit Mel reden. Wo ist sie nur hin?", sagte er und lächelte.

„Ich bin Mel."

„Das weiß ich doch, Kind. Hübsch siehst du aus."

„Na ja."

„Ist schon Weihnachten? Oder Ostern? Habe ich etwas verpasst? Wie kommt der Sinneswandel?"

„Gute Frage. Ich habe das Kleid gesehen und auf einmal hatte ich es an."

„Hast du vielleicht eine Verabredung? Willst du deine Freundinnen besuchen?" Mel schüttelte den Kopf. „Sehr seltsam", sagte der Kobold und verließ lächelnd das Zimmer.

„Molle? Was wolltest du eigentlich?", rief Mel ihm hinterher.

Die Tür wurde wieder aufgerissen. „Ach, ich wollte wissen, was du für heute geplant hast. Ich fühle mich nicht gut und werde mich wieder aufs Ohr legen müssen. Tut mir leid, meine Kleine."

„Kein Problem. Kurier dich lieber aus und schlaf schön." Molle nickte und verschwand wieder. „Heute könnte ich mich auf die Suche nach Ben begeben", schoss es Mel durch den Kopf. Endlich könnte sie ihn wiedersehen. Bei Molles offensichtlicher Abneigung gegenüber dem Jungen hatte sie sich bislang nicht getraut, den Wunsch zu äußern, sich mit ihm zu treffen. Jetzt schien eine passende Gelegenheit gekommen zu sein, schließlich würde Molle von dem Treffen nichts mitbekommen. „Vielleicht ist er noch im Zwergendorf", überlegte sie. Ihr Herz hüpfte und klopfte aufgeregt in ihrem Brustkorb.

Als sie sich auf den Weg machte, breitete sich ein schlechtes Gewissen in ihr aus. Sie hatte Molle nicht Bescheid gegeben. Er wusste nicht, wo sie war und mit wem sie sich traf. Mel schluckte und war sich in dem Moment bewusst, dass sie mit diesem Vorhaben ihren kleinen Freund hinterging. Der Kobold würde ein Treffen sicherlich nicht tolerieren. Ihr Magen zog sich zusammen und verursachte einen ungeheuerlichen Schmerz. Ihr Verstand riet, dass sie auf der Stelle umkehren sollte, doch ihr Herz wollte den Jungen unbedingt wiedersehen.

„Was soll ich nur tun?", fragte sie sich. Sollte sie auf das Herz hören und womöglich ihren besten Freund Molle todunglücklich machen, oder dem Verstand folgen, verbunden mit dem Risiko, Ben nie wiederzusehen? Womöglich war dieser Tag der letzte, an dem ihr ermöglicht wurde, Ben zu besuchen. Vielleicht war es ein Wink des Schicksals, dass sich Molle nicht gut fühlte und sie den Tag für sich hatte. Ja, sicher. Es war ein Wink des Schicksals.

Als sie das Zwergendorf erreichte, stand ihr der Mund sperrangelweit offen. So etwas hatte sie noch nie gesehen! Auf den Straßen herrschte buntes Treiben. Die Zwergendamen hatten lange Gewänder an, die ihnen bis zu den Füßen reichten. Die Zwergenmänner trugen schicke Anzüge und Krawatten. Zwerge und Elfen tanzten wie die Wilden im Walzerschritt zu lauter Musik.

Zwischen dem ganzen Gewusel erkannte sie Ben, der sich mit einer Elfe unterhielt. Mels Herz machte einen Hüpfer.

„Hallo! Wie geht es dir?", rief sie ihm von Weitem zu. „Hast du Lust, mich heute zu begleiten?"

Ben drehte sich überrascht zu ihr um. „Hallo Mel, schön dich zu sehen", sagte er. „Wo soll es denn hingehen?"

„Lass dich überraschen."

„Na, da bin ich aber gespannt. Wo ist Molle?"

„Es geht ihm nicht so gut."

Ben grinste. „Schade."

„Die Ironie habe ich herausgehört", meinte Mel kopfschüttelnd und fügte hinzu: „Warum könnt ihr euch nur nicht leiden?“ Ben zuckte mit den Schultern. „Themenwechsel: Was ist heute im Zwergenland los?“, fragte Mel neugierig und beobachtete eine Zwergendame in roter Abendgarderobe, die anmutig an ihr vorbei stolzierte.

„Heute haben die Zwerge Feiertag.“

„Und was feiern sie?“

„Hundertjähriges Bestehen der Zwergenstadt.“

„Ach so“, sagte Mel. „Aber es stört dich nicht, wenn du das Spektakel hier verpasst?“

„Nein, nein. Schließlich ist das der Feiertag der Zwerge. Ich wollte nur Wunibald *Hallo* sagen und ein wenig schauen. Das habe ich gemacht. Jetzt können wir etwas unternehmen. Wo soll es denn hingehen?“, fragte er erneut.

Doch Mel nahm ihn nur grinsend bei der Hand und zog ihn hinter sich her. Ausgelassen trällerte sie vor sich hin. Dass sie dabei mürrische Elfen und Zwerge beäugten, schien sie nicht zu merken. „Sie wirkt sehr glücklich“, freute sich Ben im Stillen. Obwohl sich Ben und Mel kaum kannten, hatten sie das Gefühl, schon jahrelang befreundet zu sein.

„Es macht so viel Spaß“, rief sie in die Ferne und schaute zu Ben. Er grinste wie ein Honigkuchenpferd. „Dieses Gefühl habe ich schon so lange Zeit vermisst“, sagte Mel.

„Was für ein Gefühl meinst du?“, wollte Ben wissen, doch sie zuckte nur grinsend mit den Schultern. „Du willst es mir nicht sagen?“, fragte Ben und lachte. Er knuffte Mel in die Hüfte. „Du bist!“, rief er und rannte voraus.

Schnell rannte Mel ihm hinterher. Sie war flink und durch ihre großen Schritte hatte sie nicht viel Mühe, Ben zu fangen. Er blickte nach rechts und schaute sich nach hinten um. Dabei bemerkte er nicht, wie sich Mariella von links näherte und ihn anstupste. Sie hielt sich an seiner Kleidung fest und brachte ihn zum Stehen.

„Ich habe dir viel mehr Ausdauer zugetraut“, sagte sie schmunzelnd. Mit ihren pechschwarzen Augen musterte sie Ben, der schon ganz außer Atem war. Schweiß lief ihm über sein Gesicht.

„Vielleicht sind das noch Spätfolgen meiner Erkältung“, murmelte Ben mit einem verschmitzten Augenzwinkern. Er musste Mel ja nicht gerade auf die Nase binden, dass Sport noch nie seine Stärke gewesen war.

„Ich glaube, du wolltest mich gewinnen lassen, stimmt's?" Mariella grinste und knuffte Ben in die Seite.

„Stimmt genau", erwiderte Ben und lachte.

Aus ihrem Umhängetäschchen holte sie ein Tuch und wischte ihm vorsichtig über die Stirn. Sie stellte sich auf die Zehenspitzen und schaute in seine Augen. In diesem Moment schienen ihre Hormone mit ihr durchzugehen. Sie fühlte sich in seiner Anwesenheit sicher. Das Gefühl der Geborgenheit machte sich breit. Und dann war da noch etwas anderes. Undefinierbares. In ihrem Bauch kribbelte es, als ob Tausende von Schmetterlingen darin wären. Ihr ganzer Körper schien erhitzt und sie merkte, wie ihre Wangen erröteten. Ihr Herz klopfte heftig in ihrer Brust.

„Wie schön", murmelte sie verträumt. Sie lächelte und schaute in seine braunen Augen. Ihr Gesicht schien sich darin zu spiegeln.

„Was ist schön?", fragte Ben.

„Oh." Mehr brachte sie nicht heraus. Da hatte sie wohl laut gedacht. „Es ist nur ... ach, nichts!" Sie lächelte unbeholfen. Das machte sie immer so. Wenn sie nicht wusste, was sie sagen sollte, dann lächelte sie einfach nur. Ihr Gegenüber würde sie schon verstehen.

„Du hast doch irgendwas", hakte Ben nach.

Mel stöhnte. All diese Fragen, auf die sie keine Antwort wusste. Dieser Junge, der sie so unverschämt angrinste und für das ganze Chaos in ihrem Körper verantwortlich war, brachte sie total aus der Fassung und das gefiel ihr ganz und gar nicht. Sie ließ das Taschentuch wieder in ihrer Tasche verschwinden und musterte Ben. „Komm. Wir müssen weiter", sagte sie und rannte voraus.

„Na warte!", rief Ben, nachdem er sich fragend den Kopf gekratzt und „Was ist nur mit ihr los?" gemurmelt hatte. Dann rannte er ihr hinterher. Von hinten umschlang er ihre Hüften und versuchte, sie zu bremsen. Doch das war leichter gedacht als getan. Mel sprang im Zickzack voraus und löste sich schnell aus der Umarmung.

„Du kriegst mich nicht!", rief sie und lachte.

„Wart's ab!"

„Ich warte und warte und warte. Du bist eine Schnecke."

Ben legte noch einen Gang zu und überholte sie. „Wer ist nun die Schnecke?" Er rannte voraus. Hinter sich hörte er Mel prusten. Sie war ihm dicht auf den Fersen.

„Ich krieg dich", murmelte sie. „Ich krieg dich." Sie war nun direkt hinter ihm. Mel streckte ihre Hand aus und berührte sein T-Shirt.

„Okay, du hast gewonnen", lachte Ben und blieb abrupt stehen.

Damit hatte Mel nicht gerechnet. Prompt knallte sie mit ihm zusammen. Der Junge ließ sich vornüberfallen und landete mit einem Plumps auf dem Boden. Mel hinterher. Sie fingen an zu lachen und kugelten sich wie kleine Kinder auf dem Boden.

„Die Kindheit ist doch die schönste Zeit", dachte Mel. Ein Kind kann das Leben unbeschwert genießen. Es betrachtet die Welt mit anderen Augen. Schließlich muss es diese erst kennenlernen. Jeden Tag gibt es etwas Neues zu entdecken. Wenn sich Kinder begegnen, fragen sie nicht erst nach der Herkunft, so wie es Erwachsene oder Zwerge tun, die einen als Außerirdischen bezeichnen, wenn sie etwas nicht wissen. Nein, Kinder lernen sich unvoreingenommen kennen. Und wenn sie sich gut verstehen, dann spielen sie miteinander. Dabei ist es völlig egal, ob Zwerg, Mensch, Kobold, Elfe oder Meerjungfrau. Für Kinder zählt einzig und allein die Freundschaft.

„Danke, Ben", sagte Mel und lächelte ihn an.

„Wofür?", murmelte dieser.

Aber Mel schüttelte nur den Kopf. Ach Ben. Sie klopften sich ihre Kleidung sauber und gingen weiter des Wegs.

Aus den Augenwinkeln beobachtete Ben seine Gefährtin. „Sie ist so schön", dachte er und hoffte inständig, dass sie nicht seine Gedanken lesen konnte. Wer wusste schon, welche Gaben sie besaß.

Sie erreichten eine Seenlandschaft: ein großer, klarer See mit kleinen Inseln. Davor waren kleine Teiche, die mit Seerosen bedeckt waren. Ben ging in Richtung des Gewässers, dessen Wasser so ungewöhnlich klar war, dass man bis auf den Grund blicken konnte. In der Ferne schimmerte es in bunten Farben. Die Sonnenstrahlen wurden auf der Wasseroberfläche reflektiert.

„Einfach fantastisch", murmelte Ben. Er schaute zu Mel. „Danke", sagte er. „Danke, dass ich dich begleiten durfte. Diese Gegend gefällt mir sehr." Er bückte sich und hielt einen Finger in das Wasser. „Ach, wie angenehm und erfrischend", sagte er. Er tauchte beide Hände ins Wasser und wusch sein Gesicht.

„Das war noch nicht alles", sagte Mel und kniete sich hinter ihn. Sie berührte vorsichtig seine Schultern und streichelte seinen Rücken.

Ben schloss seine Augen und ließ sich massieren. „Das ist ebenfalls angenehm", murmelte er.

„Das habe ich aber auch noch nicht gemeint."

„Was meinst du dann?", wollte er wissen. Mit einem Kichern schubste Mel ihn in den See und spritzte ihn nass. „Das wirst du mir büßen", rief Ben lachend. Er tauchte unter und schwamm zu Mel, die mit seinem plötzlichen unterirdischen Angriff nicht rechnete. Mit seinen Füßen stützte er sich am Grund ab und war in Windeseile bei ihr am Ufer. Er schwang sich auf den Boden und zerrte Mel ins Wasser.

„Nicht!", schrie sie und quiekte wie ein Meerschweinchen.

„Na komm. Du bist doch wohl nicht aus Zucker?"

Dann waren sie beide im Wasser. Sie spritzten sich gegenseitig nass und tauchten um die Wette. Unter Wasser sahen sie bunte Fische, die panisch von den beiden Abstand nahmen. Und dann sahen sie noch etwas anderes. Etwas Großes. Ben schwamm zur Wasseroberfläche und schnappte nach Luft.

„Hast du das auch gesehen?", fragte er Mel aufgeregt.

„Was?"

„Diese große, schillernde Schwanzflosse."

„Das ist meine Überraschung", verkündete Mel geheimnisvoll. „Herzlich willkommen bei meinen Freundinnen. Herzlich willkommen im Reich der Meerjungfrauen." Aufgeregt zeigte sie mit ihrem Finger auf die auftauchenden Frauen.

„Das ist Suzie." Eine Nixe mit blaugrünen Haaren winkte. Ihre Haut war blass und makellos. In der Sonne fing sie an zu glänzen. Es sah aus, als ob ihr ganzer Körper aus seidenem Stoff wäre.

„Das ist Louisa." Eine weitere Nixe tauchte auf. Ihre Haare waren feuerrot und verstrubbelt. Kleine Krebse hatten sich in ihrer Haarpracht eingenistet.

„Und Nana." Eine kleine Meerjungfrau setzte sich auf einen Felsen und lächelte freundlich. Sie hatte goldenes, lockiges Haar und trug einen glänzenden Stoff am Körper.

„Wer ist denn das?", fragte Suzie neugierig und machte eine Kopfbewegung in Richtung Ben.

„Das ist mein Freund Ben", sagte Mariella. „Er ist neu hier und ich möchte ihm die schönsten Gegenden des Landes zeigen."

„Das ist aber nett von dir", sagte Louisa und grinste allwissend.

Dann tuschelte sie aufgeregt mit den anderen Flossendamen.

„Was tuschelt ihr so?“, fragte Mel verunsichert.

„Ach nichts“, sagte Nana und kicherte. „Wir haben nur unsere Meinungen ausgetauscht und finden, dass ihr ein sehr süßes Liebespaar abgeben könntet.“ Schlagartig verwandelte sich Mels rosige Hautfarbe in ein knalliges Rot. Wie peinlich. Auch Ben schaute verlegen zu Boden.

„Wie können meine Freundinnen nur solche Vermutungen austratschen, ohne vorher mit mir zu reden?“, dachte Mel. „Wie soll ich nur aus dieser unangenehmen Situation wieder heil herauskommen? Und wie denkt Ben darüber? Ob er mich wohl auch mag? Was soll ich bloß sagen?“

Ben kam ihr etwas unbeholfen zu Hilfe und versuchte einen unglücklichen, spontanen Themenwechsel. „Ihr seid Meerjungfrauen! Wow, ich habe noch nie zuvor Nixen gesehen.“

Verdattert schauten sich die Damen an. „Was für ein Komiker“, flüsterte Nana. „Er hat noch nie zuvor Meerjungfrauen gesehen. Das ist ja beinahe ein Skandal.“ Die anderen beiden nickten. Diese Wissenslücke von Ben musste sofort geschlossen werden.

„Dann wirst du uns heute kennenlernen“, sagte Louisa und kicherte.

Mel und Ben verbrachten den ganzen Tag bei den Meerjungfrauen und planschten um die Wette. Als es dunkel wurde, verabschiedeten sie sich von ihren Bekannten und machten sich auf den Nachhauseweg.

„Es war ein schöner Tag“, sagte Ben und legte seinen Arm um Mels Schulter. „Möchtest du, dass ich dich nach Hause begleite?“ Verwirrt blickte Mel in sein Gesicht. In diesem Moment bereute Ben seine Frage. In seiner Heimat gehörte es dazu, ein Mädchen am Abend nach Hause zu begleiten, damit es sicher ankam. Doch hier schien es andere Regeln zu geben. „Entschuldigung“, sagte er deshalb nur und verabschiedete sich von ihr.

Verdutzt schaute Mel ihm hinterher. Hatte sie etwas falsch gemacht? „Du kannst mich ja mal besuchen kommen“, rief sie noch, aber er drehte sich nicht noch einmal um.

Ein Grinsen huschte ihm über sein Gesicht, doch das konnte Mel nicht sehen.

Im Koboldbau

„Wo bist du gewesen?", fragte Kumbold mit einem strengen Unterton, als Ben an der Haustür des Kräutermeisters klopfte.

„Ich war mit Mariella unterwegs."

„Was habt ihr gemacht?"

„Wir waren schwimmen. Die Nixen waren auch da."

„Ich habe mir Sorgen gemacht, Ben. Du kannst doch nicht einfach mit diesem Mädchen irgendwohin gehen. Ich möchte das nicht."

„Ich bin doch nicht *irgendwohin* gegangen. Die Meerjungfrauen sind sehr nett und die Landschaft hat mir gefallen."

„Die Dorfbewohner haben dich mit Mariella gesehen und waren zu Recht beunruhigt. Ich möchte nicht, dass du dich weiterhin mit ihr triffst. Wir wissen noch immer nicht, woher sie kommt."

Erschrocken blickte Ben in das Gesicht seines Meisters. „Du verbietest mir den Kontakt zu Mariella?"

Kumbold nickte. „Nur zu deinem Besten."

„Ich habe das Gefühl, dass es wohl eher zu deinem Besten ist. Aber warum? Warum reagierst du so hart? Warum kannst du Mel nicht leiden? Warum habt ihr verdammt noch mal alle diese Vorurteile?"

„Ben ..."

„Nein, stopp. Jetzt will ich dir mal was sagen. Hast du nicht gesagt, dass Ventya ein Land ist, welches jedem gestattet, hier zu leben? Ja, das hast du gesagt. Mariella aber habt ihr nicht gerade herzlich empfangen und ich frage mich, warum. Sie hat euch nichts getan, vermutlich hat sie euch einfach nicht in den Kram gepasst. Aber dieses Verhalten passt nicht zu dir, Kumbold. Du bist so nett und liebenswürdig, genau wie Mel. Aber ihr gibst du keine Chance. Du müsstest sie einfach besser kennenlernen, um zu begreifen, dass du einen sehr großen Fehler gemacht hast." Der Meister blickte zu Boden und sagte kein Wort. Er wollte und konnte sich nicht rechtfertigen. Sein kleiner Lehrling hatte recht, doch das konnte er ihm auf keinen Fall sagen. Nicht jetzt. Ventya war in Gefahr, das würde Ben noch früh genug erfahren. Und Mel durfte den Jungen nicht von den wichtigen Dingen ablenken. Jetzt stand Bens Bildung an erster Stelle und alles Weitere konnte er später nachholen. Ganz sicher.

Als Ben sah, wie ernst Kumbold das Verbot meinte, sagte er: „Ich fasse es nicht. Kumbold, du bist nicht anders. Du bist wie alle anderen!" Wütend stürmte Ben an seinem Meister vorbei und schmiss sich auf sein Bett. Er vergrub sein Gesicht in der Moosdecke und versuchte, sich zu beruhigen. Sein Atem ging schnell. Während Ben nach einem Gegenstand suchte, an dem er seine Wut auslassen konnte, zerknautschten seine Hände die Moosdecke. Tja, wie das eben mit Moosdecken war, färbten sich seine Handflächen augenblicklich grün.

„Na toll." Aufgebracht schmierte Ben den Dreck an seinen Hosen ab. „So ein Mist aber auch!" Er holte tief Luft. „Beruhige dich, Ben", murmelte er. „Tief einatmen ..." Und dann gähnte er plötzlich. Erst jetzt fiel ihm auf, wie müde er war. Irgendwann schlief er ein.

Er erwachte, als jemand am Hauseingang des Kräutermeisters klopfte.

„Hallo Kumbold", sagte Mel, nachdem der Meister die Tür geöffnet hatte. „Ist Ben da?"

Bens Herz hüpfte aufgeregt in seiner Brust. Mariella war gekommen, um ihn zu besuchen. Freudig sprang er aus dem Kasten und streckte sich.

„Ben hat keine Zeit für dich", sagte Kumbold schroff und schlug die Tür zu. Er verweilte noch ein paar Sekunden angelehnt an der Tür und schluckte seinen Kloß im Hals herunter. Ben hatte recht, dieses Verhalten passte nicht zu ihm. Ein unschuldiges Mädchen einfach wegschicken, das gehörte sich nicht. Er schämte sich für seine Unhöflichkeit und doch wollte er nur alles richtig machen. Für Ben.

Empört rannte dieser in den Flur. „Warum hast du das gemacht?", fragte er aufgebracht.

„Das ist nur zu deinem Besten."

„Wie kannst du nur so gemein sein?" Er wollte Mel hinterherrennen, doch Kumbold hielt ihn zurück. „Du bist so gemein", rief Ben. „Du weißt nicht, was gut für mich ist."

„Das vielleicht nicht, aber ich bin für dich verantwortlich und ich kann eine mögliche Gefahr für dich nicht zulassen."

„Mel, eine Gefahr? Das ist doch wohl ein Witz."

Doch das war es nicht. Kumbold ließ nicht mit sich reden und Ben musste gehorchen.

Von nun an widmete sich der Junge wieder seinen Pflichten als Kräuterlehrling. Er wusste, dass es nicht mehr lange dauern würde, bis er mit dem Unterricht beginnen durfte. Zurzeit befand er sich noch in der Eingewöhnungsphase. Er begleitete Kumbold und pflegte Pflanzen, die durch die dunklen Wesen zerstört worden waren. Doch nun sollte er demnächst in die zweite Phase kommen. In die Unterrichtsphase.

„Morgen ist es so weit", kündigte Kumbold an. „Morgen gehst du mit mir in den Kräutergarten. Doch jetzt geht es für dich erst einmal ab ins Bett. Ich möchte, dass du morgen frisch und munter wieder vor mir stehst."

„Klasse!" Ben lief freudig zu seinem Kasten und legte sich hinein. Er dachte an die Elfen, die sich schon riesig auf seine neu gewonnenen Kenntnisse freuten. Sie sahen in ihm einen Retter. Was genau sie damit meinten, wusste Ben noch nicht, aber es hörte sich gut an. Seine Mutter wäre stolz auf ihn. Seine Mutter. Ein schmerzliches Gefühl durchzuckte seinen Körper. Er hatte Heimweh. Und dann spürte er noch ein weiteres Gefühl. Ein Gefühl, das Mel galt. Er vermisste sie. Was sie wohl gerade machte? Vielleicht schlief sie schon. Oder sie war mit Molle unterwegs. Vielleicht machte sie aber auch etwas ganz anderes. Er wollte sie unbedingt wiedersehen. Das plante er schon seit Wochen. Seit ihrem letzten Treffen waren Monate vergangen. Vielleicht hatte sie ihn schon vergessen? Angst machte sich in ihm breit.

Er warf seine Moosdecke zurück und nahm seine Schuhe in die Hände. Auf Zehenspitzen schlich er aus dem Zimmer. Einen kurzen Moment horchte er an Kumbolds Tür, doch der Kräutermeister schlief tief und fest. Das laute Schnarchen war nicht zu überhören. Ben öffnete sein Fenster und schlüpfte ins Freie. Draußen war es dunkel und kühl. Der Junge atmete die erfrischende Luft ein. Wind zerzauste seine Haare. „Hu, ist das kalt. Aber was soll's!" Freudig lief er los.

Er erinnerte sich an Mels Beschreibung, die ihn zu Molles Bau bringen sollte. „Du musst nach Westen laufen“, hatte sie gesagt. „In die entgegengesetzte Richtung des Zwergendorfes.“

„Na, das sollte doch zu finden sein“, dachte Ben. Er folgte einem langen Weg. Dieser war holprig und bewachsen. Gräser kitzelten seine Beine. Ab und zu passierte er eine alte Eiche und stolperte über ihre großen Wurzeln. „Eine Taschenlampe wäre hier eine gute Erfindung“, dachte er. Er hätte zumindest eine Kerze mitnehmen sollen. Doch jetzt war es zu spät. Schließlich müsste er jeden Moment beim Koboldbau ankommen.

Der Weg endete in einer Sackgasse. Bäume standen im Halbkreis vor ihm. „Wahnsinn!“, staunte Ben, als er die Wurzeln näher betrachtete. Diese waren sicherlich zwei Meter hoch, sofern Ben das in der Dunkelheit beurteilen konnte. Beeindruckt lief er unter ihnen hindurch und begutachtete deren schnörkelige Form. Kurz darauf erblickte er breite Türen, die sich im Schatten der Wurzeln verbargen. Es waren Hunderte von Eingängen. Nun hieß es, die richtige Tür zu finden. Ben stöhnte vernehmlich. Das konnte eine lange Nacht werden.

Doch ganz so lang dauerte die Suche dann doch nicht. Als ob Mel ihn schon erwartet hätte, öffnete sich eine Tür. Sie streckte ihren Kopf heraus und winkte Ben freudig zu. „Hallo“, flüsterte sie. „Schön, dich wiederzusehen. Komm herein.“ Sie hielt ihm die Tür auf und umarmte ihn flüchtig.

Dann lief sie zu einem runden Gegenstand, der sich als Glasglocke entpuppte. In ihr waren circa zwanzig weiße Kerzen. Das Mädchen hantierte mit den kleinen Streichhölzern herum und fluchte, als ihr ein Stäbchen zerbrach. Schnell kramte sie ein weiteres heraus und entzündete dieses. Die Kerzen erstrahlten hell und erleuchteten den ganzen Raum. Mel stellte sich auf einen Hocker und entzündete weitere Kerzen, die in kleinen Wandnischen standen. In Windeseile hatte sie ein Meer aus Lichtern entworfen.

„Wow“, hauchte Ben und sah sich in dem runden Raum um. Die Wände waren lackiert. Vorsichtig strich er mit dem Finger über die glatte Oberfläche.

„Der Lack dient als Schutz“, meinte Mel. „Die Holzrinde ist sehr trocken und leicht brennbar. Ohne Schutz wären Kerzen lebensgefährlich.“

Ben nickte. Auch der Boden war lackiert. In der Mitte des Raumes stand ein Tisch. Bücher türmten sich in mehreren Stapeln auf dem Möbelstück.

„Na, was liest du zurzeit?“, fragte Ben. Neugierig schlug er das oberste Buch auf und begann zu lesen.

Die Familie

ist das Wertvollste auf der ganzen Welt.
Die Mutter, der Vater und die Geschwister
sind viel kostbarer als Geld.

Denn mit ihr verbringt man sein ganzes Leben,
man redet, lacht und musiziert,
es ist ein Nehmen und ein Geben.

Sie geben Halt und Unterstützung,
bei Freude, Frust und Streiterei,
die heilende Medizin der Umarmung.

Viel Liebe und Zuwendung werden verteilt,
in guten wie in schlechten Zeiten,
denn in der Familie wird alles geteilt.

Das ist Zusammenhalt.

Überrascht schaute er zu Mel. „Das ist wunderschön“, sagte er und las weiter. „Das hast du selbst geschrieben, stimmt's?“

„Ach, es ist nichts Besonderes. Es ist nur ein Hobby von mir.“ Mel zuckte mit den Achseln und ließ sich auf die Couch fallen.

„Nichts Besonderes? Das ist wirklich gut! Deine Familie würde sich sicherlich sehr über das Gedicht freuen.“ In dem Moment zuckte Ben zusammen. „Es tut mir leid“, fügte er schnell hinzu. „Mel, es tut mir ehrlich leid. Ich wollte nicht ...“

Nervös pulte Mel an dem durchlöcherten Stoff des Sofas herum. „Kein Problem“, stammelte sie.

Ben schluckte. „Mel, das habe ich wirklich nicht gewollt. Ich habe nicht daran gedacht, dass du keine Familie hast. Entschuldige!"

Erschrocken blickte Mel zu ihrem Freund. „Was redest du da?", fragte sie aufgebracht. „Ich habe eine Familie. Eine ganz wunderbare. Und nur, weil sie mir äußerlich nicht ähnlich ist, heißt das noch lange nicht ... das heißt noch lange nicht ..." Mel war so verärgert, dass sie sich verhaspelte. Sie holte tief Luft. „Ich dachte, du wärst anders."

„Mel, ich bin auch anders."

„Nein, das bist du nicht. Auch du hast Vorurteile und schaust zuallererst auf das Äußere. Dass Molle und die anderen Kobolde im Dorf mir eine Familie sein könnten, das würde dir im Traum nicht einfallen. Klar, du hast ja auch eine normale Familie. Aber weißt du was? Was ist schon normal? Auch Normalität ist ein Vorurteil."

„Ich ..."

„Nein, sag einfach gar nichts mehr."

Ben schluckte. „Dann sollte ich wohl besser nach Hause ...", murmelte er.

Doch Mel hielt seine Hand fest. „Nein. Ach, Ben", seufzte sie. „Es tut mir leid. Ich habe gerade völlig die Fassung verloren. Du kannst schließlich nichts dafür. Du kannst nichts dafür, dass die Welt von Vorurteilen beherrscht wird."

„So ganz stimmt das aber nicht."

„Vielleicht nicht ganz. Aber ein bisschen eben schon", sagte Mel. „Hat man nicht die richtige Hautfarbe, die richtige Sprache und Herkunft, hat man nichts zu sagen ..." Mel schluckte. „Und wird als Außerirdischer bezeichnet."

Zuerst wollte Ben protestieren. „Hör auf mit dieser Schwarz-Weiß-Malerei", wollte er sagen, hielt aber inne. Seine Freundin hatte recht, ein bisschen zumindest. Er dachte an den kleinen achtjährigen Jungen, der im Gerichtssaal saß und nichts sagen durfte – weil einfach niemand einem Kind Glauben schenkte.

„Aber ich war ja auch noch ein Kind, Mel", murmelte er.

„Ein Kind?" Mel schaute ihn fragend an.

„Ja, ein Kind." Und dann begann Ben, von seiner Vergangenheit zu erzählen. Aufmerksam hörte ihm Mel zu.

Als Ben fertig war, konnte sie eine ganze Weile nichts sagen und starrte ihn einfach nur an. Irgendwann wandte Ben den Blick ab und ließ ihn durch das Zimmer schweifen. Außer dem Tisch, den Büchern und der Couch befand sich nichts in dem kreisrunden Raum. Seltsam. „Was ist mit deinen Kleidern?“, fragte er, um das schwierige Thema zu wechseln.

Mel schaute überrascht zu ihrem Freund und schien aus ihren Tagträumen erwacht zu sein. Dann schmunzelte sie, lief durch den Raum und zog an einem Vorhang. Dieser war Ben noch gar nicht aufgefallen. Der Stoff hatte die gleiche Farbe wie die Wand. Dahinter befanden sich Regale mit Kleidung. Ben staunte.

„Warum bist du eigentlich hier?“, fragte Mel.

„Ich wollte dich wiedersehen.“

„Einfach so? Zu dieser Uhrzeit?“

„Ich konnte nicht schlafen und musste an dich denken.“

Mel schmunzelte. „Kumbold sagte, dass du keine Zeit für mich hast“, sagte sie.

„Er hat es mir verboten.“

Entsetzt schaute sie den Jungen an. „Ben, genau das meine ich. Das können Vorurteile alles anrichten.“

Sie redeten noch sehr lange. Irgendwann fielen Mel die Augen zu. Sie lehnte sich an Bens Schulter und seufzte zufrieden.

„Weißt du was?“, murmelte sie. „Ich träume jetzt von dir.“

„Das ist schön. Schlaf gut.“

„Ich schlafe immer gut, wenn ich nur möchte. Vor dem Schlafengehen überlege ich mir, was ich die Nacht über erleben möchte und das träume ich dann. Glaubst du mir das?“

Ben nickte. Doch das konnte Mariella nicht mehr sehen. Er streichelte über ihr Haar und beobachtete sie beim Schlafen. Bei jedem Atemzug hob und senkte sich ihr Brustkorb. Ihr Mund war leicht geöffnet und sie pfiff leise vor sich hin. Sie sah so unschuldig aus. Ben konnte nicht begreifen, wie Kumbold in ihr eine Gefahr sehen konnte.

Draußen wurde es langsam heller und Ben erschrak. Die Sonne ging auf. Er musste zurück. Behutsam legte er Mel auf das Sofa, beugte sich zu ihr hinunter und küsste sie zum Abschied auf die Stirn. Sie murmelte etwas, doch Ben konnte sie nicht verstehen. In ihr Buch schrieb er einen Satz, dann war er weg.

Du bist perfekt – so wie du bist.

Eingesperrt

Es war noch in den frühen Morgenstunden. Die Sonne ging langsam auf. Die Pflanzen reckten und streckten sich und schüttelten den Morgentau von ihren Blättern. Mel lief an einer schmalen Stelle des Flusses vorbei und überquerte diesen mit einem übermutigen Sprung. Auf der anderen Seite angekommen wirkte die Welt düster und unheimlich. Die Bäume standen so eng beieinander, als ob sie ihr den Weg versperren wollten. In kürzester Zeit schien sich der Himmel verdunkelt zu haben, obwohl keine Wolke die Sonne verdeckte. Wobei ... wo war eigentlich die Sonne?

„Mel, wir sollten woanders entlanglaufen. Hier beginnt der Dunkelwald." Molle zupfte nervös an Mels Ohrläppchen und schaute ängstlich in die Finsternis, doch seiner Begleiterin machte das nichts aus.

Mel hatte keine Angst, hatte sie noch nie gehabt. Sie konnte Menschen mit Angst nicht verstehen. Wovor fürchteten sie sich? Es gab doch überhaupt keinen Grund zur Sorge. Sie bemerkte das Zittern des Koboldes auf ihrer Schulter und schüttelte den Kopf. „Du bist eine Memme", sagte sie und kramte ihr Messer aus der Tasche, um ein paar Blätter und Äste, die den Weg versperrten, abzuschneiden.

„Wir sollten wirklich woanders entlanglaufen", warf Molle erneut ein.

„Warum?", fragte Mel. „Das ist endlich mal ein richtiges Abenteuer. Das ist so spannend", freute sie sich.

Ein Knacken riss sie aus ihren Gedanken.

„Was war das?" Molles Fingernägel rammten sich vor Angst in Mels Haut.

„Aua!"

„Nicht so laut", flüsterte Molle nervös.

„Uha. Gespenster! Huhu! Huhu!", witzelte Mel, doch dem Kobold war nicht zum Spaßen zumute.

„Lass uns gehen", jammerte er. „Bitte."

„Ach komm. Sei nicht immer so ein Angsthase. Das war sicher nur eine Fledermaus oder ein Kaninchen oder eine Eule oder ..." Weiter kam sie nicht, denn auf einmal schoben sich die Bäume auf magische Weise auseinander und bildeten einen Weg. Molle krallte seine Fingernägel abermals in Mels Haut und wimmerte. Mel spürte, wie die Temperatur sank und es immer frostiger wurde. Sie beobachtete den aufsteigenden Nebel, doch Angst hatte sie nicht. Wovor auch? Schnurstracks folgte sie dem Weg. Der Kobold schloss die Augen und versuchte, die Geräusche des Waldes zu überhören. Kalter Wind wehte pfeifend an den dunklen Baumumrissen vorbei. Ab und zu knackte es. Abgestorbene Äste fielen zu Boden.

„Das sind sicherlich nur die Elfen", versuchte er sich zu beruhigen, doch Elfen hielten sich nicht in so dunklen und kalten Gebieten auf. Das wusste jeder.

„Das sind keine Elfen!", sagte Mel und stupste Molle an. Sie zeigte abenteuerlustig mit dem Finger auf eine dunkle Gestalt, die sich ihnen näherte und immer größer wurde.

„Wir müssen hier weg!" Molle rollte sich zusammen und hielt die Hände vor sein Gesicht.

„Ach Quatsch! Wir müssen nirgendwohin." Die Gestalt war nur noch wenige Meter von den beiden entfernt. Ihre Augen leuchteten gefährlich und sie entblößte scharfe Zähne.

„M...melll, k...könn...ten w...wir v...vie...ll...eicht g...geh...hen?", stotterte es auf Mels Schulter.

„Wenn du dir vor Angst in die Hose machen solltest, sag mir bitte vorher Bescheid, okay?", ertönte Mels Stimme.

Die mysteriöse Gestalt war nur noch ein paar Zentimeter entfernt. Man konnte einen dunklen Mantel erkennen, der im Wind flatterte. Er war zerrissen. Dunkle, zerzauste Haare schmiegten sich an das Kleidungsstück. Eine Kapuze hing bis fast über die Augen.

„M...mel...l ..."

Noch ein weiterer Schritt und die Person stand direkt vor Mel. Mit zusammengekniffenen Augen blickte sie nach oben und versuchte, einen Blick unter die Kapuze zu erhaschen. Auffällig war vor allem die ungewöhnlich spitze Nase. Früher, als kleines Mädchen, hätte sie vielleicht *Hexe* zu der Frau gesagt.

Heute war sie klüger und wusste, dass man aufgrund des äußeren Erscheinungsbildes niemanden in eine Schublade stecken durfte.

Und was dieses Thema anbelangte, war sie den Zwergen um einiges voraus.

Die Haut der Dame war sehr blass, aber makellos. Sie war hübsch, auch wenn sie Furcht einflößend war, zumindest empfand Molle dies so. Denn Mel hatte keine Angst. Natürlich nicht!

In diesem Moment erinnerte sich Mel an eine Geschichte, die ihr Molle vor langer Zeit als Gutenachtgeschichte erzählt hatte. Sie handelte von einem Mädchen und einem Jungen, die sich in einem dunklen Wald verirrten. Sie begegneten einer Frau mit leuchtenden Augen und einer spitzen Nase. Diese wurde von den Einwohnern Ventyas gefürchtet. Alle hatten Angst vor ihr, doch das Mädchen und der Junge besiegten sie ... Weiter wusste Mel nicht mehr. Das Ende hatte sie vergessen. Oder gab es überhaupt eines? Egal.

„Hallo", sagte Mel und streckte der Frau ihre Hand entgegen. Diese ließ ihre scharfen Zähne blitzen und verzog ihren Mund zu einem fiesen Grinsen.

„M...mel...l ..."

„Dieser Gnom da hat Angst!", sagte die Frau kühl und streckte ihre knorrige Hand nach Molle aus. Der Kobold versteckte sich daraufhin unter Mels Haarpracht. „Was wollt ihr hier?", fragte die Frau nun etwas freundlicher.

„I...ich ..." Nun stammelte auch Mariella, doch nicht aus Angst. Sie wollte unbedingt etwas herausfinden. Etwas, das ihr sehr wichtig war. Sie zog ihre Hand zurück, nachdem die Unbekannte keine Anstalten gemacht hatte, sie zu ergreifen. Mel suchte nach den richtigen Worten. „Ich bin auf der Suche nach meiner Familie. Als ich noch sehr klein war, wurde sie mir weggenommen."

„Ach so!", sagte die Frau erstaunt. „Dann komm doch mal mit!" Sie führte Mel durch dichtes Geäst. Der Himmel wurde immer düsterer, wenn man diesen minimalen Unterschied in der Dunkelheit überhaupt wahrnehmen konnte. Dabei musste es gerade erst Mittag sein.

Molle zog ängstlich an Mels Haar. „Bitte, Mel. Lass uns umkehren", flüsterte er. „Du kannst doch keiner Fremden in den Wald folgen. Siehst du denn nicht, was für ein falsches Gesicht sie aufgesetzt hat? Der kann man nicht über den Weg trauen. Was habe ich dir beigebracht?"

„Was meinst du?", fragte Mel unschuldig. Sie wusste ganz genau, auf was Molle hinauswollte. *Gehe niemals mit einem Fremden mit.* Doch das war für Mel in diesem Moment nicht wichtig. Die Frau würde ihr schon nichts antun. „Wie heißen Sie?", fragte Mariella interessiert.

„Wie ich heiße, möchtest du wissen?" Die Mundwinkel der Frau zuckten und sie versuchte zu lächeln, dabei blitzten ihre scharfen Zähne. Molle wurde schlecht. „Nun. Man nennt mich Litizia."

„Litizia? Dass ich nicht lache!", murmelte Molle.

„Das ist die Wahrheit!", ertönte daraufhin eine laute Stimme dicht neben ihm. Litizia musste ihn gehört haben. Der Kobold verkroch sich zitternd unter Mels Haaren.

Wenig später erreichten sie ein kleines Haus. Das konnte Mel an den Umrissen erkennen. Es erinnerte sie an einen verwahrlosten Schuppen, denn Fenster schienen verschlossen oder gar nicht existent zu sein. „Wo sind wir?", wollte sie von Litizia wissen. Mit dem Finger tastete sie sich an der Hauswand entlang. Das Holz schien morsch und von Mehlwürmern durchbohrt zu sein. Die Hütte sah heruntergekommen und unbewohnbar aus.

„Das wirst du gleich sehen", sagte Litizia geheimnisvoll, öffnete die Tür und gestattete Mel den Vortritt.

Zu spät bemerkten die zwei, dass das eine Falle war. Mit einem Knall wurde die Tür von außen geschlossen und ein schwerer Riegel davorgeschoben. Die Frau lachte laut und klopfte zum Abschied gegen die Tür. „Gute Nacht!", rief sie hämisch.

„M...m...el?", flüsterte ein leises Stimmchen neben ihrem Ohr ängstlich. „Ist sie weg?"

Mariella nickte und ließ sich verärgert zu Boden fallen. „Das ist ja wohl nicht zu fassen", schimpfte sie und scharrte mit ihren Schuhen auf dem Boden. Sie waren eingesperrt, weil sie einer fremden Frau gefolgt waren. Jedes Kind wusste, dass man Fremden nicht trauen sollte.

„Das hat man davon, wenn man in jedem Menschen nur das Positive sehen will", dachte Mel. Sie war einfach zu naiv.

Molle setzte sich auf ihren Schoß. Er zitterte vor Angst. „Ich will nach Hause", wimmerte er.

Doch Mel kannte dieses Angstgefühl nicht. Sie nahm den kleinen Kobold in den Arm und fragte, wie es ihm ginge. Dieser erzählte von seiner Panik. Er hätte schon von Anfang an dieser Frau nicht vertraut und so weiter und so weiter. Mel nickte traurig. Er hatte recht. Und sie hatte unrecht. Wie immer. Nun saßen sie fest. Wie lange, war unklar.

„Es tut mir sehr leid", murmelte Mel und blickte zu ihrem kleinen Gefährten, der es sich auf ihrem Schoß bequem gemacht hatte. Er lag zusammengekugelt da und rührte sich nicht. Das Einzige, was Mel von ihm wahrnahm, waren sein unruhiger Atem und das Zittern, was aus Molle ein Massagegerät machte. Die ungewollte Massage war dementsprechend auch nicht angenehm. Mel hatte ein schlechtes Gewissen. Sie schaute sich angespannt in dem kleinen Raum um. Es war sehr dunkel und sie konnte nur Umrisse erkennen. Dieses kleine Häuschen schien wie eine Rumpelkammer und wurde sicherlich nicht dafür genutzt, neue Gäste zu empfangen.

„Ich schau mich mal um", murmelte Mel, erhob sich und legte den kleinen Molle behutsam auf den Boden. Dann strich sie die Wände entlang. Sie merkte, wie sie Staub aufwirbelte und in Spinnennetze fasste. Als daraufhin etwas Krabbeliges über ihre Schulter lief, konnte sie einen kurzen Schrei nicht verhindern.

„Was ist los?", fragte der Kobold entsetzt.

„Etwas Ekliges ist mir über die Schulter gelaufen."

„Sag bloß, du hast Angst."

Sie schüttelte demonstrativ mit dem Kopf, auch wenn Molle das vermutlich in dieser Dunkelheit nicht erkennen konnte.

Es vergingen Stunden und noch immer saßen Mel und ihr kleiner Gefährte hinter der verschlossenen Tür und warteten darauf, dass etwas passierte. Wie aufs Stichwort wurde der Riegel von außen weggeschoben.

Litizias Augen funkelten, als sie hereinkam. Sie grinste heimtückisch. „Abendessen!", säuselte sie und schob eine Schale, gefüllt mit etwas Undefinierbarem vor ihre Füße. „Guten Appetit", sagte sie noch und verschwand. Dann waren sie wieder alleine.

Molle kroch aus seinem Versteck und schnupperte an der Schüssel. „Bah. Hundefraß!", nörgelte er.

„Was ist das?", fragte Mel.

„Es riecht wie Hundefutter und sieht sicherlich auch nicht besser aus. Nichts Essbares."

„Aber ich habe so einen Hunger!“, sagte Mel traurig. Sie nahm die Schüssel in die Hand und probierte eine Kleinigkeit. Es schmeckte widerlich, doch sie musste etwas essen. „Uns wird schon jemand hier herausholen“, murmelte Mel, um den Kobold zu ermuntern, ebenfalls etwas zu essen.

Doch dieser machte ihr deutlich, dass er den vorgesetzten Fraß niemals herunterwürgen würde. Er marschierte ungeduldig den kleinen Raum ab und zählte die vergangenen Sekunden. Minuten. Stunden. „Eine Stunde, zwanzig Minuten und sechsundfünfzig Sekunden. Eine Stunde, zwanzig Minuten und siebenundfünfzig Sekunden. Eine Stunde, zwanzig Minuten und achtundfünfzig Sekunden.“

„Könntest du vielleicht mal aufhören? Du zählst nun schon seit einer Stunde, zwanzig Minuten und achtundfünfzig Sekunden. Reicht das nicht langsam?“

„Falsch! Ich zähle schon seit einer Stunde, zwanzig Minuten und neunundfünfzig Sekunden. Mel, ich versuche, mich abzulenken. Wer weiß, wann diese scheußliche Kreatur zurückkommt oder was sie mit uns vorhat. Ich habe Angst.“

Mariella seufzte und hoffte inständig, dass sie jemand fand. Sie dachte an Ben, wollte ihn so gerne in ihrer Nähe haben und ihm alles erzählen. Ihre Hoffnung. Verzweiflung. Ihre Suche. Außer Molle kannte sie niemanden, mit dem sie über ihre Probleme reden konnte.

Die erste Unterrichtsstunde

Es war stockfinster. Lichter schienen aus dieser Gegend verbannt worden zu sein. Ben konnte weder Umrisse noch sonst etwas erkennen. „Wo bin ich nur?“, fragte er sich. „In einem Farbtopf?“ Ja, er konnte sich nur in einem schwarzen Farbtopf befinden. Etwas anderes kam nicht infrage. So schwarz, wie es hier war, konnte es an keinem anderen Ort sein. Nur in einem schwarzen Farbtopf. Die Härchen an seinem Unterarm stellten sich auf und demonstrierten, dass er fror.

Orientierungslos lief Ben los. Mit ausgestreckten Armen versuchte er, mögliche Objekte zu erkennen, bevor er mit ihnen zusammenstoßen würde. Der Boden war uneben und etwas steinig. Er rieb sich die Hände, um etwas Wärme zu erzeugen. Diese Umwandlung von mechanischer Energie erschien ihm allerdings zwecklos. Binnen weniger Sekunden war sein Körper wieder der Eiszapfen von vorher.

„Ich bin in einem kalten schwarzen Farbtopf. Ganz sicher“, flüsterte er. Schlimmer konnte es kaum werden. Doch natürlich kam es immer genauso, wie man es nicht für möglich gehalten hätte. „So ein Mist“, fluchte Ben. Hier in diesem Farbtopf kam er nicht voran, überall waren Stolpersteine.

Es kam ihm wie eine Ewigkeit vor, seit er sich in dem Farbtopf befand. Noch immer war alles schwarz. Vermutlich war er die ganze Zeit im Kreis gelaufen, Pardon ... gestolpert. Doch mittlerweile störte es ihn nicht einmal mehr, dass er gefühlte einhundert Mal auf seinen Hosenboden gefallen war. Durch das Bewegen – und war es auch nur ein Herumgestolpere – hatte er das Gefühl, etwas zu schaffen. Es war immer noch besser, als zu warten und zu hoffen, dass etwas passierte.

Und dann geschah tatsächlich etwas. In der Ferne leuchtete ein Licht. Aufgeregt rannte er dem Flackern entgegen. Er stolperte noch ein paarmal. Aber was machte das schon? Mit jedem Schritt, den er lief, wurde es heller und immer heller. Er erkannte eine Laterne, die an einem rostigen Nagel an einer heruntergekommenen Hütte hing. Die Lampe bewegte sich quietschend wie ein Pendel hin und her. Vorsichtig öffnete Ben die Tür der Hütte und erschrak. Im Inneren sah er Mel, die ihn flehend anschaute. Sie sagte kein Wort, nur ihre Augen redeten mit ihm. „Hol mich hier raus", schienen sie zu sagen. Ben wollte ihre Hand ergreifen, doch als er sich ihr näherte, verschwamm ihr Körper vor seinen Augen, so als würde sie sich in Luft auflösen. Es zischte laut und dann war sie weg.

„Ah!", schrie Ben. Schweißgebadet erwachte er aus einem Albtraum. Er hatte das ungute Gefühl, dass etwas nicht stimmte. Er rieb sich seine Augen und setzte sich hin. Er fühlte seine nasse Stirn und bemerkte seinen unruhigen Atem. „Was war das?", fragte er sich und zwickte sich in den Arm. Er spürte deutlich den Druckpunkt. Warum er sich gerade kneifen musste, das war ihm selbst nicht ganz klar. Er hatte einfach das Gefühl, sich jetzt kneifen zu müssen. Ja, er brauchte einfach eine Bestätigung, dass er weder schlief noch träumte.

Kumbold stand in der Küche und kochte etwas für sie. Er erhob sich und schlurfte zu ihm. „Was ist los?", wollte der Meister wissen. „Schlecht geschlafen?"

Ben nickte. „Ich habe geträumt, dass Mel entführt und in einer Hütte eingesperrt wurde", sagte er und legte seine Stirn in Falten.

„Das war nur ein Traum."

Ben schüttelte den Kopf und schaute den Meister besorgt an. „Was, wenn sich dieser Traum bewahrheitet und Mel in großer Gefahr schwebt?"

Kumbold klopfte ihm auf die Schulter. „Ich bin mir sicher, dass es ihr gut geht. Das war nur ein Traum", versicherte er. Das Thema Mel schien ihn nicht zu interessieren. „Setz dich jetzt erst einmal hin und trink einen Tee. Das tut gut."

„Lecker", sagte Ben, während er am Tee nippte und seinen Blick über die glatte Tischplatte wandern ließ. Der Traum ließ ihn nicht zur Ruhe kommen. Mit seinen Fingern strich er über seine Stirn.

„Ich möchte dir heute meinen Kräutergarten zeigen", sagte Kumbold. „Fühlst du dich fit genug?"

Ben schaute überrascht über seinen Becherrand. Das hatte er schon fast vergessen. In den vergangenen zweiundvierzig Stunden war so viel passiert. Eigentlich sollte sein Kräuterunterricht schon gestern beginnen. Doch Ben verschlief den Tag. Schließlich war er beinahe die ganze Nacht wach geblieben und hatte Mel beim Schlafen zugesehen. Das durfte Kumbold natürlich keinesfalls wissen. Deshalb gaukelte Ben ihm Kopfschmerzen vor. Ja, besonders gut war die Ausrede nicht. Aber durchaus plausibel. Er musste nicht bleich im Gesicht aussehen wie bei einer Grippe. Er musste aber auch nicht husten, als ob er sich eine Erkältung zugezogen hatte. Er musste lediglich eine Hand auf seine Stirn legen und ein wenig herumjammern. Ganz einfach.

„Heute scheint es dir schon wieder viel besser zu gehen“, sagte der Meister und schaute seinem Lehrling allwissend in die Augen. Und zwar so, als wollte er ihm sagen: „Hast du schon meine Begabung des Gedankenlesens vergessen? Ich weiß alles über dich.“ Ben schluckte. Doch anstatt, dass der Meister ihm einen Vortrag darüber hielt, wie unverantwortlich er sich die letzten Stunden verhalten hatte, sagte er: „Ich denke, du kennst Ventya schon sehr gut und ich kann dich nun die Pflanzen und Kräuter in diesem Land lehren. Die Theorie folgt heute in meinem Kräutergarten.“

Überrascht schaute Ben zu seinem Meister. Dann trank er einen großen Schluck aus der Tasse – etwas zu viel, stellte er fest, nachdem er sich verschluckt hatte und Kumbold ihn von seinem Hustenreiz befreien musste. Kräftig klopfte ihm sein Meister auf den Rücken. „Nicht so viel auf einmal“, sagte er und lachte.

Am Nachmittag fand Bens erste Unterrichtsstunde statt. Mit einer dunklen Lederhose und einem löchrigen, verwaschenen Hemd stand er hilflos vor dem Kräuterbeet. Vor ihm waren Hunderte von Kräutern auf einer riesigen Fläche verteilt. Er kniete sich auf den Boden und schaute sich ein Pflänzchen aus der Nähe an. Ein grüner Stiel mit Blättern, so wie viele Gewächse ihn haben. Er schüttelte den Kopf. Diese Pflanzen würde er nie auseinanderhalten können. Mit seinen Fingern tastete er über die feuchte Erde. Er suchte nach einem kleinen Schildchen.

Stattdessen fühlte er etwas Glibberiges. Es war ein Regenwurm, der sich verängstigt in die Erde einbuddelte. Igitt! Schnell wischte er mit der Hand über seine Hose. Er hatte nach einem Namensschild gesucht, welches jede Pflanze definieren sollte. Doch da hatte er sich getäuscht, denn er fand keines. Weder ein kleines Etikett noch ein Holzstäbchen.

Lachend tauchte sein Lehrer hinter ihm auf. „Du wirst sie alle kennenlernen und ihre Namen behalten. Sie sind wie Klassenkameraden, Lehrer, Bekannte oder Freunde. Sie werden dir vorgestellt und du prägst dir ihre Namen ein. Du erkennst sie an verschiedenen Merkmalen. Einen Klassenkameraden merkst du dir zum Beispiel, weil er eine überdimensional große Nase, Segelohren, Sommersprossen oder ein fröhliches Lachen hat. Auch an seiner Stimme erkennst du ihn. So ist das auch mit diesen Kameraden." Er zeigte auf seine Kräuter. Ben nickte stumm und erhob sich.

„Heute stelle ich dir dieses Pflänzchen vor. Das wird sicherlich auch in deinem Garten zu Hause stehen." Ben schüttelte den Kopf. „Hmm. Dann wirst du es sicherlich schon mal bei einer Gärtnerei gesehen haben, denn das ist Ocimum basilicum. Es wird meist als Gewürz in der Küche verwendet, dient aber auch als Heilpflanze. Es wirkt beruhigend und kann gegen Fieber, Verdauungsstörungen, Schlaflosigkeit und Husten eingesetzt werden." Kumbold riss ein Blatt von der Pflanze ab und gab es Ben. Dieser befühlte die Oberfläche.

„Stell dir vor, dass diese Pflanze ein neuer Bekannter von dir ist. Präge dir ihre Merkmale ein und versichere dich, dass du diesen Gefährten aus dem Kräuterbeet wiedererkennen kannst."

Ben roch an dem Blatt und schloss die Augen. Der Geruch des Basilikumblattes stieg in seine Nase. Er war sich sicher, dass er diesen Geruch kannte. Er kannte ihn von der Tomatensoße, die seine Mutter gerne zu Nudeln servierte. Als i-Tüpferl legte sie meist ein Basilikumblatt mit auf den Teller. Seine Mutter.

Und plötzlich – mit den Gedanken bei seiner Mutter – war sie wieder da: die Vergangenheit. Er schluckte und fiel für einen kurzen Moment innerlich zusammen. Der Verlust schmerzte ihn. Er vermisste sie sehr.

„Du wirst sie bald wiedersehen", sagte Kumbold augenzwinkernd und deutete mit dem Finger auf das Beet. „Lass uns weitermachen!"

Am nächsten Tag ging der Unterricht mit einer ersten Zwischenprüfung weiter. Ben musste verschiedene Kräuter aus dem Beet suchen.

„Bring mir bitte ein Lorbeerblatt, auch Laurus nobilis genannt", sagte Kumbold.

Ben balancierte vorsichtig auf den großen, zylinderförmigen Steinen, die überall auf dem Beet verteilt lagen, und gelangte zu einem Baum. Vorsichtig zupfte er an einem Blatt und trennte es von dem Ast. Die dunkelgrünen Blätter hatten eine sehr glatte Oberfläche.

Kumbold nickte. „Sehr gut!", lobte er seinen Lehrling. „Nun sage mir, in welchen Anwendungsgebieten dieses Gewächs gebraucht wird."

Ben musste nicht lange überlegen. Diese Pflanze hatte er schon oft im Fernsehen gesehen. Im alten Rom wurden Sieger mit einem Lorbeerkranz geehrt. Er sagte: „Lorbeer dient als Gewürz für Suppen oder Soßen. Er ist aber auch in der Heilkunst einsetzbar. Außerdem eignet sich Lorbeer als Konservierungsmittel."

„Hervorragend! Du kannst dir die Kräuter gut merken. Heute hast du dir einen freien Tag verdient. Du darfst tun und lassen, was du willst. Du kannst Wunibald besuchen oder einfach ein bisschen faulenzen."

„Super", freute sich Ben. Er wollte den Tag nutzen, um Mel zu besuchen.

Spektakel mit Tomatensoße

Als Ben das Koboldviertel erreichte, klopfte er an Mels Tür. Nichts. Er klopfte abermals, doch es schien niemand da zu sein. Ungeduldig kickte er einen Stein vor sich her und raufte sich die Haare. Das konnte doch wohl nicht wahr sein. Hatte er einmal frei, war Mel nicht da. So etwas Blödes aber auch! Mit seinen Fingern fuhr er durch die feuchte Erde und malte kleine Figürchen vor sich hin. Ehe er sich versah, hatte er mehrere Herzen und zwei Personen gemalt. „Huch? Was soll denn das?“, murmelte er. Schnell zerstörte er sein Werk, indem er mit seinem Schuh die Spuren verwischte.

Er setzte sich an die Tür und blickte hinauf in den Himmel. Schäfchenwolken versammelten sich über ihm und er fing an zu zählen. „Ein Schäfchen, zwei Schäfchen, drei Schäfchen, vier Schäfchen“, dann war er eingeschlafen.

Er erwachte, als ein weißer Klecks vom Himmel direkt auf seinen Oberarm fiel. Überrascht schlug er die Augen auf und blickte zu einem frechen Vogel, der ein perfektes Plätzchen für sein Geschäft gefunden hatte. Verärgert rieb der Junge den Kot von seinem Arm. „Du blöder Vogel!“, schimpfte er. Schwankend erhob er sich. Er stützte sich auf seine Hände und sah im ersten Moment aus wie ein Hund, der versuchte, laufen zu lernen. Seine Finger krallte er in die Baumrinde und so zog er sich langsam hoch.

Als er das geschafft hatte, drehte er sich schnell nach allen Seiten um, um sich zu vergewissern, dass ihn keiner gesehen hatte. Sein Versuch, sich ordentlich und keinesfalls schlaftrunken zu erheben, war nicht wirklich erfolgreich gewesen. Glücklicherweise schien ihn niemand gesehen zu haben. Nein, keiner war da. Wie lange er wohl geschlafen hatte?

Abermals klopfte er gegen die Tür. Eigentlich konnte Mel unmöglich an ihm vorbeigekommen und durch die Tür gehuscht sein. Das würde auch keinen Sinn ergeben. Doch allein die Chance, etwas zu tun, bestärkte sein Vorhaben. Es gab schließlich nichts Schlimmeres, als zu warten, während nichts Außergewöhnliches passierte.

Klopf, klopf, klopf.

Nichts.

Trommel, trommel, trommel.

Nichts.

Hämmer, hämmer, hämmer.

Nichts.

Rüttel, rüttel, rüttel.

Nichts.

Sie war nicht da. Was für eine Erkenntnis! Langsam ließ er sich wieder zu Boden gleiten. Dabei hielt er sich mit einer Hand an der Türklinke fest. Als er schon fast mit seinem Hinterteil auf dem Boden saß, schwang die Tür plötzlich auf und er knallte mit seinen vier Buchstaben auf den Boden. Verärgert massierte er seinen Po und erhob sich.

Das gab es ja nicht! Erstaunt blickte er in das leere Zimmer. Die Tür war gar nicht verschlossen. Seltsam. Er setzte einen Fuß in die Wohnung, hielt dann aber inne. Sollte er einfach eintreten, obwohl Mel nicht da war? Nein, unmöglich. Das wäre Hausfriedensbruch. Er würde sie hintergehen und ihr Vertrauen missbrauchen. Wenn sie ihn beim Einbruch erwischen sollte, würde sie nie wieder mit ihm sprechen. Er schluckte und marschierte dennoch schnurstracks in das Zimmer. Ärger mit dem Mädchen war ihm zurzeit lieber als eine verschwundene Mel.

Auf dem Tisch fand er ihre Büchersammlung. Neugierig öffnete er ein Exemplar. Es war vollgeschrieben mit Mariellas Handschrift. „Du darfst das nicht lesen“, schrie sein Verstand. „Jaja, ich weiß.“

Ich frage mich,
ob du verstehst,
wie ich mich fühle
in einer Welt wie dieser,
in die ich nicht gehöre.

Meine Sehnsüchte
nach deiner Stimme

schmerzen in meiner Brust.
Ich vermisse dich
und deine Liebe.

Die Liebe, die du mir gibst,
ist wundervoll,
kaum zu beschreiben,
so offen sagst du mir,
was du empfindest.

Hoffnungsvoll blickst du
in meine Augen,
die sich nicht trauen,
dir zu zeigen,
wie sehr sie dich lieben.

Ben schluckte. Dieses Gedicht richtete sich nur an ihn, da war er sich sicher. Denn diese Dichtung stand direkt unter seinem Satz. „Du bist perfekt – so wie du bist", hatte er vor ein paar Tagen auf die Seite geschrieben und Mel hatte ihm geantwortet.

Er legte das Buch beiseite. Mel war nicht da und er hatte nicht die geringste Ahnung, wo sie sich gerade aufhielt. Doch er hatte eine Idee. Er wollte einen kurzen Abstecher zu Suleika machen, um sie und ihren Vogel um Rat zu fragen.

Als er das Zwergendorf erreichte, hielt er Ausschau nach der kleinen Elfe. Durch das Fenster erblickte Wunibald Ben. Fröhlich kam er auf den Lehrling zugerannt. „Was führt dich in unser Dorf?", wollte der Zwerg von ihm wissen.

„Ich suche Suleika. Weißt du, wo sie ist?"

Wunibald schüttelte den Kopf. „Ich weiß es nicht", sagte er. „Aber vielleicht ist sie mit den anderen Elfen bei der Bühne. Heute findet ein Theaterstück statt. Die Elfen lieben diese Aufführungen. Das heißt, sie lieben es, mit Tomaten zu werfen." Er grinste.

„Sie werfen mit Tomaten?"

„Ja! Vor der Theateraufführung kommen meist Musiker, die ein bisschen Stimmung machen sollen, doch oft sind das nur Amateure, die nicht mal wissen, was der Halbton über h ist. Die Elfen lieben diese Künstler, denn es macht ihnen einen Heidenspaß, sie von oben bis unten in Tomatensoße zu hüllen."

Ben lachte. „Vielen Dank für deine Hilfe", sagte er und machte sich auf den Weg zu der Bühne.

Wunibald hatte ihm die Route beschrieben. Er musste nur der Straße weiter folgen und in die Richtung gehen, die der verschrumpelte Ast der alten Eiche zeigte. Er bog nach links ab und erreichte einen großen Platz. Stühle waren in Reihen aufgestellt. Die Bühne war mit einem roten, samtweichen Teppich ausgelegt und zwei Bäume, die links und rechts danebenstanden, hatten die Aufgabe, den ebenfalls roten Vorhang zu halten.

Was Ben erst jetzt auffiel, waren die unterschiedlich großen Stühle. Ganz vorne standen winzig kleine Sitzgelegenheiten, die man mit dem bloßen Auge kaum erkennen konnte. Nach hinten wurden die Stühle immer größer. In den hinteren Reihen tummelten sich die Zwerge und in den Vorderreihen waren die Plätze für die Elfen reserviert. Vor ihnen standen riesengroße Kisten gefüllt mit Tomaten. Ben grinste.

Ein kleiner, pummeliger Sänger versuchte sein Glück mit Operngesang, doch sein Brummen, das so ähnlich wie ein Bass klang, konnte die Elfenkritiker nicht überzeugen. Und somit flogen kurzerhand von allen Seiten Tomaten.

„Das klingt ja so was von schief", rief eine Elfe laut und lachte, als ihre Tomate direkt auf dem Dickbauch des Sängers landete.

Das war vielleicht ein komisches Bild. Die Elfen flatterten zu den Kästen und holten sich Tomaten, die größer als sie selbst waren. Ben konnte sich nicht erklären, wie diese zierlichen Geschöpfe eine solche Last tragen konnten. Doch es schien zu funktionieren. Auf der Höhe des Sängers ließen sie ihre schwere Last fallen. Mit Gekicher begutachteten sie ihr Klecks-Werk.

„Was für ein Wurf!", freute sich eine Elfe und zielte. „Mist. Das ging daneben."

„Haha. Getroffen", rief es aus einem anderen Eck.

Entsetzt rannte der Künstler in rotem Gewand von der Bühne. Buhrufe erklangen aus dem Zuschauerbereich.

„Der Nächste, bitte!", ertönte die Lautsprecheransage.

Ben bahnte sich einen Weg durch die Zuschauermenge und erreichte die Elfenstühle. „Hi!", sagte er.

„Hallo", ertönten etwa fünfhundert Stimmen.

„Könnt ihr mir sagen, wo ich Suleika finden kann?"

Ein Gemurmel war die Folge. Die Elfe neben ihm drehte sich zu ihrer Nachbarin und fragte nach Suleika. Diese drehte sich ebenfalls zu ihrer Nachbarin und so ging das ein paar Minuten. Endlich erhob sich eines der Geschöpfe und flog auf ihn zu. Es war Suleika. „Hallo!", zwitscherte sie. „Was bedrückt dein großes Menschenherz?"

„Kannst du mir sagen, wo ich Mel finden kann?"

„Ich kann vieles, aber ob ich es auch will?", antwortete Suleika. Die Elfe schien enttäuscht. Ben wollte nicht sie, sondern Mel sehen.

„Willst du mir sagen, wo Mel ist?"

Die Elfe zuckte mit den Achseln. „Ich weiß nicht, wo sie ist."

Betrübt und mit einem tieftraurigen Gesichtsausdruck setzte sich Ben auf den Boden und zupfte an einem Grashalm. Als Suleika das sah, schluckte sie und flatterte mit schlechtem Gewissen auf seine Schulter. Sie sagte: „Aber ich kann dir helfen, sie zu finden."

In Sekundenschnelle wanderten Bens Mundwinkel nach oben. „Das würdest du tun? Ich danke dir."

Suleika schob ihren Daumen und Zeigefinger zwischen die Lippen. Ein lauter Pfiff ertönte. „Calibri wird sie finden", murmelte sie.

Aus der Zuschauermenge drang währenddessen genervtes Rufen. Abermals betrat der in Tomatensoße getunkte Künstler die Bühne. Noch immer schien er von seinem Talent überzeugt. „Hallo Fans!", rief er.

„Haha. Was für ein Clown", rief eine Elfe und ließ eine Tomate fallen. „Ein Clown in Tomatensoße", verkündete sie. Die Zuschauermenge lachte.

Währenddessen flog Calibri durch die Lüfte und setzte in Suleikas Nähe zur Landung an. Die Elfe flüsterte etwas in sein Ohr, woraufhin sich der Vogel erneut erhob und davonflog.

„So, Calibri wird nach Mel Ausschau halten", sagte Suleika.

Ben nickte und lehnte sich etwas zurück. Er wollte sich die Aufführung anschauen. Gerade kam eine tollpatschige Zwergendame auf die Bühne. Sie trug ein langes Kleid und große Elfenohren. Der leichte Wind ließ ihre blonde Mähne flattern. Eine rote Blume steckte in ihrer Frisur. Sie sah hübsch aus, doch ihre Art, wie sie auf der Bühne herumging, deutete an, dass sie eine ungeschickte Elfe spielte. Sicherlich würde ihr im Verlaufe des Stücks etwas passieren.

Ein weiterer Zwerg betrat den roten Teppich. Er war als dunkle Kreatur verkleidet. Ben konnte nicht genau erkennen, was dieser Zwerg darstellte. Er trug einen langen schwarzen Umhang mit einer Kapuze, die ihm über den Kopf hing und seine Augen verdeckte.

Er raunte: „Kannst du mir sagen, wie ich zu der lieben Elfengroßmutter komme? Ich bringe ihr Wein und Kuchen." Die Zwergenelfe nickte und zeigte mit ihrem Finger in eine Richtung. Die dunkle Kreatur bedankte sich und ging ihres Weges. Ben schmunzelte. Das klang nach Rotkäppchen, dem bekannten Märchen der Gebrüder Grimm.

Die Kulisse wurde geändert. Das schwarze Wesen befand sich in einem kleinen Dorf. Die Farben der Häuser leuchteten in den schönsten Farben. Die Sonne lachte und es grünte und blühte überall. Es sah ein bisschen aus wie im Schlaraffenland. Der Fluss war honiggelb, die Straßen schokoladenbraun. Gummiwürmer schlängelten sich über den Weg. Die Kreatur leckte sich mit seiner Zunge über den Mund. Die falschen Zähne blitzten gefährlich.

Weitere Elfenzwerge sprangen über die Bühne und sangen fröhliche Lieder. Plötzlich verstummte der Gesang und auch das helle Licht, das den Ort fröhlich wirken ließ, erlosch. Es wurde dunkel. Nebel stieg auf. Jemand schrie. Da sprang die Kreatur auf eine der Elfen zu und nahm sie gefangen.

Die Kulisse wurde abermals geändert und das Wesen befand sich unter einem großen, alten Baum. Es machte einen Mittagsschlaf und strich sich genüsslich über seinen dicken Bauch. Ein Zwergenjäger erschien und schnitt ihm den Bauch auf. Vorsichtig hob er die Elfe heraus und füllte den Bauch mit großen Steinen. Nachdem das Wesen erwachte, verspürte es großen Durst und wollte etwas Wasser trinken. Es ging zu dem Brunnen und lehnte sich über die Mauer, um an das Wasser zu gelangen. Aus dem Gebüsch kamen nun die Elfe und der Jäger vorsichtig herangeschlichen und schubsten die Kreatur von hinten in den Abgrund. Das Wesen war besiegt!

Der Vorhang wurde zugezogen. Jubel brandete von allen Seiten auf. Die Elfen und Zwerge standen auf und klatschten mit großer Begeisterung Beifall.

Ben schmunzelte. Diese Geschichten kamen ihm bekannt vor. Er erinnerte sich an die Zeit, als sein Vater ihm jeden Abend aus seinem Märchenbuch vorlas. Sein Vater. Peter liebte die Geschichten über sprechende Tiere, Könige und Fabelwesen. Er war ein ausgezeichneter Geschichtenerzähler. Manches Mal wollte Ben nichts vorgelesen bekommen. Dann legte sich sein Vater neben ihn ins Bett und dachte sich Geschichten aus. Dieses Theaterstück hätte von ihm stammen können.

Ben stand nun ebenfalls auf und klatschte Beifall. Daraufhin drehte sich eine Elfe zu ihm um und blickte ihn erbost an. „Wenn du nicht sofort aufhörst, platzt mir noch mein Trommelfell!", sagte sie verärgert und flog ein paar Meter von ihm weg.

Ben beobachtete sie, wie sie mit ihrem zierlichen Finger auf ihn zeigte und mit ihren Artgenossinnen über ihn schwatzte. Er lachte. „Die kleinen Schmetterlingsfrauen sind schon ein komisches Volk", murmelte er.

Weitere böse Blicke streiften ihn und zurückhaltendes Gekicher. „*Wir* sollen komisch sein?" Das *Wir* betonten die Flatterwesen besonders.

Ben schmunzelte. „Tut mir leid. Ich habe nicht daran gedacht, wie sensibel euer Gehör ist. Mir macht die Lautstärke nichts aus. Ich bin es gewohnt zu klatschen, wenn mir etwas gut gefallen hat, und in meiner Welt ist die Lautstärke normal."

„Du bist hier aber nicht in deiner Welt!", sagte eine freche Stimme neben Ben. „Au!", rief die Elfe, hielt ihre Ohren zu und krümmte ihren Oberkörper vor Schmerz. „Aua!"

Weitere Elfen ahmten sie nach. „Aua!", riefen sie im Chor.

„Ich habe solche Ohrenschmerzen!", rief eines der Geschöpfe und kicherte. „Du bist so laut."

Ben räusperte sich.

„Au!", war die Antwort.

„Ihr wollt mich wohl auf den Arm nehmen!", sagte Ben.

„Ja!", antworteten sie im Chor. Lautes Gelächter war die Folge. „Es macht so einen Spaß, dich zu ärgern!" Ben schüttelte lachend den Kopf.

Da erschien Calibri am Himmel und landete vor Suleika. Er beugte sich zu ihr herunter und flüsterte ihr etwas ins Ohr. Die Elfe nickte ein paarmal und schaute sich immer wieder zweifelnd zu Ben um.

„Was ist los?", fragte dieser verunsichert.

„Gleich", sagte die Elfe und tuschelte weiter mit dem Vogel.

„Und?“, fragte der Junge sichtlich aufgeregt, als sich Suleika für einen kurzen Moment zu Ben umwandte.

„Er hat Mel nicht finden können. Das ist für Calibri sehr ungewöhnlich. Der Vogel hat nämlich unglaublich scharfe Augen und sieht alles. Einen Ort allerdings fliegt er nicht ab. Und das ist der Dunkelwald.“

Das Lachen verstummte schlagartig. Ben sah in erschrockene Gesichter, deren Besitzer vor Angst den Atem anhielten.

„Der Dunkelwald“, flüsterte eine Elfe mit bunten Strähnen in den Haaren, die verspielt zu kleinen Zöpfen zusammengeflochten waren und wild in ihr Gesicht hingen. „Dort hausen bösartige Geschöpfe“, sagte sie dramatisch. Die anderen Elfen nickten zustimmend. Ihre Ohren schienen noch größer, als sie sowieso schon waren. Ben neigte sich etwas gen Boden, um ein paar Wortfetzen zu erhaschen, verstehen konnte er aber nichts.

„Lauschst du etwa?“, wollte Suleika wissen.

„Äh. Nein. Also ich ...“ Ben kratzte sich verlegen am Hinterkopf und drehte sich mit roten Backen weg.

Suleika schmunzelte und wendete sich wieder ihrem Gesprächspartner, dem Vogel, zu. Sie redeten noch ein Weilchen miteinander, dann erhob sich das gefiederte Tier und flatterte davon.

„Mel ist also im Dunkelwald“, sagte Ben zu Suleika, nachdem sich die anderen neugierigen Elfen wieder dem Theaterstück zugewandt hatten.

„Ich denke schon.“ Die Schmetterlingsfrau seufzte.

„Und was machen wir jetzt?“

„Natürlich begleite ich dich“, antwortete sie prompt.

„Das würdest du tun?“, fragte er erstaunt.

Die Elfe nickte.

„Du willst *was*?“, rief eine Elfe mit besonders großen Ohren. Sie hatte das Gespräch mit angehört. Plötzlich drehten sich auch alle anderen wieder zu Ben und Suleika um.

„Ich begleite ihn“, sagte Suleika abermals und flatterte los.

Verdattert blickte der Elfenchor den beiden hinterher. „Aber behauptet im Nachhinein nicht, dass wir euch nicht gewarnt hätten. Nehmt euch in acht vor den gefährlichen Wesen, die dort hausen!“

Ben drehte sich noch einmal um und bestätigte, dass er sich durchaus bewusst war, welche Gefahr ihnen drohte. „Wieso fürchten sich eigentlich alle vor dem Dunkelwald?“, wollte er von seiner kleinen Gefährtin wissen.

„Du musst wissen“, sagte sie, „dass der Dunkelwald noch nicht sehr lange existiert. Vor einigen Jahren gab es ihn noch nicht. Doch eines Tages kamen seltsame Kreaturen in unser schönes Ventya und eroberten Landflächen, die sie sich zu eigen machten. Das eroberte Land welkte und es wurde trocken und trist.“

„Ähnlich wie in dem Theaterstück!“, kombinierte Ben.

„Ja.“

„Aber genau weiß niemand, was für Kreaturen das sind, die im Dunkelwald hausen?“

Die Elfe schüttelte den Kopf. „Bislang hat sich kaum jemand in die Nähe des Waldstücks getraut. Kumbold hat vor einigen Jahren den Dunkelwald betreten, doch als er wiederkam, sprach er von Schrecken und Finsternis. Seitdem wird der Wald von allen gefürchtet.“

„Warum begleitest du mich dann, wenn du dich doch so sehr fürchtest?“

„Ich fürchte mich nicht vor der Dunkelheit. Ich fürchte mich vor der Veränderung, die diese Wesen mit sich bringen, wenn sie sich unseren Dörfern nähern und sie in Beschlag nehmen.“

Im Dunkelwald

Sie kamen an eine kleine Brücke. Mit einer Kopfbewegung in Richtung des Übergangs machte Suleika deutlich, dass sie jetzt die Grenze überschreiten würden. Ben nickte und ergriff das splitterige Geländer der Brücke. Langsam setzte er einen Fuß auf eine der Holzlatten. Sie ächzte und knackte besorgniserregend. Die komplette Brücke sah unbefestigt und einsturzgefährdet aus. Übermütig stampfte Ben ein paarmal mit seinem Fuß auf den Untergrund, doch außer dem Knarzen der Holzplatten passierte nichts. Langsam machte der Junge einen zweiten Schritt und stampfte abermals. Die Brücke hielt seinem Gewicht stand und er konnte sie unversehrt überqueren. „Das wäre auch wirklich ein tolles Abenteuer gewesen, wenn ich noch nicht einmal den Eingang des Dunkelwaldes passiert hätte“, überlegte Ben.

Auf der anderen Seite angekommen spürte er eine unmenschliche Kühle, die in der Luft hing. Ein leichter Schauer lief ihm über den Rücken und er merkte, wie sich seine Armhärchen aufstellten. Die Finsternis beunruhigte ihn. Er rubbelte kräftig über seinen Unterarm. „Hu, wie kalt es auf einmal wird“, dachte er.

„Das ist normal für den Dunkelwald“, flüsterte Suleika und zwinkerte. Na klar, sie hatte schon wieder aus seinem Gesicht gelesen, was er gerade dachte.

„Hm.“

„Denk an etwas Warmes, Ben.“

„Okay“, sagte der Junge. „Dann erzähle ich dir jetzt eine Geschichte. Pass gut auf, ja?“ Die Elfe nickte. „Wenn die Schulglocke zum Ferienbeginn läutet, stürmen wir Schüler in Scharen aus den Klassenzimmern. Nur noch raus, raus aus diesem stickigen Gebäude heißt die Devise. Und da kennen wir keine Gnade. Es wird geschubst und gedrängelt. Jeder will der Erste sein ...“ Ben grinste. „Auch ich will so schnell wie möglich nach Hause.“

„Du?“

„Ja, ich weiß. Das ist eigentlich recht ungewöhnlich, weil ich doch gern in die Schule gehe. Aber so kurz vor den Ferien ist das Schulgebäude einfach unerträglich. Echt. An einem letzten Tag vor den Ferien stand die Luft regelrecht. Auch die Lehrer hatten arge Probleme, uns Schüler zum Lernen zu begeistern. Bei der Schwüle konnte ich mich kaum konzentrieren. Und weißt du, wo ich anstelle des Schulbuchs hinstarrte?"

„Zu einem hübschen Mädchen vielleicht?"

„Nein. Schön wär's. Ich starrte zu dem Schweißfleck, der sich unter den Achseln von Frau Hämpel zunehmend vergrößerte. Das war vielleicht eklig. Dann kramte sie ein Taschentuch aus ihrer Umhängetasche und tupfte sich ihre Stirn.

Hach, ist das heute warm. Nicht wahr, Kinder?, sagte sie und stöhnte. Wir nickten kurz und stützten dann unsere schweren Köpfe auf unseren Armen ab. *Ach herrje. Wie soll ich nur heute mit euch arbeiten?*

Am besten einfach gar nicht, sagte daraufhin Niklas.

Toller Beitrag, sagte Frau Hämpel streng. *Das merke ich mir für deine nächste Leistungskontrolle, Herr Müller.*

Die Klasse lachte. Niklas zuckte nur mit den Achseln und sagte: *Mir doch egal. Es sind noch genau zweiunddreißig Minuten. Dann sind erst einmal Ferien. Glauben Sie im Ernst, dass ich mir jetzt Gedanken über die nächste Mathekontrolle mache?* Na, wie Frau Hämpel darauf reagierte, kannst du dir sicherlich gut vorstellen, stimmt's?"

„Haha. Oh ja!"

„Frau Hämpel war fassungslos und sagte erst einmal gar nichts. Plötzlich war es mucksmäuschenstill in der Klasse, bis Kim, die Jüngste, zu kichern anfing. Und plötzlich lachten alle mit. Auch Frau Hämpel. Schließlich waren ja bald Ferien, warum jetzt noch aufregen? Bei der Hitze brachte das eh nichts.

Wer hat Hunger auf Eis?, rief Frau Hämpel.

Und auf einmal war jeder Schüler hellwach. *Ich!*, riefen wir aufgeregt und stürmten geordnet in Zweiergruppen zur Tür. Die Lehrerin lachte. Jeder Schüler durfte sich zwei Kugeln aussuchen. Ich wählte Himbeere und Stracciatella. Das war vielleicht lecker. Und genau das Richtige für einen so heißen Tag wie diesen." Ben leckte sich kurz über die Lippen. Die schmeckten aber leider nicht nach Himbeereis. Schade. Dann warf er einen kurzen Blick zurück zu der morschen Brücke und der friedlichen Welt auf der anderen Seite. Vor ihm waren dunkle, hohe Bäume, die einen weiten Schatten warfen und die Sonnenstrahlen verschluckten. Sie waren schwarz und sahen aus, als wären sie verkohlt. Es schien, als würden scharfe Zacken in den Himmel reichen. Der Boden war unglaublich hart und Ben hörte jeden Schritt, den er ging.

„Das war eine schöne Geschichte." Die kleine Elfe flatterte neben ihm. Sie lächelte, doch Ben konnte ihr ansehen, dass sie sich fürchtete. Er schob große schwarze vertrocknete Blätter beiseite und bahnte sich einen Weg durch den toten Urwald. Plötzlich krabbelte es unangenehm auf seiner Haut. Kleine schwarze Wichtel mit knorrigen Beinen kletterten an Bens Beinen hoch. Sie hangelten sich von einem Beinhaar zum nächsten und schienen dabei ihren Spaß zu haben.

„Iiieh! Was ist denn das?" Angeekelt beobachtete Ben die Winzlinge. Sie hatten vier Beine, auf denen sie gingen, und zwei Arme, mit denen sie nach Bens Beinhaaren grapschten. Ihre Köpfe waren mit Fell überwachsen und ihre vier Augen, die gelb in der Dunkelheit leuchteten, schienen überall hinschauen zu können.

Suleika zuckte mit den Achseln und flatterte in Richtung der Krabbelmänner. Skeptisch beobachtete sie das bunte Treiben. „Was macht ihr da?", fragte sie in die Runde.

Das Jucken auf Bens Haut hörte plötzlich auf und die Winzlinge blickten erstaunt zu der Elfe.

„Ului gnalowei hundili mandundai ohi", murmelte ein Krabbelmann.

„Bitte was?"

„Haufli mugli dumli."

Die Elfe schüttelte den Kopf. Wer sollte denn das bitte verstehen?

„Hungli falupi natraluwi masufdgli", murrte ein Krabbelmann und biss Ben ins Bein.

„Aui", sagte Ben verärgert. „So, tschüssi. Ich habe genug gehört." Mit einer schnellen Armbewegung fegte er die Krabbelmänner von seinem Bein.

„Fundi hgsili gwndi", schnaubte es auf dem Boden.

Suleika grinste und flatterte voraus.

Ben folgte ihr. „War ich zu gemein zu den kleinen Hampelmännern?", wollte er von der Elfe wissen.

„Warum? Sie haben dich doch belästigt und konnten auch nicht erklären, warum sie das getan haben."

„Trotzdem. Vielleicht sind sie ja eigentlich ganz nett?"

„Wesen im Dunkelwald? Bestimmt nicht."

Da hatte die Elfe vermutlich recht. Bestimmt waren es mückenartige Wesen, die nur auf sein Blut aus waren. Wer wusste das schon. Ben erinnerte sich an einen Abend, als eine Motte in seinem Zimmer umherschwebte. „Soll ich dir noch eine Geschichte erzählen?"

„Ja, gern", antwortete Suleika.

„Gerade habe ich an eklige Motten gedacht."

„So, so."

„Ja, also diese Nachtfalter sind doch wirklich keine schönen Geschöpfe. Manches Mal konnte ich wegen denen kaum ein Auge schließen. Eines Nachts drehte und wand ich mich in meinem Bett, schlang die Decke um mich und warf sie wieder weg. Doch das half alles nichts! Ich versuchte es mit Schäfchenzählen. Ein Schäfchen, zwei Schäfchen, drei Schäfchen. Na immerhin gähnte ich. Ich war müde und wollte endlich schlafen. Aber es ging nicht. Immer hörte ich das Geflatter der Motte."

„Das klingt nach einer schlaflosen Nacht."

„Du sagst es. Nach einem dumpfen Geräusch war es aber plötzlich ganz still in meinem Zimmer. Vermutlich war das Viech gegen eine Wand geflogen."

Suleika lachte. „Deine Geschichten gefallen mir. Weiter!"

„Ich wälzte mich abermals in meinem Bett. Aber schlafen konnte ich nicht. Dann hatte ich keine Geduld mehr. Ich stand auf und latschte schlaftrunken durch mein Zimmer zum Lichtschalter. Und weißt du, was ich dann sah?"

„Nein. Was hast du gesehen?"

„Die Motte saß direkt neben meinem Bett!"

„Haha."

„So konnte ich keinesfalls schlafen. Ich schaute auf meinen Wecker. Es war schon halb eins. Ich gähnte abermals und schlurfte in die Vorratskammer. Ausgerüstet mit einem Staubsauger begab ich mich zurück in mein Zimmer. Blödes Viech, dachte ich noch und steckte den Stecker in die Steckdose. Der Staubsauger brummte laut. Meine Mutter würde sicherlich gleich in der Tür stehen, da war ich mir ziemlich sicher. *Was machst du nur für einen Lärm?*, würde sie fragen. Das war mir aber in dem Moment egal und ich nahm das Rohr in die Hand. Meine Mutter schien fest zu schlafen, denn noch war sie nicht in meinem Zimmer gewesen und das war ein sehr gutes Zeichen. Denn das, was ich gerade wegen einer Motte fabrizierte, war mehr als peinlich. Zumindest für einen Jungen."

„Warum? Was hast du denn bitte gemacht?"

„Da lag das Viech eigentlich ganz friedlich da. Ich schluckte. Das machte ich wirklich nicht gern, aber was konnte ich dafür, dass das Tier den Weg hinaus nicht mehr fand? Was sollte ich schon anderes machen? In die Hand konnte ich es auf keinen Fall nehmen. Mit ausgestrecktem Arm richtete ich also das Rohr auf den Falter. Dann drehte ich meinen Kopf weg und hielt die Luft an. Es zischte. Dann war der Boden wieder sauber. Und dann konnte ich auch wieder ausatmen. Ich drückte auf den Aus-Knopf der Maschine und zog den Stecker. *Es tut mir leid*, sagte ich noch. Dann ließ ich mich auf mein Bett fallen und schlief ein."

„Na, du bist mir einer", sagte die Elfe und grinste.

Ben zuckte die Achseln. „Mücken, Motten und Spinnen, das alles kann ich nicht leiden."

„Ja, und?"

„Hach." Er kaute auf seiner Unterlippe herum. Er hielt die Krabbelmänner von vorhin für eklige Motten beziehungsweise irgendetwas von der Sorte. Er hatte die Hampelmänner einfach in eine Schublade gesteckt, weil sie so krabbelig waren. „Ich hasse das Schubladenprinzip." Ben dachte an den Matheunterricht von Frau Hämpel.

„Wie meinst du das?"

„Jonas, mein Banknachbar, war im Rechnen nicht sehr gut. Er gab sich Mühe und versuchte, die Lösungen genauso richtig zu haben wie ich. Doch ständig schlichen sich Schusselfehler ein. Es war wie verhext. Eines Tages stand eine Leistungskontrolle bevor. Jonas knirschte während des gesamten Tests mit den Zähnen. Er war sehr aufgeregt, hatte stundenlang gelernt und nun sah er vermutlich nur Hieroglyphen auf seinem Zettel. Ich sah ihm die panische Angst an, wieder eine Fünf in Mathe zu kassieren, und beschloss, einfach zwei Tests abzugeben. Zum einen meinen eigenen und zum anderen einen für Jonas. Denn im Rechnen war ich flink und schon nach der Hälfte der Zeit schob ich meinen Zettel mit Jonas' Namen obendrauf zu ihm herüber. Dieser guckte nicht schlecht. Ich hatte versucht, dem Schriftbild von Jonas nahezukommen, und das war mir, glaube ich, recht gut gelungen. Jonas lächelte. Als nun die Bearbeitungszeit vorbei war, klingelte Frau Hämpel mit ihrer Glocke, die sie immer vorne auf ihrem Lehrertisch stehen hatte. Es war übrigens eine große Kuhglocke. Voll peinlich. Nun gut. Weiter im Text. Jetzt war ich es nämlich, der unglaublich schwitzte. Denn ich war mit der letzten Aufgabe noch nicht fertig. So ein Pech. Und Frau Hämpel kannte keine Gnade. Sie riss mir einfach den Zettel aus der Hand. Eine Woche später bekamen wir unsere Leistungskontrollen zurück. Ich atmete erleichtert aus. Eine Eins. Wie immer. Dann schaute ich zu meinem Nachbarn."

„Und? Hatte er auch eine Eins? Himmel, bin ich aufgeregt!"

„Theoretisch hätte er eine bekommen sollen. Jonas hielt mir den Test hin. *Wie ist das möglich*, flüsterte ich. Jonas zuckte aber nur mit den Achseln. Eine Drei. Etwas Besonderes für ihn, aber unvorstellbar für mich. Okay. Bei einer Aufgabe hatte ich mich verrechnet. Aber es gab doch Folgefehler. Sein Test war ansonsten identisch mit meinem, Jonas hatte sogar die letzte Aufgabe richtig, die ich nicht hatte. Er hätte eine Eins bekommen müssen."

„Eine Frechheit ist das", schimpfte die Elfe.

„Du sagst es! Als ich Frau Hämpel auf die sehr guten Leistungen meines Freundes hinwies, blätterte die nur teilnahmslos in ihrem Ordner herum. Dann sagte sie: *Jonas ist ein Fünfer-Kandidat. Wie soll er plötzlich eine Eins schreiben? Das geht doch nicht.* Das war alles, was sie dazu sagte. Sie unterstellte Jonas, dass er bei mir abgeschrieben habe, obwohl sie es nicht beweisen konnte, und gab ihm einfach deswegen eine schlechtere Note. Von meiner Doppelarbeit wusste sie ja nichts. Sie wollte einfach nur Jonas die sehr gute Note nicht gönnen. Nicht einem Fünfer-Kandidaten!"

„Eine Frechheit", sagte die Elfe abermals.

Ben nickte. „Verstehst du jetzt, was ich meine?"

„Ich denke, ich weiß, worauf du hinauswillst. Man soll der Welt nicht mit Vorurteilen begegnen, richtig?"

„Stimmt. Und weißt du was? Das mit Mel ..." Weiter kam er nicht.

Suleika zupfte nervös an seinem T-Shirt-Ärmel. „Ben, schau dir das mal an!", sagte sie aufgeregt und zeigte mit ihrem Finger in die

Ferne. Auf einmal wurde der Weg immer schmaler und die Bäume standen enger beieinander. Es war ein seltsames Gefühl, vergleichbar mit dem bedrückenden in einem engen Fahrstuhl, in den sich immer mehr Menschen hineindrängen wollen, weil sie zu faul waren, die Treppen zu nehmen.

„Wir sollten umdrehen“, hauchte die Elfe.

„Was ist mit Mel?“, fragte Ben panisch.

„Ich weiß nicht, aber wenn wir noch weitergehen, kann ich die Brücke nicht mehr sehen. Wir könnten uns verlaufen und das wäre zu gefährlich.“

Ben nickte und schaute enttäuscht zu den messerscharfen Spitzen der Bäume empor. Sie gingen den Weg zurück und erreichten die Brücke. In der Ferne hörten sie einen Eulenschrei, doch sonst blieb alles still.

Als sie wieder auf der anderen Seite der Brücke standen, lachte die Sonne und der warme Wind wehte ihnen durch die Haare.

„Ach, ist es schön, wieder hier zu sein“, sagte Suleika und seufzte. „Ben, es tut mir leid, dass wir nicht weitergehen konnten. Ich war noch nie zuvor im Dunkelwald und die Enge machte mir Angst. Ich hoffe, du bist mir nicht böse.“

Ben zuckte mit den Achseln. „Es ist ja nicht deine Schuld.“ Er drehte sich noch einmal enttäuscht zu dem düsteren Wald auf der anderen Seite der Brücke.

Die rettende Spuckepfütze

In dieser Nacht träumte Ben abermals von Mel. Unruhig drehte er sich von der einen Seite auf die nächste und steckte seinen Daumen in den Mund. Er wirkte in dieser Haltung beinahe wie ein kleines Kind, ein Daumenlutscher. Gut, dass es in Ventya keinen bösen Struwwelpeter gab, der nuckelnden Kindern die Finger abschnitt. Dann schrie er plötzlich, wobei er sich vor Schreck auf den Daumen biss. Schweißnass wachte er auf. Er wischte sich mit dem Nachthemd über die Stirn und stöhnte.

In seinem Zimmer war es noch dunkel. Die Sonne würde erst in ein paar Stunden aufgehen. Kumbold saß mit einem besorgten Gesichtsausdruck neben seinem Bett. Er stand auf und brachte ihm eine Tasse heißen Tee.

„Du hast so laut geschrien, dass du das ganze Haus geweckt hast. Was ist los?", wollte der Kräutermeister wissen.

Ben schüttelte den Kopf. „Ich weiß es nicht. Was ist los mit mir? Ich habe schreckliche Angst, dass Mel etwas zustößt oder sie in Gefahr schwebt." Kumbold reagierte genervt auf Mariellas Namen, doch dann schmunzelte er. „Was?", wollte Ben wissen.

„Du bist verliebt."

„Was? So ein Quatsch!"

„Das ist eindeutig. Du träumst im Schlaf von ihr. Machst dir Sorgen um sie. Möchtest sie wiedersehen. Möchtest sie beschützen."

Entsetzt blickte Ben in das kichernde Gesicht Kumbolds. „Du siehst das falsch", antwortete er trotzig und verschränkte die Arme.

„Ach wie süß. Ist da jemand beleidigt?", grinste Kumbold vor sich hin.

„Ich doch nicht!"

„Nein. Wie komme ich nur darauf? Ich bin ja so gemein, so etwas zu behaupten."

„So sehe ich das auch!"

Lachend ging Kumbold in sein Schlafzimmer. Er lachte noch fast eine halbe Stunde und hinderte Ben am Einschlafen. Dem Jungen fiel es schwer, bei dieser Lautstärke ein Auge zu zuzumachen. Doch irgendwann schlief er dann doch ein, denn er erwachte erst, als die Sonnenstrahlen durch das Fenster drangen und die Vögel zwitschernd am Himmel ihr Morgenlied sangen.

An diesem Tag fand abermals eine Unterrichtsstunde statt. Kumbold zeigte ihm weitere Kräuter, die in seinem Kräuterbeet wuchsen.

„Dieses Gewächs nennt man Arctostaphylos uva-ursi, Bärentraube." Kumbold führte Ben durch das Beet und blieb an einem Strauch von etwa zwanzig Zentimetern Höhe stehen. „Dieser Wilde Buchsbaum ist entzündungshemmend und ein Mittel für Bettnässer mit schwacher Blase. Mit einem Teelöffel dieses Krautes lässt sich ein Getränk herstellen, das harnregulierend wirkt." Kumbold bahnte sich weiter einen Weg durch den Garten und blieb an einer anderen Pflanze stehen. „Mohngewächse, genannt Papaver somniferum, werden bis zu hundertfünfzig Meter hoch. Eine unreife Samenkapsel enthält einen Milchsaft, der einen künstlichen Betäubungszustand hervorruft und süchtig machen kann."

Ben strich über eine rote Blüte, deren Blütenwände hauchdünn und zerbrechlich schienen. „Ich hätte nicht gedacht, dass diese Pflanze süchtig machen könnte", sinnierte er.

„So. Genug für heute", sagte Kumbold, nachdem er Ben über weitere Kräuter informiert hatte und sich sicher war, dass er sie unterscheiden konnte und deren Verwendung kannte. „Heute könnten wir mal wieder einige Pflanzen auf der verbotenen Seite zum Leben erwecken. Was meinst du?" Ben nickte und freute sich gleichzeitig. Er hoffte, zufällig auf Mel zu stoßen.

Kumbold grinste. Seine Blicke verrieten, dass er Bens Gedanken gelesen hatte. Ben seufzte und knuffte Kumbold in die Seite.

„Du bist verliebt!", summte der Meister und tänzelte vor Bens Füßen hin und her. Dieser seufzte abermals tief und folgte dem singenden und tanzenden Mann.

„Was ist denn hier passiert?", wollte Ben wissen, als sie die Brücke erreichten.

Fassungslos starrte Kumbold auf die kleinen Pflänzchen, deren Wurzeln gewaltsam aus der Erde gerissen worden waren. Er kniete sich zu einem nieder, hob es sanft in die Höhe und strich über den leblosen, zerbrechlichen Pflanzenkörper.

Ben erblickte kalten Nebel, der sich über dem Erdboden bildete, und fröstelte. Er rubbelte über seine nackten Oberarme, spürte aufgerichtete Härchen und eine Gänsehaut. Sein verbrauchter Atem wurde in der Luft zu Dunst.

Kumbold starrte noch immer auf die tote Pflanze. Seine Augen blickten bewegungslos auf seine geöffneten Handflächen. Beunruhigt schaute Ben auf die fröhliche Welt auf der anderen Seite der Brücke. Er drehte sich um und erblickte tiefste Finsternis und Kälte, die in der Luft hing und das Atmen erschwerte. Abermals beobachtete er Kumbold, der noch immer wie versteinert in seiner ursprünglichen Position kniete. Eisiger Wind legte sich um Kumbolds Körper und hüllte ihn in dicke Nebelschwaden. Ben erstarrte und blickte zu seinem Meister, der sich gegen diese Kräfte nicht zu wehren schien.

„Kumbold, was ist los?", schrie Ben, doch das Einzige, was er noch erkennen konnte, war sein Atem in der Luft. Blind rannte er in Richtung der Brücke, die er westlich vermutete. Er stolperte über den erkalteten Erdboden und rutschte aus. Unsanft landete er auf etwas Großem und erkannte seinen Meister darin. „Meister", sagte er. „Was ist los?"

Keine Antwort.

„Bitte", wimmerte der ängstliche Lehrling. „Was kann ich tun?"

Keine Antwort.

Auf einmal schien sich der Meister zu bewegen. Jemand tippte Ben zaghaft auf die Schulter. „Meister?"

Abermals keine Antwort, doch jemand strich vorsichtig über Bens Rücken und malte Zeichen.

„Was will der Meister mir sagen?", ging es Ben durch den Kopf. Künstlerisch veranlagt war er noch nie gewesen und auch die Rückenbemalung seines Meisters schien nicht gerade eindeutig zu sein. Ben verstand nur Bahnhof. Doch Kumbold gab nicht auf. Er wiederholte immer und immer wieder dieselben Bewegungen. Es fühlte sich an wie ein Kreis mit einer Spitze. Ein Kegel? Nein.

Die Luft kühlte immer weiter ab und Ben zuckte zusammen. „Hu, wie kalt", dachte Ben. „Und feucht." Auf einmal hatte er eine Idee, denn das Zeichen erinnerte ihn an einen Wassertropfen. Ja, der Meister malte Wassertropfen! Doch was wollte er dem Lehrling damit sagen? Was bedeutete Wasser? Ben kramte in seinem Wissensspeicher nach. Was hatte Herr Schiller, sein Physiklehrer, über das Wasser gesagt?

„Wasser stellt eine unverzichtbare Quelle des Lebens dar. Wasser existiert in drei Aggregatzuständen. Wasser ist temperaturabhängig. Wasser gefriert bei Minustemperaturen. Wasser wird ab null Grad Celsius flüssig. Wasser kondensiert bei 100 Grad Celsius und wird gasförmig. Wasser ist veränderbar", dachte Ben. „Ich kann Wasser verändern." Er spürte die kalte, gefrorene Luft an seiner Haut, bemerkte seinen eigenen warmen Atem, fühlte die Flüssigkeit in seinem Mund. Flüssigkeit.

„Das ist es!", rief er. Ohne zu überlegen, spuckte er auf den Boden. Er spuckte und spuckte und spuckte. Er konnte nicht mehr damit aufhören, bis er merkte, dass sich neben seinen Füßen eine kleine Spuckepfütze bildete. Er konnte sie sehen. Er konnte den Boden wieder erkennen, konnte sehen, wie eine einzige Pflanze sich streckte und rekelte und vor ihm verbeugte. Die Welt um ihn herum wurde schlagartig wieder klar und deutlich und die Kälte sowie der Nebel verschwanden.

Auch Kumbold bewegte sich wieder und schubste Ben von seinem Schoß. Er richtete sich auf und klopfte seine Hosen sauber. Kein Ton kam aus seinem sonst so gesprächigen Mund. Ohne sich nach seinem Lehrling umzublicken, ging er von dannen.

„Hey!", rief Ben, doch der Meister schenkte ihm keine Aufmerksamkeit. Schnell rannte der Junge hinterher. „Was war los?"

Kumbold fing an zu fluchen und kickte wütend einen Stein vor sich her. „Ich fasse es nicht!", zeterte er.

„Was?"

„Wir müssen etwas dagegen tun."

„Was?"

„So kann das nicht weitergehen. Unser Land geht kaputt und wir sehen nur zu. Wir müssen uns wehren."

„Was?"

„Ben. Bitte stelle mir nicht immer so unsinnige Fragen, die kein Mensch beantworten kann. Vertrau einfach dem alten Herrn."

„Was?"

Kumbold schüttelte den Kopf.

Ben schaute mit großen fragenden Augen den Meister an. Er

stellte sich breitbeinig vor ihn und hinderte ihn am Weitergehen. „Stopp!“, sagte er. „So geht das nicht weiter. Bitte, Kumbold, sag mir endlich, was hier für ein Spiel gespielt wird!“

„Das geht nicht“, sagte der Kräutermeister und blickte betroffen auf den Boden.

„Warum nicht?“, beharrte Ben.

„Weil ... Ach Ben, es gibt Dinge, die man nicht erklären kann. Verstehst du das?“

„Ja.“

„Wirklich?“ Erstaunt schaute Kumbold in das nickende Gesicht und lächelte erleichtert.

„Kumbold? Darf ich dich mal etwas fragen?“

„Natürlich“, sagte Kumbold, froh über einen Themenwechsel.

„Wann entstand Ventya?“

„Ventya existiert schon seit der Evolution, Ben. Das Land wurde aber erst vor 500 Jahren gegründet, als Elfen und Zwerge sich hier niederließen. Sie bauten Häuser und gründeten Dörfer. Lange Zeit lebten sie in einer friedlichen Umgebung, bis ...“

„Bis?“

„Bis Bäume gerodet wurden. Bis die wunderschöne Welt zerstört wurde.“

„Durch wen?“

„Durch abscheuliche Geschöpfe.“

„Was für Geschöpfe.“

„Dunkle Gestalten mit blassen Gesichtern und kalten Seelen. Sie waren auch der Grund, warum ich nach Ventya kam. Ich lebte, wie du weißt, bei meiner Großmutter. Sie lehrte mich die Kräuterkunde und brachte mir alles Lebensnotwenige bei. Sie war lieb zu mir und verwöhnte mich von hinten bis vorne. Doch glücklich war ich nicht. Ich hatte nämlich keine Freunde. Als Kind war ich pummelig und unglaublich unsportlich. Meine Klassenkameraden lachten mich immer aus. Kinder können manchmal echt grausam und gemein sein. Eines Tages wollte ich eine Kräutertinktur machen und durch diese Freunde gewinnen. Ich zauberte also einen Freundschaftstrunk. Zum Einsatz kam dieser allerdings nie, denn plötzlich war ich in Ventya. Ventya, das Land, welches alle Geschöpfe liebevoll aufnimmt. Es war gütig zu mir und wollte mir das geben, was mir am meisten fehlte. Einen Freund, der mich so sehr brauchte wie ich ihn. Ich lernte Simonu, den Kräutermeister, kennen. Im Laufe der Jahre wurde ich immer größer und stärker. Simonu gab mir die Kraft, die mir damals als kleiner Junge fehlte, und ich unterstützte den Meister bei seinen Arbeiten. Die Geschichte ist aber mittlerweile schon über 150 Jahre alt."

„Was wurde aus Simonu?"

„Er starb vor einigen Jahren im Dunkelwald. Wir kämpfen schon seit so langer Zeit gegen das Böse, doch bislang blieben wir erfolglos. Das schlimmste Ereignis war für mich der Tod des Meisters."

„Das tut mir leid. Nach dem Verlust des Kräutermeisters musstest du sein Amt übernehmen, richtig?"

„Ja, richtig. Ich kannte zwar mittlerweile auch den Weg zurück zu meiner eigenen Welt, aber in der Zwischenzeit war meine Oma gestorben. In Ventya scheint die Zeit eben stillzustehen und du alterst nur sehr langsam. Somit stand mein Entschluss fest, hierzubleiben, bis ich den Wunsch des Meisters erfüllt habe. Und solange ich die Pflanzen von Ventya pflege, wird das Land auch nicht untergehen."

„Kumbold?"

„Ja?"

„Ist das die Geschichte, die dich schon so lange plagt?"

„Was meinst du?"

„Die dunklen Gestalten, die Zerstörung. Der Wunsch des Meisters. Das ist das Geheimnis!"

„Oh." Kumbold schüttelte entrüstet den Kopf. Dann gingen seine Mundwinkel nach oben und er fing an zu lachen. Er lachte mit solch einer Lebensfreude, die Ben an seinem Meister sonst vermisste. „Ich danke dir, Ben."

„Kein Problem."

Wunibalds Bibliothek

Die Tür zu der heruntergekommenen Hütte öffnete sich mit einem quietschenden Geräusch. Im Inneren war alles dunkel. Langsam trat Ben ein. Die Tür schloss sich mit einem Ächzen hinter ihm.

Erschrocken drehte er sich um, konnte aber nichts erkennen. Eine fledermausartige Gestalt flog über ihn hinweg und zerzauste seine Frisur. In der hinteren Ecke des Schuppens schien sich etwas zu bewegen. Langsam ging er weiter. Die Fledermaus zog weiterhin ihre Kreise und schien ihn zu beobachten. Er hatte den hinteren Teil der Hütte fast erreicht, da flog das Tier im Sturzflug auf seinen Kopf zu und zerrte an seinen Haaren. Es war ein ohrenbetäubendes Geräusch und Ben hatte Angst um sein Trommelfell. Er hielt sich die Ohren zu, doch in diesem Moment ertönte noch ein anderes Stimmchen. Es war jenes von Mel.

„Rette mich, Ben“, sagte sie. „Lass mich nicht allein!“ Die Stimme klang kratzig und unecht, doch Ben war sich sicher, dass es Mariella war, die ihn um Hilfe bat.

„Ich werde dich retten“, versprach er ihr.

Dann verschwamm die Szene vor seinen Augen. Mit einem Schrei erwachte Ben aus seinem Albtraum. Kumbold saß an seinem Bett und befühlte besorgt seine feuchte Stirn. Ruckartig setzte sich Ben aufrecht hin und versuchte, seine Atmung zu kontrollieren.

„Ich koche dir einen Tee“, sagte Kumbold und erhob sich stöhnend und mit einer stützenden Hand auf seinem Rücken. „Das ist jetzt schon die dritte Nacht in Folge, Ben. Wir müssen etwas gegen deine Schlafstörung unternehmen.“

„Was denn?“ Ben schlurfte in die Küche.

„Wir besuchen Wunibald.“

„Wunibald? Wie soll er mir helfen?“

„Wunibald kennt sich mit mysteriösen Krankheiten aus und weiß, wie man sie bekämpfen kann. Er muss mir nur das Mittel nennen und ich finde es in meinem Garten.“

Ben nippte an seinem Tee. Er schmeckte leicht süßlich. Kumbold hatte eine Mischung aus Fenchel gezaubert, sie mit gekochtem Wasser aufgebrüht und als i-Tüpfelchen einen Teelöffel Honig hinzugefügt. „Das schmeckt lecker!", strahlte Ben.

Kumbold lächelte und ging in den Flur zu dem großen, breiten Eichenholzschrank mit den Schnitzereien, die Ben häufig bewunderte. Aus dem Inneren holte er seinen Hut und eine Jacke.

„Wozu brauchst du die?", fragte Ben und zeigte auf das Kleidungsstück.

Kumbold seufzte und strich sich über seinen langen grauen Bart. „Es ist kälter geworden", sagte er und öffnete die Tür.

Ben erhaschte einen kurzen Blick nach draußen. Ein kalter Wind blies ihm ins Gesicht, sodass seine Zähne vor Kälte zitterten. „Hu, ist das kalt!", hauchte er und rieb sich seine Hände.

Kumbold nickte und reichte seinem Lehrling einen Mantel. Der plötzliche Temperaturunterschied verwunderte Ben. Es kam ihm seltsam vor, doch der Meister schien ihm mal wieder etwas zu verschweigen. Er war sich aber sicher, auch dieses Geheimnis zu lösen. Früher oder später würde Kumbold ihm alles über Ventya erzählen.

Sie machten sich auf den Weg. Die Landschaften wirkten kahl und trist. Die Blätter fielen von den Bäumen und bildeten einen Teppich aus bunten Farben.

„Die Farben des Herbstes", dachte Ben. Doch es war nicht Herbst, dessen war er sich bewusst. Ein eisiger Wind zerzauste Bens Haare und durchwirbelte den Bart des Meisters.

Mit geröteten Wangen erreichten sie das Zwergendorf. Wunibald kam aufgeregt aus seinem Haus gerannt und begrüßte sie freundlich. „Ich freue mich, euch zu sehen!", rief er ihnen entgegen.

„Hallo, mein Freund!", sagte der Meister.

Aufgeregt zeigte der Zwerg mit dem Finger auf seine Wohnung. „Seht euch das an", klagte er. Sein Baum wies große Blessuren auf. Äste lagen auf dem Boden und an ihrem früheren Platz tröpfelte Harz auf die Rinde. Es war ein trauriges Bild. Die wenigen Blätter, die noch an den Ästen hingen, hatten ihre grüne Farbe verloren. „Der Wind ist unberechenbar. Vorhin ist Suleika vorbeigekommen. Doch als der Wind seine Richtung änderte, trug er sie einfach mit sich davon. Hoffentlich ist die Kleine gut zu Hause angekommen.

Ich habe das Gefühl, dass der Wind immer stärker wird. Lange können die Wurzeln den Kräften nicht mehr standhalten. Es ist wichtig, dass ...“ Er verstummte, als er die Sorgenfalten des Meisters sah. Beunruhigt blickte er erst zu Ben, dann zu Kumbold. „Das sind nicht die einzigen Probleme, habe ich recht? Was ist passiert?“, wollte er wissen.

„Ben quält sich mit Albträumen und schläft unruhig. Ich brauche deinen Rat.“

Wunibald nickte und bat sie, ihm zu folgen. „Was sind das für Träume?“

„Die Träume handeln alle von Mariella. Ben sieht sie in einer verschwommenen Gestalt. Er erzählte mir, dass sie Hilfe benötige, weil sie in einer Hütte im Dunkelwald eingesperrt wurde.“ Als der Kräutermeister den Namen des gefürchteten Waldes aussprach, blickte der Zwerg erschrocken auf.

„Ich habe eine böse Vorahnung“, murmelte Wunibald. Sie betraten seine kleine Stube und folgten dem Zwerg durch eine Tür, die zu einer urigen Wendeltreppe führte. Ben blickte erstaunt nach oben. Die Treppe schien mit ihren Stufen kein Ende zu nehmen.

„Aber wir müssen nicht ...“, fragte Ben entsetzt.

„Nein. Du hast Glück. Das Buch, das ich suche, befindet sich bei der Stufe 349.“

„Das bedeutet 349 Stufen“, sagte Kumbold augenzwinkernd. Ben stöhnte.

„Ach, Ben. Du hast Glück. Manchmal brauche ich ein Buch aus dem Regal 1589. Da laufe ich schon manchmal einen ganzen Tag. Zuerst rauf und dann muss ich auch wieder runter. Ärgerlich ist es dann, wenn ich mich getäuscht habe und sich das Buch letztendlich nicht im Regal 1589 befindet, sondern bei der Stufe 12 steht.“

Das Treppenhaus war eine einzige Bibliothek. Die Bücher füllten die ganze Innenwand des Baumes. Ben konnte das Ende nicht erkennen. Staunend folgte er den beiden Männern und betrachtete die vielen Sammelbände. Die wunderschönen Ledereinbände der Werke faszinierten ihn. Vorsichtig strich er über eine weiche Oberfläche und betastete die verschnörkelten Einkerbungen. Die Treppenstufen waren durch eingeritzte Ziffern nummeriert und die Bücher sortiert. In jedem Regal befanden sich Kerzen, die den Raum hell erleuchteten.

„Die Lektüren zu Schlafstörungen befinden sich bei der Stufe 349", sagte Wunibald abermals und stapfte weiter nach oben.

Ben seufzte. „Der Fahrstuhl sollte hier erfunden werden", dachte der Lehrling und rieb sich seine schmerzenden Oberschenkel, als sie Stufe 187 erreichten.

„Ein Fahrstuhl würde zu viel Platz wegnehmen und meine Bücherwände verdecken. Außerdem wäre dann keine Möglichkeit zum Stöbern vorhanden. Du würdest in den Fahrstuhl gehen, eine Nummer eingeben und wärst bei der Stufe. Das wäre doch langweilig", sagte Wunibald und strich sanft über einen Buchrücken bei der Stufe 314. Verdattert blickte Ben in das allwissende Gesicht des Zwerges. Der Mund stand ihm sperrangelweit auf. „Dachtest du, dass wir keine Fahrstühle kennen? Wir leben doch nicht auf dem Mond!" Er fing an zu lachen.

Das Planetensystem kannten sie also auch!

„Hier ist es!", verkündete der Zwerg und zog ein riesiges Exemplar aus dem Regal.

„Ach herrje. Das wiegt bestimmt 100 Kilogramm", meinte Ben.

„Nur 100 Kilogramm?", fragte Wunibald und grinste. „Hier!"

Er übergab Ben mit einem schwungvollen Ruck das Buch. Das Gewicht war enorm und Ben kippte vornüber. Erschöpft musste er den Einzelband auf der Treppenstufe ablegen.

Wunibald lachte und hob das Werk auf. Dann blätterte er in der Lektüre. Die Seiten waren alt und zum Teil vergilbt. Der Zwerg schlug Seite 1783 auf und präsentierte den Inhalt.

Schlafstörungen in Verbindung mit Liebeskummer sind eine ernst zu nehmende Krankheit. Sie verhindern den natürlichen Schlaf und stören den täglichen Rhythmus. Erkrankte sind weniger belastbar und fühlen sich bis zu 24 Stunden am Tag übermüdet und kraftlos. In Verbindung mit Liebeskummer träumt man im Schlaf von seiner Geliebten und erwacht meist ruckartig durch Geschehnisse in den Träumen, die man nicht wahrhaben möchte. Man nehme: Blüten eines Zauberkrautes, wie beispielsweise Circaea lutetiana (Hexenkraut), in Verbindung mit dem Edelstein des Mondes. Der Mondstein werde im Mondlicht aufgeladen und auf das Hexenkraut gelegt, was dessen Wirkung enorm erhöht. Man gebe zwei Teelöffel einer schlaffördernden Baldrianwurzel, Valeriana officinalis, hinzu und lasse das Elixier acht bis zwölf Stunden im Wasser ziehen. Durch ein Sieb wird der Tee in eine Tasse gegeben. Diese wird im Ofen leicht erwärmt. Nach Einnehmen dieses Getränks fühlt man die sofortige Wirkung der Kräuter.

„Klingt doch gut", sagte Kumbold und grinste.

Wunibald grinste ebenfalls und klopfte Ben aufmunternd auf die Schulter. „Ich bin gespannt, wie es wirkt", sagte er.

Skeptisch blickte Ben in die Runde. Er hatte das ungute Gefühl, dass dieses Elixier nicht nur seinen Schlaf fördern sollte.

Langsam gingen sie die Treppenstufen hinunter und dann waren sie auch bald wieder an der frischen Luft. Es windete noch immer sehr stark, doch der Sturm schien langsam nachzulassen. Ben atmete tief ein. Der Geruch der Bücher hing noch in seiner Nase.

„Vielen Dank für deine Hilfe", sagte Kumbold und umarmte seinen Freund zum Abschied.

„Kein Problem", sagte dieser und verschwand wieder in seinen Baum.

Der Zaubertrank

Ben stand vor dem Kräuterbeet. In seiner Hand hielt er einen rostigen Kessel. Gelangweilt ließ er den Eimer hin und her schwingen. Es quietschte.

„Wie lange dauert es noch?“, wollte er wissen und musterte die Büschel vor sich. „Das müsste Süßholz sein, auch Glycyrrhiza glabra genannt“, dachte er und fuhr mit seinem Finger über die Blätter.

„Es dauert nicht mehr allzu lange. Ich bin gleich fertig“, ertönte die Antwort von Kumbold.

„Ist das Süßholz?“, fragte Ben.

Der Meister erschien hinter einem riesigen Strauch von Stachelbeeren. „Ja, richtig“, freute er sich. „Und woran hast du das erkannt?“

„Einerseits an der Höhe der Pflanze – Süßholz kann bis zu 150 Zentimeter hoch werden – und andererseits an der Beschaffenheit der Blätter. Diese sind klebrig und unpaarig gefiedert. Außerdem kann man die Pflanze auch Lakritzenwurzel nennen. Das in der Wurzel enthaltene Glycyrrhizin ist ungefähr fünfzigmal süßer als Zucker und wird für die Herstellung von Lakritze benutzt.“

„Super“, lobte Kumbold, dann war er wieder verschwunden. Ben streckte und rekelte sich, um etwas zu erkennen. Es raschelte und er stellte sich neugierig auf die Zehenspitzen. „So“, sagte der Meister und schob einen Ast zur Seite. Er füllte den Kessel mit einem Wurzelstock. Unangenehme Düfte breiteten sich aus und Ben verzog angewidert die Nase. „Typisch für Baldrian.“ Kumbold schmunzelte.

„Jetzt fehlt noch der Mondstein“, sagte Ben.

„Den habe ich hier.“ Aus seiner Jackentasche zog der Meister einen kleinen, fast durchsichtigen Stein mit einer glatten Oberfläche heraus.

„Hexenkraut fehlt noch“, sagte der Junge.

„Einen kleinen Moment, bitte“, bat Kumbold und verschwand in seinem Beet. Nur sein Kopf war noch zu erkennen und sein angestrengtes Stöhnen zu hören. „Ich hab es!“, rief er erleichtert und lief mit einer weißen Blüte zurück zu seinem Lehrling. „Kurze Verschnaufpause", verlangte er und stützte sich auf Bens Schulter ab. „Weißt du, dass du als Gehstütze eine perfekte Körpergröße hast?", murmelte der Meister vor sich hin. „Ich glaube, das wäre eine gute Beschäftigung für dich und ich wäre der Erste, der dich engagiert."

Ben tippte sich an den Kopf und sagte: „Das würde dir so passen!"

Schweigend saßen sie vor dem dampfenden Kessel und beobachteten aufsteigende Blasen. Neugierig blickten sie in den Behälter und nickten zustimmend.

„Sieht doch gut aus", lobte Kumbold und klopfte sich auf die Schulter.

Ben lachte. „Wie lange müssen wir noch warten?"

Kumbold kramte in seiner Hosentasche und holte eine Taschenuhr heraus. „Noch fünf Stunden und 39 Minuten", stöhnte er und stützte seinen Kopf mit der Hand ab. „Ich bin ganz schön müde", murmelte er. Dann war er eingeschlafen.

„Ich auch", sagte Ben und legte seinen Kopf auf die Tischplatte. Er erwachte erst, als ein dumpfes Geräusch ertönte. „Was war das?", fragte Ben schlaftrunken.

„Oh. Das war ich. Bin wohl eingeschlafen und mein Kopf ist auf die Tischplatte geknallt", nuschelte Kumbold und befühlte seine Beule.

„Wie viel Uhr ist es?", fragte Ben.

Entsetzt blickte der Kräutermeister auf seine Uhr und rief: „Wir haben verschlafen. Du hättest den Trunk schon vor über drei Stunden trinken sollen!"

„Und nun?"

„Du trinkst ihn einfach jetzt", sagte Kumbold und holte eine Tasse aus dem Wandschrank. Mit einer Kelle schöpfte er die Brühe in das Trinkgefäß und stellte es in den Ofen zum Erhitzen.

„So. Der Zaubertrank ist fertig", sagte Kumbold, als er das dampfende Elixier aus dem Ofen geholt hatte. „Nun trink."

Ben nahm einen zaghaften Schluck. „Bäh!" Es schmeckte abscheulich. Sehr bitter. Der Tee hatte eindeutig zu lange gezogen, aber solange es half ... Die warme Flüssigkeit breitete sich schnell in seinem ganzen Körper aus und er spürte die Wirkung der Kräuter. Er fühlte sich auf Anhieb fit und ausgeschlafen. Doch er merkte auch noch etwas anderes. Er fühlte sich etwas benebelt und sah die Objekte im Raum leicht verschwommen. Gleichzeitig strahlte sein Körper so viel Energie aus, dass er unbedingt etwas tun musste. Er dachte an Mariella. „Wir müssen sie finden", sagte Ben. „Sofort."

Überrascht schaute der Meister zu dem aufgeweckten Kerlchen. „Nur noch ein Stündchen schlafen", murmelte dieser.

„Nichts da", sagte Ben und stupste den Meister an seinem Bauch an.

„Ist ja gut", stöhnte Kumbold und erhob sich. „Wir benötigen Laternen. Schau mal in dem großen Schrank im Flur nach, ob du dort welche findest. Es müsste schon dunkel draußen sein."

Flink eilte Ben in den Flur und kam mit zwei großen Laternen zurück. Unter seinen linken Arm hatte er zwei Mäntel geklemmt. „Suleikas Vogel konnte Mel nicht finden. Mit großer Wahrscheinlichkeit ist sie im Dunkelwald", sagte er beiläufig.

Ein erschrockener Blick des Meisters war die Antwort. „Bislang habe ich immer geglaubt, dass du das nur geträumt hast. Suleikas Vogel hat bislang alles und jeden ausfindig gemacht. Und wenn er Mel im Dunkelwald vermutet, dann ist sie dort auch", sagte er daraufhin. „Der Dunkelwald ist gefährlich. Lass uns morgen aufbrechen und heute unsere Route besprechen."

„Nein. Mariella schwebt in großer Gefahr. Ich kann nicht bis morgen warten. Wenn du mich nicht begleitest, gehe ich alleine."

Kumbold seufzte und erkannte die weitere Wirkung des Trunks. Hexenkraut, Circaea lutetiana, erhöhte unter anderem die Anziehungskraft zu der Geliebten. Es wirkte wie ein Liebeszauber. Ben war wie hypnotisiert und durch das lange Ziehen des Tees spürte er die Kraft des Zaubers noch deutlicher. Kumbold stöhnte. Verliebte konnten ja so was von anstrengend sein.

„Okay. Ich begleite dich. Allerdings kann ich nicht versprechen, dass wir sie gleich heute finden. Der Dunkelwald wächst von Tag zu Tag und wird größer und größer. Das Gebiet ist mittlerweile unberechenbar", sagte Kumbold.

Ben freute sich und seine Mundwinkel gingen schlagartig nach oben. „Geht klar", nuschelte der Lehrling. Dann begann er herumzuglucksen und benahm sich beinahe wie ein Besoffener. „Oh, Meister. Vielen Dank", lallte Ben und umarmte ihn stürmisch. „Was würde ich nur ohne dich machen?"

Entsetzt blickte Kumbold auf Ben herab und hoffte inständig, dass die Wirkung des Hexenkrautes bald nachließe.

„Ich hoffe, dass ich sie schon heute wiedersehe", säuselte Ben. „Sie hat so schöne Augen, so weiche Haare und so ein hübsches Gesicht. Ihr Lachen ist auch so wunderbar." Verliebt blickte er zu Kumbold. „Habe ich schon erwähnt, dass sie schöne Augen hat?", fragte Ben.

„Komm jetzt", sagte Kumbold und schob den Lehrling durch die Tür.

„Ach, was für ein schöner Tag", freute sich Ben, als der stürmische Wind ihm die Mütze vom Kopf riss.

„Was ist denn daran schön?", maulte der Meister, der von dem Zaubertrank nun endgültig genug hatte.

„Die bunten Farben. Die Temperatur", wisperte er und hob seine Mütze auf. „Es ist so angenehm warm."

Kumbold schüttelte entrüstet den Kopf und rieb sich seine kalten Hände. Seine Nase nahm einen rötlichen Ton an und er musste schniefen.

„Haha. Du siehst aus wie Rudolf, mit deiner roten Nase." Ben lachte und zeigte mit dem Finger auf das Riechorgan des Meisters.

„Bei der niedrigen Temperatur ist das auch kein Wunder. Ich bekomme bestimmt eine Erkältung wegen deines Ausflugsbedürfnisses."

„Hättest ja nicht mitkommen brauchen", schmollte der Junge. Kumbold seufzte und kämpfte weiter gegen den starken Wind. Sie kamen durch die eisige Kälte nur sehr langsam voran. Doch in der Ferne konnte Ben die Umrisse der Brücke erkennen, die er vor Kurzem zusammen mit Suleika überquert hatte. Sein Herz machte einen Luftsprung und er rannte in Windeseile zu dem Übergang. „Hier müssen wir rüber!", rief er aufgeregt. Kumbold nickte genervt und folgte dem springenden und tanzenden Kräuterlehrling.

Auch dieses Mal schoben sich die Bäume, je weiter sie in den Wald liefen, immer enger zusammen. Kumbold wirkte verunsichert und blieb mit einem Mal stehen. Für Ben war es wie ein Déjà-vu, denn auch der Kräutermeister sagte plötzlich: „Wir sollten umkehren."

Doch Ben schüttelte vehement mit dem Kopf. „Ich muss sie finden!", sagte er.

„Das verstehe ich ja, aber vielleicht sollten wir es einfach morgen früh noch einmal versuchen. Hier im Dunkeln hat das doch keinen Sinn."

„Und du meinst, dass es morgen heller ist?", schrie Ben aufgebracht. „Du sagst doch selber, dass der Wald von Tag zu Tag wächst. Auch am Morgen ist es hier so finster wie bei Nacht. Nicht umsonst heißt dieser Wald Dunkelwald." Eigentlich wollte er nicht so laut werden. Vor allem nicht vor Kumbold. Schließlich war er kein kleines Kind mehr, doch irgendwie schien das Elixier einige Nebenwirkungen zu haben. Auf einmal wirkte er so verletzlich, wenn er nicht das bekam, was er wollte. Am liebsten hätte er seine unfreundliche Äußerung zurückgenommen. Er senkte den Kopf.

„'tschuldigung", sagte Ben. Kumbold zuckte mit den Achseln und setzte den Weg fort.

Je tiefer sie in den Wald gingen, desto finsterer wurde es. Der Abstand der Bäume wurde immer enger und Kumbold bekam so langsam Probleme, dem Weg zu folgen. Schließlich war er etwas, wenn nicht sogar das Drei- oder Vierfache, breiter als sein Lehrling.

„Ich hätte vielleicht weniger essen sollen", redete Kumbold vor sich hin und betastete seine runde Kugel. „Aber auf all die Köstlichkeiten wie Steaks und Gummibärchen verzichten? Nie im Leben!" Er schob mit seinen Händen Äste beiseite. „Au!", sagte er und zog verblüfft seine Hand zurück. „Die Äste sind spitz und unglaublich scharf." An seinem Zeigefinger war eine kleine Schnittwunde. Schnell steckte er den Finger in den Mund und leckte das Blut ab. „Ich mag den Eisengeschmack nicht besonders", jammerte er.

„Stimmt. Echt eklig."

Bald waren die Bäume so eng, dass selbst Ben kaum mehr hindurchpasste.

„Was machen wir nun?", fragte Kumbold.

Enttäuscht blickte Ben den schmalen Weg entlang und schluchzte. „Ich weiß es nicht." Schon wieder bemerkte er, wie emotional er auf Niederlagen reagierte. So ein empfindliches Verhalten war ihm mehr als peinlich, schließlich wollte er als furchtloser Ritter seine Prinzessin retten und nicht gleich nach dem ersten versperrten Weg den Rückzug antreten. Doch bislang starrte er nur ratlos und mit offenem Mund in der Gegend herum und wusste keine Lösung.

„Vielleicht habe ich eine", sagte eine unheimliche Stimme dicht neben ihm.

„Wer bist du?", hauchte Ben in die Finsternis.

„Mein Name ist Litizia."

Ben zitterte am ganzen Körper. Ihm wurde von Mal zu Mal kälter und er bekam eine Gänsehaut. „Dass die Wirkung des Trunks gerade jetzt nachlassen muss ...", ärgerte sich der Junge.

„Ich sehe, dir ist kalt", sagte die Frauenstimme. Am Ende des Waldweges erschien eine Gestalt, die ihm mit langsamen Schritten entgegenkam. Ihr schwarzes Gewand flatterte Angst einflößend im Wind.

Bens Zähne klapperten. „Kumbold?" Keine Reaktion. Panisch drehte sich Ben in alle Richtungen. „Kumbold?"

„Kumbold?", äffte die Gestalt den Lehrling nach. „Wo ist denn dein Meister nur hin?", fragte sie mit übertriebener Fürsorge und fing an zu lachen.

„Kumbold?", rief Ben. Er konnte ihn nicht sehen. Er war wütend und ängstlich zugleich. Der Meister war einfach weggegangen und hatte ihn hier sitzen lassen. Nun war er ganz auf sich alleine gestellt und hatte keinerlei Unterstützung. Warum hatte Kumbold das getan? Vermutlich hatte er keine Lust mehr und wollte gehen. Das sah Ben auch ein, aber hätte er ihm nicht Bescheid geben können? Dann hätte er wenigstens gewusst, dass er von nun an auf die Begleitung des Meisters verzichten musste.

„Nun zu dir. Was willst du in meiner Welt?", zischte Litizia und ihre Augen blitzten gefährlich.

„Ich möchte zu Mel", sagte er mutig.

„Mel?"

„Mariella. Ein Mädchen mit dunklen Haaren. Sie ist mit einem Kobold unterwegs. Kennst du sie?", fragte er furchtlos. Er wunderte sich über sein neu gewonnenes Selbstbewusstsein. Seine Angst war wie verflogen. Er musste das Mädchen finden, da konnte er Verzweiflung und Furcht nicht gebrauchen. „Zeig mir, wo sie ist", verlangte er. „Wenn die Wirkung des Gebräus nachlässt, dann müsste sich auch meine empfindliche Gemütslage verbessern", schlussfolgerte der Junge gedanklich.

Und so war es auch. Er fühlte sich mit einem Mal stark und für einen möglichen Kampf gerüstet.

„Nicht so schnell, mein Freund", fauchte Litizia und beugte ihren Oberkörper über den Lehrling. Aus ihren Nasenlöchern schien heißer Qualm aufzusteigen. Dabei sah sie aus wie ein Drache, der dem mutigen Ritter den Weg zu seiner Prinzessin versperrte. Und wenn man es sich genau überlegte, dann war es ja auch beinahe so. Nur in diesem Fall handelte es sich um keinen Drachen, der den Weg zu Mariella nicht freigab, sondern um die rauchende Litizia, die aufgrund der Kälte einem monströsen Tier ähnelte.

Trotzdem bezweifelte der Junge, dass es ein leichteres Unterfangen war, an dieser unheimlichen Frau vorbeizukommen. „Könnten Sie mich das nächste Mal bitte vorwarnen, wenn Sie sich unbedingt meinen Kopf von oben anschauen möchten? Dann könnte ich nämlich noch rechtzeitig die Luft anhalten, denn Sie haben fürchterlichen Mundgeruch", sagte er frech. Wieder dachte er an einen Drachen, der sich langsam seinem Opfer näherte, das Maul aufriss und den kleinen Ritter lebendig verschlingen wollte. Dabei gelangten unangenehme Düfte in die Luft und der Ritter in seinen Gedanken fiel in Ohnmacht. Entsetzt schüttelte er den Kopf. Nein, so etwas durfte er nicht denken. Er durfte auf keinen Fall das Bewusstsein verlieren. Schließlich war er der Held in dieser Geschichte und nicht das Opfer. „Wo ist sie?", fragte er im Befehlston.

„Nicht so unhöflich, mein Kleiner. Ich möchte dir doch helfen."

„Ach ja?" Ben war der tückische Unterton der Frau nicht entgangen. Er war sich sicher, dass er ihr nicht trauen konnte.

„Aber natürlich", sagte Litizia, die sich höflich stellte. „Komm mit, ich zeige dir den Weg." Sie grinste hämisch. Auf mysteriöse Art und Weise gingen die Bäume auseinander, als sie voranging.

„Ich gehe mit keiner Fremden mit", sagte Ben mutig. Er zitterte mittlerweile so stark, dass er seinen Oberkörper leicht nach vorne beugen musste.

„Dann muss ich dich wohl zum Gehen ermutigen", sagte Litizia und lachte.

Eisige Kälte drang durch Bens Kleidung. Er schrie vor Schmerzen und krümmte seinen Oberkörper in Richtung seiner Beine. Seine Körpertemperatur nahm langsam ab, das sah er an seinen Händen, die in der Dunkelheit bläulich zu leuchten schienen. Oder bildete er sich das alles nur ein? „Ah! Warum brennen meine Hände so schmerzhaft?", fragte Ben. Er hob sie vor seinen Mund und versuchte, sie durch den verbrauchten Atem zu wärmen. Es half nichts. Die Schmerzen nahmen zu. Es war eine unglaubliche Qual. „Hör auf damit“, wimmerte er.

„Was hast du gesagt?“

„Hör auf damit.“ Ben röchelte nur noch. Er hatte keine Kraft mehr. Die Kälte raubte ihm alle seine Energie und auch die, die er fürs Denken benötigte.

„Ich verstehe dich leider nicht“, erwiderte Litizia gefühllos. Sie genoss den Anblick des leidenden Kräuterlehrlings.

„K...k...kal...t. B...b...bi...tt...e“, kam es aus Bens Mund. Dann klappte er zusammen.

Litizia lachte. „Das hat ein mutiger Lehrling davon, wenn er sich mit einer Hexe anlegt.“

Eine schlaflose Nacht

In dieser Nacht träumte Resa schlecht. Schreckliche Albträume schienen sie zu verfolgen, hatten es regelrecht auf sie abgesehen. Als ob sie nicht genug Probleme hätte. Es war mittlerweile drei Uhr morgens. Resa saß kerzengerade in ihrem Bett und wischte sich den Schweiß von der Stirn. Draußen regnete es in Strömen. Das konnte sie hören, denn die großen Wassertropfen platschten laut auf das Dachfenster.

Eigentlich hatte sie nichts gegen den Regen. Sie liebte ihn sogar. Eigentlich. Mit Gummistiefeln und Regencape ausgerüstet war sie immer wie ein Kind in die Pfützen gesprungen und hatte ihren Spaß dabei gehabt. Und das als erwachsene Frau! Doch seit dem Verschwinden ihres Sohnes machte sie so etwas nicht mehr. Die Lust war ihr vergangen. Sie erinnerte sich, wie peinlich Ben ihr Verhalten immer gefunden hatte. Bunte Gummistiefel waren ja so was von out, hatte er gesagt und war dann mit seinen wasserdurchlässigen Sneakers in die dreckige Pfütze gesprungen.

Für einen kurzen Moment zuckten Resas Mundwinkel, sie schienen sich sogar beinahe zu heben. Es blieb aber nur bei beinahe. Worüber sollte sie sich auch freuen?

Sie öffnete die Schublade ihres Nachttisches und kramte ein benutztes Taschentuch heraus. Es war noch leicht feucht, doch das störte sie nicht weiter. Tränen flossen über ihr Gesicht, als sie an ihren vermissten Sohn dachte. Die Suche der Polizei war schon seit Wochen eingestellt und dennoch schien ihr Ben noch so nah. Als ob er erst gestern mit seinem Bademantel an dem Frühstückstisch gesessen hätte und über den Kräutertee gemeckert hätte.

Ach Ben. Sie schnäuzte sich die Nase und legte dann das zerfledderte Taschentuch zurück in die Schublade.

Es donnerte und Resa zog ruckartig ihre Bettdecke bis unter die Nase. Ihre Zähne klapperten. Das Fenster war leicht geöffnet. Eisige Luftmassen drangen in ihr Schlafzimmer. Sie fröstelte, wagte aber nicht aufzustehen. Sie wollte sich lieber unter ihrer Bettdecke verstecken, so wie ein Kind, welches heimlich sein Lieblingsbuch mit einer Taschenlampe weiterlas, weil seine Eltern denken sollten, dass es schliefe.

Die Decke war warm und Resa kuschelte sich weiter in sie hinein. Dort fühlte sie sich geborgen. Doch als sie ihre Augen für einen kurzen Moment schloss, waren sie wieder da: ihre schlimmen Albträume.

Ein Kartoffelverkäufer klingelte an der Haustür. „Günstige Kartoffeln. Nur 1,50 Euro pro Kilogramm", verkündete er. „Haben Sie Interesse?"

Ben zuckte mit den Schultern. „Meine Mutter kennt sich da besser aus", murmelte er und hustete. Der Schleim in seinem Rachen war einfach nicht wegzukriegen.

„Darf ich hereinkommen, um dir und deiner Mutter das Sortiment vorzustellen?", fragte der Verkäufer. Ben runzelte die Stirn. Daraufhin fügte der Mann schnell hinzu: „Hier draußen ist es so kalt."

„Ach so." Ohne weiter darüber nachzudenken, hielt Ben ihm die Tür auf. „Kommen Sie herein", sagte er.

Sie setzten sich schweigend an den Küchentisch, keiner wusste so recht, was er sagen sollte.

„Was wollen Sie meiner Mutter denn zeigen?", hakte Ben nach.

Der Verkäufer nickte und drehte sich fragend um. „Wo ist sie denn?"

„Sie ist gleich da." Sie wollte schließlich nur einen neuen Putzlappen aus der Vorratskammer holen. Das konnte nicht so lange dauern. „Obwohl ... Wenn ich es mir recht überlege ...", dachte Ben. „Seitdem Mama mal wieder umgeräumt hat, steht nichts mehr an seinem alten Platz und selbst sie, die alles neu sortiert hat, vergisst, wo sie was hingestellt hat. Was für ein sinnvolles System."

Der Junge schüttelte den Kopf. Gestern sollte er beim Tischdecken helfen. Es fing schon bei der Tischdecke an und endete bei den Topfuntersetzern. Nichts war zu entdecken. Und anstatt, dass seine Mutter ihm half, beäugte sie seine Suchaktion und sagte lachend „Kalt" oder sogar „Eiskalt", wenn er zu weit von seinem Ziel entfernt war.

„Mensch, Mama“, hatte Ben geflucht. „Warum musst du immer umräumen? Hier findet sich ja niemand zurecht.“

„Wenn du häufiger im Haushalt mithelfen würdest, wüsstest du, wo alles steht.“

Tja, und nun fand sie sich wohl in ihrem selbst kreierten Chaos nicht zurecht. Das hatte sie davon. Ben schmunzelte.

Währenddessen kramte der Verkäufer in seinem Rucksack und zog einen löchrigen Katalog heraus. Große Kartoffeln, kleine Kartoffeln, verschrumpelte Kartoffeln und Kartoffeln mit Armen – das waren die „Sorten“, die Ben kannte. Natürlich wusste er, dass diese nur in seinem Kopf existierten. Aber was interessierten ihn auch Kartoffeln? Er hustete und griff nach einem Taschentuch. „Diese blöde Erkältung“, krächzte er.

„Moment. Da kann ich dir helfen.“ Der Verkäufer durchwühlte abermals seinen Rucksack und holte eine kleine Schachtel heraus. „Hier nimm“, sagte er. „Das ist gegen den Husten.“

„Wie freundlich“, dachte der Junge, als er auf der Tablette herumkaute. Dann fiel er in Ohnmacht.

Dieser Traum war noch lange nicht der schlimmste, den Resa in dieser Nacht erlebt hatte. In einem anderem ging sie in schwarzer Kleidung den Friedhof entlang und blieb an einem Grab stehen, auf dem Bens Name stand. Neben ihm ruhte Peter. Die Gefühle, die sie bei den Erinnerungen hatte, waren kaum zu beschreiben. Es war wie ein schmerzhafter Stich, als ob jemand mit dem Messer durch ihr Herz bohren würde.

Resa schluckte und schaute auf die Uhr. Halb vier. Sie gähnte und merkte, wie ihre Augen schwer wurden. Sie legte sich zurück auf ihr Kopfkissen und versuchte zu schlafen. Es ging nicht.

Das war irgendwie klar. Immer und immer wieder kamen die Bilder aus ihrem Traum hoch. Sie schienen so real und glaubwürdig, dass Resa manchmal sogar die Tatsache vergaß, dass ihr Sohn möglicherweise noch lebte und dass es ihm gut gehen könnte.

Plötzlich nahm sie Schritte auf den Treppenstufen wahr. Sie schienen leise und zaghaft und dann laut, als ob jemand wutentbrannt herauftrampelte. Ihr stockte der Atem und sie tastete panisch nach dem Lichtschalter ihrer Nachttischleuchte.

Tapp. Tapp. Tapp.

Wer sollte sie um diese Uhrzeit besuchen? So ganz ohne Haustürschlüssel? Das konnte nur ein Einbrecher sein. In ihrer Hektik konnte sie den Lichtschalter nicht finden und schmiss versehentlich ein Glas Wasser um, das ebenfalls auf ihrem Nachttisch stand.

„So ein Mist", fluchte sie leise und tastete weiter in der Dunkelheit. Noch immer nahm sie die tapsenden Geräusche wahr.

Tapp. Tapp. Tapp.

Und niemand war da, der ihr helfen konnte. Wie verhielt man sich, wenn ein Unbekannter ins Haus einbrach? Ruhig bleiben und abwarten oder schreien und die Nachbarn wecken? Resa zitterte und entschied sich, einfach ruhig zu bleiben und das Licht auszulassen. Das würde sie nur verraten – wenn es nicht schon das zerbrochene Glas getan hatte. Sie verkroch sich unter der Bettdecke und ärgerte sich, dass sie ihr Handy im Wohnzimmer auf der Aufladestation hatte liegen lassen. „Da liegt es gut", dachte sie resigniert.

Die Polizei konnte sie schon mal nicht informieren. Toll. Die Geräusche wurden nicht weniger. Irgendwann musste der Einbrecher oben angelangt sein. Ihr Herz klopfte laut und sie hielt angsterfüllt den Atem an. Bald würde der Fremde die Tür zu ihrem Schlafzimmer öffnen. Bald. Doch noch immer befand sich die Person auf der Treppe. Seltsam.

Und auch nach weiteren zehn Minuten war noch keiner in ihrem Zimmer aufgetaucht. Resa lugte langsam unter ihrer Decke hervor. Nichts zu sehen. Dann fischte sie abermals nach dem Lichtschalter. Sie fand ihn auf Anhieb und schaltete das Licht an. Nichts zu sehen. Es schien alles in Ordnung zu sein.

Langsam erhob sie sich und schlich zur Tür. Vorsichtshalber schaute sie durchs Schlüsselloch. Nichts. Mit einem quietschenden Geräusch öffnete sie die Pforte und griff gleich danach panisch nach dem Lichtschalter im Flur. Es klickte, das Licht war an und die Treppe leer. Leer!

Sie atmete vorerst erleichtert aus. Die erste Hürde war geschafft. Nun musste sie noch in alle weiteren Zimmer. Dazu schlich sie leise den Flur entlang und öffnete mit einem Ruck jede Tür, um danach sofort nach dem Lichtschalter zu greifen. Diese Tortur wiederholte sie mehrmals in der Nacht.

Und Gott sei Dank war niemand da. Dennoch wusste Resa nicht, ob sie sich freuen oder fürchten sollte. Wurde sie schon verrückt?

Sie bildete sich Dinge ein, die nicht existierten. Sie war krank. In dieser Nacht ließ sie das Licht im ganzen Haus an. Das war sicherer. Schlafen konnte sie trotzdem nicht. Mit großen Augen starrte sie auf die Schlafzimmertür. Mittlerweile war es schon vier Uhr morgens. Unruhig kaute sie auf ihrem Fingernagel herum.

„Ein Schäfchen, zwei Schäfchen, drei Schäfchen, vier Bens, fünf Bens.“ Sie schrak zusammen. Sie konnte nicht einmal mehr Schäfchen zählen, ohne an ihren Sohn zu denken. „Ich will schlafen, ich will leben“, dachte sie und fing an zu weinen.

Irgendwann war sie dann doch eingeschlafen, denn sie erwachte erst, als der Nachbarshahn um 13 Uhr krähte. Um 13 Uhr! Da hatte wohl nicht nur Resa verschlafen.

Sie streckte und rekelte sich ausgiebig und rieb sich den Schlafsand aus den Augen. Dann schlurfte sie zum Fenster, öffnete es und schaute nach draußen. Die Sonne schien und die letzten Vöglein zwitscherten.

„Bald seid auch ihr verschwunden“, dachte Resa und gähnte.

Der Herbst hatte begonnen und die grünen Blätter in einen bunten Farbtopf gesteckt. Ein schönes Bild. Sie atmete die frische Luft ein und genoss für einen kurzen Moment die Ruhe, die sie umgab. Eine Kinderschar versammelte sich auf der Straße und spielte *Feuer, Wasser, Sturm*.

„Feuer“, schrie ein Mädchen mit geflochtenen Zöpfen und die anderen Kinder schmissen sich ruckartig auf den Boden.

„Jasmin. Du musst jetzt fünf Liegestütze machen“, schrie das Mädchen mit den Zöpfen. „Du warst die Langsamste.“

„Das ist so gemein“, sagte Jasmin. „Ich muss immer Liegestütze machen.“

„Du bist einfach nicht schnell genug“, rief daraufhin ein Junge mit roter Pumucklfrisur und lachte.

„Ich mache keine Liegestütze mehr.“

„Dann darfst du nicht mehr mitspielen“, schlussfolgerte das Mädchen mit den Zöpfen und schickte Jasmin an den Straßenrand. „Der ist für Ausgeschiedene“, verkündete sie.

„Du bist so gemein“, schluchzte Jasmin und rannte weg.

„Arme Jasmin“, dachte Resa. „Aber irgendwann wird sie den anderen Kindern zeigen, was alles in ihr steckt. Schließlich hat jeder eine besondere Begabung.“

Dann schloss sie das Fenster und ging in die Küche. Sie setzte Teewasser auf und biss herzhaft in eine Banane. Während sie kaute, dachte sie an Ben, der als Kind immer der Langsamste war. Immer wurde er gehänselt und kam mit blauen Flecken nach Hause. Einfach weil er bei „Wasser" nicht schnell genug auf einen Gegenstand springen konnte und häufig von Klettergerüsten fiel. Beinahe jeden Tag musste Resa hoffen, dass sich ihr Sohnemann bei den Spielen nicht verletzte. Das waren Zeiten. Aber auch die hatte Ben gemeistert und später im Matheunterricht hatte er es allen gezeigt. Er war der Intelligenteste von allen und Resa die stolzeste Mutter, die man sich nur vorstellen konnte. Ach Ben.

Abermals wanderte ihr Blick zur Uhr. Schon halb zwei. Sie musste endlich etwas tun. Mit gemächlichen Schritten ging sie zu ihrem Kleiderschrank und suchte eine Sporthose und ein T-Shirt heraus. Ihre ungekämmten Haare verknotete sie zu einem Zopf. Sie wollte joggen gehen. Sofort. Die Nachmittagssonne strahlte ihr ins Gesicht und beschien die bunten Blätter der Bäume. Was für ein schönes Bild. Resa atmete die angenehme Luft ein und schloss für einen kurzen Moment die Augen. Dann lief sie los.

Auf dem Boden leuchtete etwas. Es war eine Eincentmünze. Resa lächelte. Eincentmünzen brachten Glück. Man musste nur ganz fest daran glauben. Und Resa glaubte daran. Schnell ließ sie den Glücksbringer in ihrer Hosentasche verschwinden. Dort war er sicher und konnte nicht verloren gehen.

Eine alte Dame in zerlumpter Kleidung saß auf einer Bank und bettelte. In der linken Hand hielt sie ein Kinderfoto, in der rechten einen durchlöcherten Plastikbecher, in dem sie ihre Münzen sammelte.

Resa lief auf sie zu. Ihr Herz hüpfte aufgeregt. Sie wollte der Frau ihre Eincentmünze schenken, denn die Frau, die kaum Essen zum Überleben hatte, brauchte das Glück dringender als sie. Mit einem freundlichen Lächeln im Gesicht warf sie den Glücksbringer in den Behälter. Doch anstatt, dass die Bettlerin sich bedankte, warf sie die Münze auf den Boden.

„Was soll ich denn mit einem Cent kaufen?", zeterte sie und verbuddelte den Glücksbringer mit ihren dreckigen Schuhen in der Erde.

In ihrer Brust spürte Resa einen schmerzhaften Stich. Sie wollte nur nett sein und stattdessen behandelte man sie unfreundlich. Die alte Frau hatte ja keine Ahnung. Auch Resa hatte so einen Glücksbringer dringend nötig. So eine Frechheit. Und anstatt, dass die mürrische Alte ihr das Eincentstück zurückgegeben hatte, hatte sie es lieblos unter ihren stinkenden Schuhen vergraben. Auf Joggen hatte Resa plötzlich keine Lust mehr und sie ging den Weg gemächlichen Schrittes zurück.

Als sie zu Hause ankam, klingelte das Telefon.

„Ludwig."

„Hallo Resa! Wie geht es dir? Hier ist Simone."

Simone? Welche Simone?

„Erinnerst du dich noch an mich? Wir sind gemeinsam in die Grundschule gegangen."

„Ich kann mich wirklich nicht erinnern." Woher kannte sie eine Simone?

„Wir sind jeden Dienstag gemeinsam zum Ballettunterricht gegangen."

Ballettunterricht? Simone? Ach ja! Konnte der Tag noch schlimmer werden? Jetzt erinnerte sich Resa wieder an die Anruferin, was sie aber keinesfalls positiv stimmte. Simone war damals eine beliebte Schülerin gewesen. Sie suchte sich ihre Freundinnen, wie es ihr gerade in den Kram passte. Beim Ballettunterricht mussten alle nach ihrer Pfeife tanzen. Hatte sie an einem Tag gefehlt, mussten alle auf sie Rücksicht nehmen und ihr die neuen Tanzschritte zeigen. Wenn aber dann mal jemand anderes gefehlt hatte, musste der zusehen, wie er zu den neuen Tanzschritten kam.

„Ach ja, jetzt erinnere ich mich wieder. Hallo Simone. Mir geht es ganz gut", sagte Resa. Das war gelogen, aber egal. Dieser Simone würde sie bestimmt nicht erzählen, wie sie sich tatsächlich fühlte. „Wie geht es dir?"

„Mir geht es supi", teilte diese mit.

„Supi", das war schon so ein Wort, das Resa abschreckend fand. Wer bitte sagte denn „supi"?

„Schön." Was wollte sie?

„Ich werde demnächst umziehen, weißt du das schon?" Simone machte eine kurze Pause, wartete aber nicht auf eine Antwort, sondern redete unbeirrt weiter. „Ich ziehe in eure Straße. Wir werden Nachbarn. Ist das nicht total supi?"

Nein. Um Gottes willen. Nicht die! Stattdessen sagte Resa: „Mensch, das ist ja supiiii. Wann denn?"

„Nächste Woche geht es schon los. Ich bin ja schon so was von aufgeregt. Wie lange ist es jetzt her, dass wir uns das letzte Mal gesehen haben? Zehn Jahre? Damals waren unsere Kinder noch so klein und heute sind sie fast erwachsen. Wie geht es Ben?"

Resa stockte der Atem. Das war die falsche Frage. „Supi."

„Das freut mich. Georg geht es auch supi. Er freut sich schon, bald wieder Ben zu sehen. Das wird so supi."

„Ganz bestimmt."

„So, liebe Resa. Ich muss dann auch mal wieder. Die Koffer müssen gepackt werden. Du weißt ja, wie das ist. Umzug und so."

„Ja, ja. Sehr stressig."

„Genau. Aber wir sehen uns ja schon bald und bis dahin schöne Tage."

„Danke, dir auch." Dann legte sie auf.

Resa ließ sich zurück in den Stuhl fallen und rieb sich mit den Zeigefingern über die Schläfen. Das konnte nur ein schlechter Scherz gewesen sein.

Rennende Bäume

Etwas Gelbes flackerte über seinen Lidern und Ben öffnete für einen kurzen Moment die Augen. Helles Licht strömte durch den kleinen, geöffneten Schlitz in Richtung seines Augapfels. Er zuckte zusammen und schloss die Lider wieder. „Das war bestimmt nur ein Traum", dachte er und versuchte zu schlafen.

„Wach auf", sagte eine raue Frauenstimme und pikte ihm in den Bauch.

„Au", schimpfte Ben und tastete nach der schmerzenden Stelle. Aber er war zu erschöpft, um noch mehr zu sagen.

„Aufwachen! Du hast jetzt lange genug geschlafen."

„Nur noch fünf Minütchen", murmelte Ben und kaute auf seinem Daumen herum.

„Du siehst ja aus wie ein Baby", sagte Litizia und lachte. Abermals pikte sie mit ihren langen, spitzen Fingernägeln in Bens Bauch.

„Aua", brummte dieser.

Das war immer ein Akt, wenn Ben morgens sehr früh aufstehen musste, weil der Matheunterricht in der nullten Stunde um 7.15 Uhr begann. Seine Mutter musste ihm immer gut zureden, sonst wäre er nie freiwillig aufgestanden. Aber er war auch einfach zu verschmust. Noch bis zu seinem zwölften Lebensjahr konnte er nicht ohne Schnuffel, seinen Stoffhasen, einschlafen. Und wenn Resa den Hasen dann mal waschen wollte, gab es lautes Gebrüll.

Eines Abends – er war sieben Jahre alt – lag Ben schluchzend in seinem Bett. „Ich kann nicht schlafen", rief er extra so laut aus seinem Kinderzimmer, dass seine Eltern ihn auch ja hörten.

„Dann kuschel doch mit Zottel", rief seine Mutter aus dem Wohnzimmer zurück. Zottel war sein Stoffpferd.

„Aber Zottel wiehert immer. Zottel ist zu laut." Dann fing Ben an zu weinen. Tatsächlich gab das Stofftier Geräusche von sich, wenn man es am Bauch berührte. Resa seufzte und legte ihr Buch zur Seite. Aber Peter schüttelte nur den Kopf und stand auf. Er ging zu Ben ins Zimmer und erzählte ihm eine neue Geschichte. Das half immer.

Als Ben dann älter wurde, half nichts mehr. Denn Peter war nicht mehr da und Resa hatte keine Chance mehr, den Stoffhasen zu waschen. Irgendwann roch Schnuffel nicht mehr frisch und Ben verlor das Interesse an ihm. Das Einschlafen fiel ihm fortan nicht mehr so schwer. Aber das Aufstehen blieb ein mühsamer Akt. Und zwar bis heute.

„Ben. Die Schule wartet", flüsterte Resa jeden Morgen um 5.30 Uhr.

„Dann lass sie warten", murmelte Ben und drehte sich um. So wie jeden Morgen. Und jedes Mal musste Resa zehn Minuten auf ihren Sohn einreden, bis er sich endlich dazu bequemte, aufzustehen.

„Aufstehen. Steh jetzt sofort auf!", sagte eine unfreundliche Stimme und jemand begann, Ben zu schütteln. „Steh jetzt endlich auf!"

„Heute ist keine Schule", seufzte Ben.

„Nein. Aber Litizia verliert gleich die Geduld und das wird dann nicht so schön für dich."

„Litizia. Wer ist denn Litizia?" Mit einem Mal schreckte Ben hoch. Er erblickte die Hexe, die ihn mit leuchtenden Augen anstarrte. „Was ist passiert?", wollte er wissen.

„Du Weichei bist in Ohnmacht gefallen."

Langsam erhob sich Ben, klopfte seine Kleidung sauber und beäugte Litizia. Die Hexe musste irgendetwas mit ihm angestellt haben. Wie konnte er nur in Ohnmacht gefallen sein? „Wie ..." Er erinnerte sich nur noch an die eisige Kälte, die sich um seinen Körper gelegt hatte.

„Na, dreimal darfst du raten. Und jetzt komm endlich. Du hast lange genug pausiert."

Litizia musste ihn verhext haben. Ben hatte keine Wahl. Er musste ihr folgen, sonst würde sie ihn womöglich wieder verzaubern. Und schlimmer als jetzt konnte es ja gar nicht werden. „Es sei denn", dachte er, „sie verwandelt mich in einen Frosch."

Es war stockdunkel und ruhig. Ben hörte den eigenen Atem und jeden Schritt, den er machte. Im Gebüsch raschelte es. Panisch blickte er sich um, konnte aber nichts erkennen. In der Ferne schrie eine Eule und die wenigen Blätter, die an ein paar Bäumen hingen, knisterten.

„So. Wir sind da“, sagte Litizia mit einem Mal und verschwand in der Dunkelheit.

„Wo sind wir denn?“, fragte Ben verunsichert. Aber er bekam keine Antwort. Er blickte sich erschrocken um. Sie war weg. Niemand war da. Sein Atem ging schneller und er spürte sein klopfendes Herz. Ruckartig drehte er sich in alle Richtungen, konnte sich aber nicht erinnern, woher sie gekommen waren.

„So was Blödes aber auch“, schimpfte er und fasste sich an den Kopf. Er war noch nie besonders gut darin gewesen, sich einen Weg zu merken. Er konnte noch so lange einen geradeaus gehen. Wenn er dann umkehrte, um zurückzugehen, würde er sicherlich in eine andere Straße einbiegen. Das war schon immer so gewesen. Bis er seinen ersten Schulweg zur Grundschule im Kopf hatte und Resa sich sicher war, dass er dieses Mal nicht von fürsorglichen Polizisten nach Hause gebracht werden musste, war Ben schon in der zweiten Klasse.

Heute gab es glücklicherweise kleine, clevere Geräte namens Navigationssysteme, ohne die der Junge an manchen Tagen sicherlich nicht ans Ziel gekommen wäre.

„Bitte biegen Sie die nächste Straße links ein. Dann die zweite rechts. Sie haben Ihr Ziel erreicht“, murmelte Ben und grinste. „Die Schule befindet sich Ihnen genau gegenüber.“

Den Schulweg kannte er. Mittlerweile. Dafür vergaß er aber häufiger mal, wie er zur Apotheke kommen sollte oder zum Arzt. Manchmal kam er nach Hause, ohne bei der Untersuchung gewesen zu sein. „Ich hab den Weg nicht gefunden“, hatte er dann immer genuschelt und war schnell und leise in sein Zimmer gehuscht. Er wusste, dass Resa ihn das nächste Mal wieder begleiten würde. Auch wenn sie wusste, dass sich der Junge absichtlich nicht an den Weg erinnert hatte und das Navigationssystem zu Hause auf seinem Schreibtisch lag. Da lag es gut.

Und auch jetzt hatte er das kleine, clevere Gerät nicht dabei. Keine Stimme forderte ihn auf, an der nächsten Kreuzung rechts abzubiegen. Eigentlich schade.

Der Wald war ruhig. Manchmal knackte es. „Das sind nur die Bäume“, murmelte er vor sich hin. „Nur die Bäume.“ Er brauchte sich nicht zu fürchten. Oder etwa doch? Plötzlich bewegte sich etwas. Ben drehte sich erschrocken in alle Richtungen. Es knackte und er schaute nach rechts. Nichts zu sehen.

Es knackte abermals. Doch dieses Mal von links. Abermals nichts zu sehen. Jetzt knackte es hinter ihm. Es schienen sich mehrere Leute von allen Seiten anzuschleichen. Der Junge bekam einen dicken Kloß im Hals und schluckte. Unbewaffnet und hilflos stand er da. „Weglaufen wäre sinnlos", überlegte er. „Denn dann würde ich in die Arme von Geschöpfen laufen, die womöglich viel größer und stärker sind als ich. Nicht nur womöglich – sicherlich!"

Es knackte wieder und er bereitete sich seelisch auf einen Angriff vor. Einen Angriff, den er wohl nicht abwehren konnte. Sollte sein Abenteuer nun so schnell zu Ende sein? Er empfand ein Gefühl von Ungerechtigkeit. Er hatte nichts, um sich zu wehren. Gab es nicht diese Regel, zwei zu eins gelte nicht? Ja, die gab es, zumindest im Spiel. Doch jetzt war er in der Realität und auf einem ganz anderen Spielfeld.

Knack. Knack. Knack. Etwas bewegte sich.

Dem Jungen schien das Herz in die Hose zu rutschen. „Komm da sofort wieder hoch! Sofort. Du kannst mich jetzt nicht im Stich lassen." Gedanklich forderte der Junge sich selbst auf, nicht die Nerven zu verlieren. Oder waren es seine Nerven, auf die das Herz reagierte? Es waren Fragen, die ihm so dumm erschienen und doch schon fast philosophisch. „Okay, jetzt tief einatmen und ja nicht in Panik verfallen!" Es knackte und Ben erblickte Bäume, die sich bewegten. Ihre spitzen Äste knirschten mit jeder Vorwärtsbewegung. Die Bäume kamen immer näher, als ob sie Bens Angst riechen oder hören konnten.

„Ihr seid Bäume. Eigentlich dürftet ihr euch nicht bewegen. Die Wurzeln müssten euch daran hindern", schimpfte er. Schimpfen half in seiner Situation allerdings reichlich wenig. Es wurde immer enger um ihn herum. Die spitzen Äste kamen gefährlich nahe an ihn heran. Waren das etwa seine Gegner? Das konnte nur ein schlechter Witz sein. Wollten sie ihn demütigen? Er stellte sich vor, wie er von den spitzen Ästen aufgespießt werden würde. Seine Wunden würden so groß sein, dass er jämmerlich verbluten würde. Er musste sich schnellstmöglich eine Lösung einfallen lassen. „Hört auf!", schrie Ben angsterfüllt. „Ich möchte nicht an einem eurer Äste hängen.

Stellt euch nur mal vor, was für eine Last ich euch wäre. Ich wiege mehr als 70 Kilogramm. Eure Äste würden brechen. Ihr könntet kaputt gehen." Sein Atem ging schnell, so schnell, dass er kaum Zeit zum Ein- und Ausatmen hatte. Er bekam nur schwer Luft, denn seine Angst war zu groß. Sie fühlte sich wie ein enormer Klumpen an, der in seinem Hals war und auf seine Luftröhre drückte. Über Bens Gesicht kullerte eine Träne. Er dachte an Mariella. Er konnte sie nicht retten. Er würde an den spitzen Ästen der Bäume hängen und an seinen Verletzungen sterben. Nie wieder würde er sie sehen. Er schluchzte. Dabei war er doch ein furchtloser Ritter. Wer würde seine Mariella retten, wenn er nicht mehr da war?

Ben setzte sich auf den Boden und umschlang mit den Armen seine Beine, um sich zu wärmen. Er zitterte am ganzen Leib und wippte mit seinem Oberkörper leicht nach vorne und wieder zurück. Seine Zähne knirschten. „Wenn das meine Mutter mitbekommen würde", dachte er.

Seine Mutter schaute ihn immer mit einem strengen Gesichtsausdruck an, wenn er absichtlich mit den Zähnen knirschte. „Du machst damit deine Zähne kaputt", hatte sie immer gesagt.

„Nein, Mama, das ist falsch. Die Bäume machen meine Zähne kaputt", dachte der Junge. Wie ein kleines Kind saß er nun da und vergrub sein Gesicht in den Händen. Sah so ein Ritter ohne Furcht aus? Er schüttelte den Kopf. „Ich bin kein Ritter und bin auch noch nie einer gewesen", sagte er sich und nickte. Wie konnte er nur glauben, dass er allein seine Freunde retten konnte und als Held gefeiert werden würde? Er war so naiv, denn den Gefahren im Dunkelwald war er einfach nicht gewachsen. Er war nur ein kleiner Lehrling, der sich mit Kräutern beschäftigte. Mehr nicht.

Vom Boden aus betrachtete er die Bäume. Knöchriger, schwarzer, verbrannter Stamm. Spitze Äste. Dass die Pflanzen überhaupt noch existierten? Doch sie lebten und kamen immer näher und näher. Ihre Äste berührten Bens Oberarm und zerschnitten seine Haut. Er schrie auf und wusste, dass er aus dieser Lage nicht mehr heil herauskommen konnte. „Hilfe", flüsterte er. Mehr brachte er nicht heraus. Ihm war zu kalt. Er war zu schwach.

Ein weiterer Ast bohrte sich durch sein blutverschmiertes Bein. Ihm wurde schlecht und er hatte das Gefühl, dass er sich nun bald übergeben würde. Mit aller Kraft lehnte er sich von der Seite gegen einen Ast und versuchte, ihn wegzuschieben. Doch stattdessen kamen weitere Bäume immer näher.

„Was seid ihr doch für böse Gestalten", murmelte er. Er dachte an die Bäume von Wunibald. „Es gibt Bäume, die viel freundlicher sind als ihr." Ben fing an, vor sich hinzureden. Es war nicht laut, mehr ein Flüstern. Und doch hatte dieses leise, zerbrechliche Murmeln eine große Wirkung. Die Gedanken über die Bäume im Zwergendorf zauberten ein beruhigendes Gefühl in seinen ganzen Körper. Er fühlte sich frei von schmerzhaften Erinnerungen. Auch seine tiefen Wunden schien er für einen Moment zu vergessen. Denn jetzt wollte er für einen kurzen Augenblick ein Geschichtenerzähler sein. Wie sein Vater.

„Wisst ihr, schon seit einigen Wochen wohne ich bei Kumbold, dem Kräutermeister. Jeden Tag beschäftige ich mich mit Pflanzen und lerne immer neue Arten kennen. Ich denke, dass ich mich schon ganz gut in der Natur auskenne. Aber euch, euch kann ich keiner Art zuschreiben. Eure pflanzlichen Eigenschaften sind mir verborgen, sie werden verdeckt von der rußig schwarzen Rinde, die nicht eure eigene ist. Vielleicht kann ich aber eure Art erraten. Ich will euch mal etwas erzählen." Er atmete tief ein und aus. Sein ganzer Körper schien von neuer Kraft erfüllt zu sein. Er versuchte, sich an die Sprachtechnik von Peter zu erinnern, und begann zu erzählen. Seine Stimme war mal ganz zaghaft und leise, dann wieder laut und kräftig. Es hörte sich wie ein Singsang an, als ob Vögel zwitscherten oder zarte Harfenklänge erschollen.

Die Bäume hielten inne und ließen die Äste fallen. Auch der Zweig, der noch immer in Bens Bein steckte, zog sich langsam und vorsichtig zurück. Es schien, als seien sie überrascht und wollten mehr über diese anderen Bäume erfahren.

Und Ben erzählte. Er erzählte von Wunibalds Bibliothek und der Funktion der Bäume beim Theater. Er erzählte von den Elfen und von Kumbold. Die Bäume hörten ihm aufmerksam zu.

„Wisst ihr, aus diesem Grund bin ich hier. Ich möchte Mariella finden, die zerstörten Pflanzen wieder zum Leben erwecken, die bösen Gestalten aus Ventya verjagen und Mels Herkunft herausfinden. Doch bislang ist sie irgendwo im Dunkelwald gefangen, findet sich vielleicht nicht zurecht oder wird von Litizia festgehalten. Sie schwebt vermutlich in großer Gefahr."

Auf einmal geschah etwas sehr Seltsames. Die Bäume bildeten einen Weg und zeigten mit ihren Ästen in eine Richtung. Erstaunt erhob sich der Lehrling. „Ich habe es geahnt. Ihr seid verzaubert, richtig?“

Die Äste der Bäume knackten. Einer von ihnen schoss in die Höhe und formte sich so, als ob er Ben signalisieren sollte, dass er recht hatte.

„Soll das einen gehobenen Daumen symbolisieren? Habe ich richtig vermutet?“

Abermals schoss ein Ast in die Höhe. Ben grinste und verband derweil notdürftig seine Wunde am Bein. Es knackte erneut, und als er sich umdrehte, sah er Bäume, die hüpfend wegrannten.

„Rennende Bäume“, dachte Ben und schmunzelte. Vermutlich waren die Bäume jahrelang gefangen gewesen und wussten nichts von einer anderen Welt. Sie schienen allen Glauben an ein besseres Leben verloren zu haben. Ben beobachtete die Bäume, an denen er vorbeiging. Sie schienen ihn ebenfalls interessiert zu mustern, und sobald Ben an ihnen vorübergelaufen war, rannten sie davon.

„Nun rennen sie in eine Welt, die ihnen den Glauben zurückgeben wird“, dachte der Junge.

Der Wald wurde immer leerer und Ben fühlte sich zunehmend sicherer. Er musste an sich glauben. Mariella brauchte ihn. Er war der Einzige, der sie jetzt noch retten konnte. Sie glaubte fest an ihn.

„Ich bin zwar kein furchtloser Ritter, aber ich muss trotzdem meine Freunde retten“, dachte er. Und irgendwie fühlte er sich schließlich doch wie ein Ritter.

Pete, der Geschichtenerzähler

Plötzlich knackte es verdächtig hinter ihm. Was war das? Ben drehte sich ruckartig um. Er hatte das ungute Gefühl, verfolgt zu werden. Mal wieder. Konnte der Dunkelwald ihm nicht einmal eine kurze Atempause gönnen? Er blinzelte, um in der Dunkelheit etwas zu erkennen. Aber er sah nichts. Keine leuchtenden Augen, keine blitzenden Zähne. Er war allein. In der Ferne hörte er Eulengeschrei, sonst blieb alles still.

„Das waren vermutlich nur die Bäume, die durch ihre Bewegungen Geräusche verursachten", überlegte Ben.

Langsam setzte er einen Fuß voran. Tapp. Tapp. Seine Schritte hallten in der Finsternis wider, sonst blieb alles still. Wer sollte ihn auch verfolgen? Hier lauerten doch nur gefühlte fünfhunderttausend Gefahren auf ihn. Er grinste.

Knack. Knack.

„Es sind nur die Bäume."

Knack. Knack. Knack.

„Nur die Bäume."

Knack. Knack.

„Bäume knacken. Das ist nichts Weltbewegendes, oder?"

Knack. Knack.

Sein Herz machte einen unangenehmen Hüpfer und er hielt den Atem an. „Okay, vielleicht sind es doch nicht die Bäume?" Weiteres Knacken blieb aus, doch sein ungutes Gefühl verließ ihn nicht. Er setzte seinen Weg fort, schaute sich aber immer wieder nach hinten um. War das nun doch ein Rückfall von Angst? Vehement schüttelte er den Kopf. Auf keinen Fall!

Auf einmal knackte es wieder. Das Geräusch schien näher zu sein. Ein kalter Schauer durchzuckte seinen Körper.

„Wer ist da?" Seine Stimme klang zerbrechlich. Er hoffte, dass nur ihm ihre veränderte Tonstärke auffiel. Denn er war nicht mehr ängstlich. Höchstens ein kleines, winziges bisschen vielleicht.

Auf einem Baum bewegte sich eine Gestalt. Sie huschte von einem Ast zum nächsten. Ihre Kleidung war dunkel, kaum von der Umgebung zu unterscheiden. Das Gesicht war verdeckt. Aber irgendetwas war an der Situation seltsam. Die Gestalt wirkte nicht Furcht einflößend. Ben hatte das Gefühl, eine spezielle Aura zwischen ihm und der Person zu spüren. Er fühlte sich zu ihr hingezogen, als ob er sie schon ewig kennen würde.

„Hallo", rief er, in der Hoffnung, dass sich die Person vorstellte. Diese schwang sich allerdings weiter von Ast zu Ast. Sie blieb auf Abstand und musterte den Jungen aus einiger Entfernung. Zumindest hatte er das Gefühl.

„Ich heiße Ben", sagte er. Seine Stimme klang nun viel kraftvoller. „Wie heißt du?"

Die Gestalt hielt abrupt inne, als ob sie überrascht wäre oder sich erschrocken hätte. Nach wenigen Sekunden sprang sie von ihrem Ast und landete auf dem Boden. Langsam kam sie auf Ben zu. Immer näher und näher. Der Junge schluckte. Hatte er sich getäuscht? Vielleicht war sie ein Anhänger von Litizia. Die Gestalt wurde immer größer und schien ihn neugierig zu mustern.

Ben wich automatisch einen Schritt zurück und mit ihm sein neu gewonnenes Selbstbewusstsein. Sein Herz tobte wie wild in seinem Brustkorb herum. Es schien bis zu der Kehle hochzuhüpfen und Ben spürte einen dicken Kloß im Hals. Doch als ihm eine Hand entgegengestreckt wurde, war sich der Junge sicher, dass er sich nicht getäuscht hatte.

„Entschuldigung, dass ich dir einen Schrecken eingejagt habe", sagte die Person und entpuppte sich als freundlich lächelnder Mann mittleren Alters. „Das war nicht meine Absicht. Hier im Dunkelwald lauern Gefahren auf dich und du musst immer auf der Hut sein. Ich bin Pete, der Geschichtenerzähler." Er musterte Ben von oben bis unten. Ein Lächeln huschte über sein Gesicht. „Du bist aber groß gew..." Pete hielt inne. „Ich meine, für einen Bewohner von Ventya bist du sehr groß."

„Ja, stimmt. Das ist mir auch schon aufgefallen. Besonders, als ich von den Elfen geweckt worden bin. Aber du bist auch nicht gerade klein."

„Das ist richtig. Es kommt aber auch immer darauf an, welche Begabungen du in Ventya hast beziehungsweise bekommst. Manche

Bewohner wachsen erst mit der Zeit, weil sie hier eine Schutzfunktion zu erfüllen haben. Sie sind groß und stark wie Kumbold zum Beispiel. Ich hingegen war schon immer so groß. Ich komme aus Lucastadt, da ist meine Größe normal. Du scheinst auch aus meiner Gegend zu kommen, stimmt's?", fragte Pete und zwinkerte Ben zu.

„Ja."

„Das habe ich mir gedacht. Meine Begabung liegt übrigens im Geschichtenerzählen. Daher blieb meine Größe für mich normal. Doch im Gegensatz zu den Zwergen oder auch Elfen im Land wirke ich doch beinahe wie ein Riese." Er lachte. „Welche Begabung hast du?"

Ben zuckte mit den Achseln. „Keine Ahnung."

„Dann wirst du dein Talent erst noch finden. Das ist sowieso die aufregendste Zeit. Du solltest mal die Zwerge beobachten, die versuchen zu fliegen. Manche glauben ernsthaft, dass ihnen hier in Ventya Flügel wachsen." Er lachte abermals. „Was suchst du eigentlich hier? Dieser Wald ist kein geeigneter Ort für einen Jungen wie dich."

„Mariella ist verschwunden. Der Kräutermeister ebenfalls und ich muss die beiden wiederfinden."

„Ist Mariella deine Freundin?" Pete lächelte verschmitzt. Mit einer Bewegung seines Fingers bat er Ben, ihm zu folgen. „Ich helfe dir, deine Freunde zu finden."

Die Luft war eisig. Ein Schauer lief über Bens Rücken und er zuckte zusammen, als Pete beschützend seine Hand auf seine Schulter legte. „Soll ich dir nachher eine Geschichte erzählen?"

Erstaunt blickte der Junge zu dem Mann. Dann nickte er. Er liebte Geschichten. Besonders jene, die fiktiv und fantastisch waren. Für ihn war ein schnulziges, zu Tränen rührendes Happy End ein Muss. Und Erzählungen ohne sentimentalen Beigeschmack kannte er auch gar nicht. Das gab es bei ihm nur in der Wirklichkeit. Er dachte an seinen Vater und an Kumbold.

„Es gibt so viele schlimme Ereignisse", dachte Ben und erinnerte sich an die Nachrichten, die er sich immer gemeinsam mit seiner Mutter um Punkt acht Uhr abends ansah. Niemals verpasste er auch nur eine Sendung. Und falls dann doch mal etwas dazwischenkam, schaute er sich die Wiederholung im Internet an. Hingegen in den letzten vergangenen Wochen, seitdem er hier in Ventya war, verpasste er jeden Abend seinen Fernsehtermin. Er schluckte. Schon seit einer gefühlten Ewigkeit hatte er nichts mehr aus seiner Heimat gehört. Und auch nichts von seiner Mutter. Wie auch? Schließlich war er in Ventya und seine Mutter in Lucastadt. Die Welt konnte grausam sein.

Er schaute zu Pete. „Wenn Sie Geschichtenerzähler sind ...", begann er seine Frage, „wem erzählen Sie die Geschichten? Entschuldigung, dass ich eine solche Frage stelle, aber hier im Dunkelwald gibt es doch sicherlich keine Zuhörer, oder?"

Pete verzog sein Gesicht. „Deine Frage ist berechtigt. Ich erzähle meine Geschichten jedem, der sie hören möchte. Doch wie du schon richtig vermutet hast, habe ich hier kaum Abnehmer und Litizia ist ja nun wohl die Letzte, die ich unterhalten möchte." Pete grinste.

„Aber warum sind Sie dann hier? In dieser Gegend, wo sich niemand aufhält, der Ihnen zuhören könnte."

„Ich weiß", murmelte Pete. „Aber ich komme hier nicht raus aus diesem Wald. Schon seit Jahren versuche ich, den Weg aus diesem Labyrinth zu finden. Es ist aussichtslos."

„Und wie wollen Sie mir dann helfen?", fragte Ben ungläubig.

„Ich kann dir den Weg nicht nach draußen zeigen, aber ich kann dir zeigen, wo die Hexe wohnt, die für all die Schrecken hier verantwortlich ist. Dieser Wald scheint unheimlicher, als er tatsächlich ist", erklärte er, als er das Zögern seines Gefährten bemerkte. „Ich lebe schon sehr lange hier. Die Pflanzen zum Beispiel wurden verhext und ihre Seelen verschlossen. Es ist nicht ihre Absicht, Lebewesen zu schaden."

Ben nickte. Sie gingen durch dichtes Gebüsch. Häufig mussten sie anhalten. Denn die spitzen Äste pikten den beiden in die Oberarme. Sie zerrissen ihre Kleidung und zerkratzten ihre Haut. Ben betrachtete seinen geschundenen Körper und schüttelte frustriert den Kopf. Die ganze Rettungsaktion hatte ihn bislang noch nicht sehr weit gebracht. Lediglich seine Kleidung erinnerte ihn an einen furchtlosen Ritter. Tja, aber Kleidung sagte nicht immer etwas über den Menschen aus. Er zupfte am Saum seines Hemdes. Plötzlich schmeckte er Blut und spürte eine offene Wunde über seiner rechten Augenbraue.

„So ein Mist", fluchte Ben. Eine Glückssträhne hatte er auf dieser Wanderung nicht gerade.

Pete blickte besorgt zu dem Lehrling. „Geht es dir gut?“, fragte er.

„Vermutlich besser, als es Ihnen geht“, antwortete Ben und spuckte auf seinen Finger, den er daraufhin zu der blutigen Stelle führte. Währenddessen betrachtete er den Geschichtenerzähler. Ein Ast bohrte sich gerade durch seinen Oberarm. Auf dem Boden bildete sich eine Blutlache.

„Es sieht schlimmer aus, als es tatsächlich ist“, versicherte Pete und entfernte den Ast mit einem Ruck. Bei dem Anblick bekam der Lehrling wackelige Knie. Ihm wurde schlecht. Immer mehr Blut rann aus der Wunde. Schnell zog Ben sein Hemd aus und reichte es dem Verletzten. Dieser ergriff es mit einem dankbaren Blick. Er zerriss den hellen Stoff und wickelte ihn um seinen schmerzenden Arm.

„Und bitte sieze mich nicht, Ben. Ich sieze dich schließlich auch nicht. Außerdem kennen wir uns doch schon ein kleines Weilchen“, sagte Pete und zwinkerte Ben zu.

„Wie meinst du das?“, fragte Ben.

Doch Pete antwortete nicht. Sie gingen weiter. Immer tiefer in den Wald hinein.

„Warum tust du das?“, fragte Ben nach einer Weile.

„Was meinst du?“

„Warum hilfst du mir? Du wusstest, dass dieser Weg nicht leicht wird und du nicht ohne Verletzungen davonkommst.“

„Ich wollte dich nicht alleine gehen lassen. Außerdem habe ich jetzt endlich die Chance, etwas zu verändern. Dieser Wald ist schon lange genug finster gewesen.“

„Danke, dass du da bist“, sagte Ben und knuffte Pete freundschaftlich in die Seite.

„Uff.“ Sein Gefährte ächzte und stöhnte vor Schmerz. Ben beobachtete ihn beunruhigt. Doch dann grinste Pete ihn an. „Alles in Ordnung“, erwiderte er und fuhr Ben durch die Haare.

Obwohl sie sich erst vor wenigen Stunden kennengelernt hatten, hatte Ben das Gefühl, schon jahrelang mit Pete befreundet zu sein. Pete musterte Ben von der Seite. Er schien in Gedanken versunken zu sein.

„Was ist?“, fragte Ben.

„Ach nichts“, nuschelte der Geschichtenerzähler. „Es ist nur ... du erinnerst mich an jemanden, den ich schon seit Jahren nicht mehr gesehen habe.“

„Oh. Und sehe ich deiner Bekanntschaft ähnlich?"

„Ja. Sehr sogar."

„Aha." Ben zuckte nur mit den Schultern.

Pete wirkte für einen kurzen Moment enttäuscht. Doch dann begann er zu erzählen: „Es war einmal ein Mann. Er lebte glücklich und zufrieden mit seiner Frau und seinen beiden Kindern in einem bescheidenen Haus." Er schaute sich zu seinem Begleiter um. „Mir fiel gerade ein, dass ich ja noch gar keine Geschichte erzählt habe. Na, was meinst du?" Als er das strahlende Gesicht des Lehrlings sah, fuhr er fort. „Sie besaßen nicht viel, aber es reichte zum Leben. Eines Tages wurden die Essensvorräte knapp und seine Frau nahm den letzten Laib Brot in die Hand. Er würde nicht für die ganze Familie reichen. Die bittere Lage war den Eltern bewusst. Sie suchten nach einer Lösung, aber die Not war zu groß. Die Kinder ahnten nichts von den finanziellen Sorgen, denn sie schliefen bereits tief und fest. Das dachte zumindest der besorgte Vater. Stattdessen waren beide hellwach und hörten dem beunruhigenden Gespräch zu."

Pete blickte zu Ben, der seinen Blick starr in die Ferne richtete. Er schien nicht anwesend zu sein, doch als er bemerkte, dass Pete nicht weitererzählte, drehte er sich zu ihm um. „Bitte erzähl weiter", bat er. Seine Augen glänzten und eine Träne lief ihm über seine Wange. Er dachte an seine frühen Kindheitsjahre und an seinen Vater, der ihm viele Märchen erzählte. Pete und Peter waren sich so ähnlich und das bewiesen nicht nur die beinahe identischen Vornamen.

„Oh. Also nicht, dass du jetzt denkst, ich würde heulen", schniefte Ben und wischte sich die Träne aus dem Gesicht. „Das ist nur eine Schweißperle."

Pete grinste. „Und auch wenn es eine Träne wäre, was wäre daran so schlimm?", hakte er nach.

„Ist das nicht peinlich?"

„Nö."

Ben starrte nach vorn. „Bitte erzähl weiter."

„Also gut. Weiter im Text. Die Frau sagte zu dem Mann: *Wir haben keine andere Wahl. Du musst die Kinder in den Wald bringen.* Der Mann blickte erschrocken zu seiner Frau. Er konnte seine geliebten Kinder nicht zurücklassen, aber was sollte er tun?"

Pete war in seinem Element. Die Art, wie er erzählte, faszinierte Ben. Seine Stimme war so wandelbar. Mal sprach er schnell und sehr hoch, mal sehr langsam und tief. Es war ein Hoch und Runter und man hatte das Gefühl, er würde singen – und doch war es kein Gesang. Er war ein Redekünstler wie Bens Vater.

„Obwohl sein Herz bei dem Anblick der beiden Kinder, mit jeweils einem Stück Brot in der Hand, schmerzte, brachte er sie in den Wald. Dabei bemerkte er nicht, wie seine Kinder Ben und Mariella kleine Steine auf den Boden warfen." Er lächelte. Das Experimentieren mit Wörtern und Geschichten gefiel ihm und er änderte gern kleine Details.

Ben erinnerte sich an das Theaterstück. „Bist du der Regisseur und Geschichtenerfinder für die Aufführungen der Zwerge?", fragte er.

„Spielen sie noch immer mein Stück?" Pete lächelte. „Vor vielen Jahren habe ich mir die Theateraufführungen einfallen lassen. Dabei habe ich mich von der Welt Ventya und den Fabelwesen darin inspirieren lassen. Doch eines Tages war ich zu leichtsinnig, denn ich begab mich in den düsteren Dunkelwald."

„Hm. Bitte erzähl weiter", verlangte Ben.

„Das ist mir ein Vergnügen. Der Mann machte ein Feuer und ließ die Kinder allein. Mariella und Ben, die die Eltern am Vorabend gehört hatten, warteten, bis die Sonne unterging und der Mond am Himmel leuchtete. Dann machten sie sich Hand in Hand auf den Weg. Die Kieselsteine glänzten und wiesen den Weg nach Hause. Dort war die Freude des Vaters groß. Herzlich empfing er seine Kinder. Es vergingen einige Tage und bald darauf ging das Brot abermals zur Neige. Wieder sprach die Mutter: *Bring die Kinder noch tiefer in den Wald. Achte darauf, dass sie nichts außer dem Laib Brot bei sich haben.* Tags darauf ging der Mann mit den Kindern in den Wald. Mariella und Ben zerbröselten ihr Brot in der Hand und ließen die Krümel auf den Boden fallen. Als der Vater sie an einem Lagerfeuer zurückließ, warteten die Kinder wieder auf den Sonnenuntergang. Dann machten sie sich auf den Weg. Doch dieses Mal gab es keine Spur, denn die Brotkrümel waren verschwunden. Freche Elfen waren am Werk gewesen und hatten den leckeren Teig aufgegessen. Mariella fing an zu weinen und Ben nahm sie an die Hand. Gemeinsam irrten sie durch den Dunkelwald. Sie erreichten eine Hütte. Sie war ..." Pete verstummte und fuhr nach einer kurzen Pause fort. „Wir erreichen ebenfalls eine Hütte." Er zeigte aufgeregt auf das Holzhaus.

Sofort rannte Ben los. „Mel? Bist du da drin?“, fragte er.

„Ben?“, kam Mariellas Stimme von innen. „Oh, Ben! Bitte hol uns hier raus!“

Eilig ging der Junge zur Tür und wollte den Riegel hochschieben, als ihm das Schloss auffiel. Der Eingang ließ sich nur mit Schlüssel öffnen. Entsetzt rüttelte er an der Tür, doch sie blieb starr. Wie ein kleiner Junge haute er wild mit den Fäusten an die Pforte. Ein beißendes Gefühl breitete sich in seinem Körper aus. Mit jedem Schlag, den er der Tür versetzte, platzte eine weitere Hautpartie an seinen Händen auf. Es tat höllisch weh. Blut spritzte in alle Richtungen.

„Du blöde Tür. Öffne dich, verdammt noch mal!“, schimpfte Ben gedanklich. Aber auch das half nichts. Musste bei ihm denn alles schiefgehen, was nur schiefgehen konnte? Er schluckte und ließ mit einem Mal das Hämmern sein. Es hatte schließlich keinen Sinn. Die Tür war verschlossen und sie blieb auch verschlossen.

Angeekelt von seinen Blessuren führte er seine Hand zum Mund und leckte über die offenen Wunden. „Ist das widerlich“, schimpfte er und trat mit seinen Füßen gegen die Tür, doch sie blieb hartnäckig und gab nicht nach. Das Material, aus dem sie bestand, war einfach zu stark.

„Achtung! Alle Mann aus dem Weg!“, rief Pete stürmisch und rannte wie ein Verrückter auf den verschlossenen Eingang zu. Mit einem entsetzlichen Donnern prallte er mit seiner Schulter dagegen. Die Tür wurde kräftig durchgerüttelt, aber öffnen ließ sie sich nicht. Nach dem fehlgeschlagenen Rettungsmanöver sank der Geschichtenerzähler schlapp und ausgelaugt zu Boden. Dort blieb er bewegungslos liegen.

Erschrocken rannte der Junge zu seinem Freund, doch Pete sagte kein Wort. „Pete, was ist mit dir? Hast du dich verletzt?“, fragte Ben besorgt. Aber Pete antwortete nicht. Er lag wie ein Häufchen Elend zusammengekrümmt neben der verschlossenen Tür. „Bitte, sag doch was!“, schluchzte Ben und hockte sich neben seinen Freund.

„Was ist los?“, fragte Mel erschrocken und klopfte von innen gegen die Tür.

Aber Ben konnte ihr nicht antworten. Er fühlte sich auf einmal unglaublich schwach, beinahe so, als sei er selbst gegen die Pforte gelaufen. Er stöhnte. Dann fing er an zu weinen. Er dachte an seine Mutter, die nun ganz alleine war, und an seinen Vater, den er so sehr vermisste. Er dachte an Kumbold, der ihn im Stich gelassen hatte, an Mariella, die im Wald von Litizia eingesperrt worden war. Und letztendlich an Pete, der verletzt neben ihm saß und keinen Mucks mehr von sich gab.

„Du Heulsuse", zischte es plötzlich neben seinem Ohr. „Was bist du nur für ein Mann?"

Erschrocken sprang Ben auf und drehte sich ruckartig in alle Richtungen um. Der Wald erschien ihm noch finsterer, als er ohnehin schon war. Er hörte sein Herz laut pochen. Sein Atem ging schnell und unregelmäßig.

„Wer ist da?", fragte er in die Dunkelheit.

„Ben? Was ist da draußen los?", schaltete sich auch Mel panisch ein.

In der Luft flatterte eine Fledermaus. Sonst konnte Ben nichts erkennen. „Ich weiß nicht", flüsterte er. Er war sich sicher, dass Mel ihn nicht verstehen konnte. Aber das war ihm in diesem Moment egal. Irgendetwas war ganz in der Nähe und schien ihn und seine Freunde zu beobachten. Und was auch immer es war, Ben würde es bald herausfinden. Er bewegte sich so leise wie nur möglich, um alle Geräusche wahrzunehmen.

„Ben, antworte doch", schrie Mel von innen. Sie schien Angst zu haben.

„Oh Mann, Mel. Bitte sei doch leise. Ich bin doch da. Du brauchst dich nicht zu fürchten", dachte Ben. Moment, Mel und Angst? Das passte nicht zusammen. Ben runzelte die Stirn. Hier in diesem Wald war einfach alles seltsam. „Es ist alles in Ordnung", log er.

„Was war dann eben los?"

„Ich habe mich nur erschrocken."

„Und vor was?"

„Äh. Vor einer Fledermaus."

„Ach so." Mel klang erleichtert. Zum Glück.

Dann war es wieder ruhig und Ben konzentrierte sich weiterhin auf die Geräusche des Waldes. Er hörte den Wind durch die Äste der Bäume blasen. Es knackte ein wenig, aber sonst blieb alles still.

„Wie willst du die Tür öffnen?", fragte Mel.

„Ich weiß nicht. Irgendwie muss ich an den Schlüssel von Litizia kommen."

„Bitte pass auf dich auf."

Er nickte. Auf einmal nahm er ein Flattern wahr, das immer lauter wurde. Ein Vogel näherte sich. Sein Herz pochte schmerzhaft in seiner Brust. Jeden Moment würde etwas passieren, das ahnte er und atmete langsam aus. Kleine Wölkchen bildeten sich in der Luft. Sein eigener Atem erschwerte dem Jungen den Blick Richtung Flattertier. Gleichzeitig wurde es immer unheimlicher. Durch den Atemnebel, der vor seinen Augen schwebte, nahm er einen schwarzen Fleck wahr, der immer größer wurde. Er hielt vor Schreck den Atem an. Die Nebelschwaden verschwanden und er erkannte die kleine Fledermaus von vorhin. „Ach so. Es ist nur eine Fledermaus", dachte er und fing an zu lachen.

„An deiner Stelle würde ich mich nicht so freuen", zischte die Fledermaus und zerrte an seinen Haaren. „Verzieh dich!"

Ben blickte verdutzt drein und hielt panisch seine Hände vor das Gesicht. Das fliegende Wesen attackierte ihn mit Sturzflügen und prallte auf seinen Kopf. Das Viech schien das nicht zu stören, doch Ben schmerzte der Aufprall. Eine unmenschliche Kraft stieß ihn nach hinten ins Gebüsch.

„Au", schimpfte Ben und rieb sich seinen Po.

„Das hast du davon", krächzte das Flatterviech und flog seine Runden.

„Ah. Hilfe", schrie Ben.

Ein weiterer Luftzug beförderte ihn zwanzig Meter weiter ins Gebüsch. Er fühlte sich wie ein Pingpong-Ball, den man mit einem kräftigen Schlag über die Tischtennisplatte schmetterte, um seinen Gegner von seinen Künsten und seinen Absichten, als Sieger das Spiel zu beenden, zu überzeugen. Die Fledermaus hatte fürs Erste gewonnen. Aber so leicht kam sie ihm nicht davon. Die Revanche würde noch folgen, das nahm sich Ben vor.

Allein

Aus seiner derzeitigen Position nahm er die Hütte nur noch als Umriss wahr. In der Ferne hörte er Mels Rufe. „Ich werde dich befreien“, schluchzte Ben und lief los. Er wusste nicht, wohin, aber er hatte das Gefühl, einfach losrennen zu müssen. Er musste etwas tun.

„Es ist deine Schuld!“, flüsterte es in Bens Ohren. „Du hättest sie nie allein lassen dürfen! Was hast du nur getan? Wie willst du den Schlüssel finden? Du bist auf dich allein gestellt. Hast du tatsächlich vor, durch den Wald zu irren? Du kennst dich hier nicht aus! Stopp! Was willst du tun? Ben, überlege dir deinen nächsten Schritt.“

„Nächster Schritt“, keuchte Ben und blieb stehen. „Nächster Schritt, wo bist du?“ Verzweifelt drehte er sich 360 Grad um die eigene Achse. Er erblickte hohe, zerstörte Bäume. Es war windig, so windig, dass Bens Haare wild umherflatterten. Doch die Bäume bewegten sich nicht. Sie bestanden nur noch aus den Stämmen, deren Spitzen pfeilartig in die Luft ragten. Sie waren leblos. Das Wichtigste war ihnen genommen worden: die Sonne, der nährreiche Boden, die frische Luft. Das alles existierte an diesem Ort nicht.

Sanft strich Ben über die kalte Rinde. Er dachte an Mel, ihren kleinen Gefährten Molle, Kumbold, Wunibald, Suleika und seine Mutter. Seine Mutter.

„Was würde sie in deiner Situation machen?“, sagte die Stimme in seinem Kopf. „Was hat dich Kumbold gelehrt? Was hast du im Gymnasium gelernt? Als du noch zu Hause warst. Bei deiner Mutter.“

„Meine Mutter“, murmelte Ben und starrte in die Ferne. „Ich habe nichts in der Schule gelernt, was mir jetzt helfen könnte. Der Satz des Pythagoras, die stilistischen Mittel, der Quintenzirkel und die Vererbungslehre nützen mir gerade nichts. Ich kann nicht mal mein physikalisches Wissen anwenden, obwohl ich es für so notwendig hielt. Alles war umsonst.“ Er kniete sich enttäuscht auf den kalten Boden und vergrub sein Gesicht in den Händen. „Wie kann ich einen Schlüssel finden?“ Den Schlüssel zu Mel. Er schaute gen Himmel. „Lieber Gott“, dachte er. „Wenn es dich wirklich gibt, bitte hilf mir. Ich brauche einen Schlüssel, der die Tür zu Mariella öffnet. Sie wurde eingesperrt. Ich muss unbedingt herausfinden, wer das getan hat. Wer dieses wunderschöne Ventya zerstören will. Aber ich schaffe es nicht alleine.“

Er seufzte und blickte zu seinen gefalteten Händen. Doch es schien hoffnungslos, schließlich gab es keinen Gott in einem schneeweißen Himmelreich – und Schutzengel gab es auch nicht. Ben nickte und schrak gleichzeitig zusammen. Er bemerkte, dass er jeglichem Glauben aus dem Weg ging.

Früher hatte er noch an den ganzen Hokuspokus geglaubt. Er hatte sich einen großen, alten Mann mit silber glänzendem Bart und blassem Gesicht vorgestellt, dessen weißes Gewand über das ganze Wolkenreich ausgebreitet war. Zu seiner rechten und linken Seite hatten zwei Engel mit lieblichen Gesichtern und goldenen Locken gestanden. Sie hatten bezaubernd gelacht und mit ihren zarten Puppenfingern in eine Richtung gezeigt. Dann – so hatte er sich die Szene vorgestellt – war sein Vater auf dem Gewand des Herrn zu ihm gelaufen. Er hatte ihm freudig zugewinkt.

Obwohl Ben die Vorstellung schon immer unglaubwürdig schien, hatte er fest daran geglaubt. Er hatte gehofft, dass es jemanden dort oben gab, der auf ihn aufpasste. Doch mittlerweile glaubte er nicht mehr daran. Er stellte sich vor, wie sein Vater seinen Jungen in die Arme nehmen wollte und ihm entgegenrannte. Doch die freudige Begrüßung blieb aus, denn sein Vater knallte unsanft gegen eine unsichtbare Mauer. Wie kalt die Person da oben sein musste, wenn sie einem kleinen Jungen den Vater nahm und der Mutter den Ehemann.

Aus diesem Grund war er sich sicher, dass er jetzt auf sich allein gestellt war. Hilfe würde nicht kommen. Daran würde er gar nicht erst glauben.

Mittlerweile wusste er nicht mehr, in welche Richtung er gehen musste, um zu der kleinen Hütte zu gelangen. Ben erreichte einen gepflasterten Weg, der steil einen Berg hinaufführte. An dem Wegrand brannten Fackeln und erleuchteten den Pfad bis zum oberen Ende des Berges. Er schluckte und ahnte, dass er demnächst Litizias Wohnhaus ausfindig machen würde.

Er betrachtete die schwarzen Pflastersteine unter seinen Füßen. Geschmackloser hätten diese kaum sein können. Spontan fiel Ben nur die Farbe Rosa ein, die an einem Ort wie diesem mit Sicherheit auch unpassend gewesen wäre. Es sei denn, Litizia spielte noch mit Puppen. Er schmunzelte. Der Gedanke gefiel ihm. Doch schnell wurde ihm bewusst, warum er hier war, und er setzte seine Reise ins Ungewisse fort. Er wusste nicht, was ihn in Litizias Reich erwarten würde, doch er musste Mel retten, egal, wie.

Es war ein anstrengender Trampelpfad, denn die Steigung des Berges machte dem Jungen zu schaffen. Er schnaufte und prustete wie ein Gaul, der nach einer langen Kutschfahrt endlich pausieren durfte. Allerdings gab es da doch einen winzigen Unterschied. Im Gegensatz zu dem Pferd, das sich die Verschnaufpause redlich verdient hatte, hatte er noch nichts erreicht, auf das er hätte stolz sein können. Schon jetzt geriet er ins Schwitzen und war noch nicht einmal Litizia begegnet.

Er hatte kaum die Hälfte des Weges geschafft, als er schon innerlich zusammenbrach und nach einem Bett verlangte. Schweiß rann ihm von der Stirn. Jetzt ähnelte er einem Marathonläufer, der gerade die Ziellinie erreichte. Doch seine eigene Ziellinie war noch nicht zu sehen. Schweiß rann über seine Stirn und sein ganzer Körper erhitzte sich. Er prustete und hielt sich seine rechte Seite.

„Ich kann nicht mehr. Ich will nicht mehr."

Der Weg machte einen Knick und führte ihn zu einer Höhle. Skeptisch schaute Ben in die kleine Öffnung. Diese war so schmal wie vergleichsweise die Größe des Nadelöhrs zu der Größe seiner Nähnadel. Da drin schien es nur so von Gefahren zu wimmeln, die sich schon regelrecht nach Bens Ankommen sehnten. „Komm nur herein", schienen sie zu rufen. Ben drehte sich nach allen Seiten um, doch er schien keine Wahl zu haben. Er musste da durch, ob er wollte oder nicht. Er holte tief Luft und sprach sich innerlich Mut zu. „Du musst das schaffen. Mel braucht dich, also streng dich gefälligst an."

Vorsichtig hob er seinen Fuß durch das schmale Loch und stellte ihn auf dem glatten Boden ab. Mit seinen Händen stützte er sich auf dem spitzen Stein der Öffnung ab, damit er sein zweites Bein durch die Öffnung strecken konnte. Dann war das Werk vollbracht und er klopfte seine Hosen sauber. Dabei war das eigentlich sinnlos, denn von der Decke bröckelte Geröll, sodass er in Sekunden aussah wie ein mit Ruß verschmierter Schornsteinfeger. Eine Fackel hing an der felsigen Wand. Er ergriff sie und beleuchtete sich seinen Weg. Es war ein schummriger Schein und durch das lodernde Licht schien sich die Höhle zu deformieren. Er blinzelte mit den Augen und betastete misstrauisch eine Wand, die noch genauso standhaft war wie vor wenigen Minuten. Alles nur Einbildung.

Das Klima der Höhle war kühl, doch keinesfalls unangenehm. Die Luft war feucht und schien wie gereinigt. Er atmete tief ein und genoss für einen kurzen Moment den Anblick, der sich ihm bot. Die Decke war meterhoch und wölbte sich in verschiedenen Formen. Wie Kerzenleuchter hingen Tropfsteine herunter und boten ein wunderschönes Bild.

Tropf. Tropf. Tropf.

Der Junge streckte eine Hand aus und versuchte, einen Tropfen aufzufangen. Wie ein Hampelmann hüpfte er in der Gegend herum und wartete auf den Moment des Erfolges, der nicht lange ausblieb. Mit einem Platsch fiel ein kühler Wassertropfen auf seine Handfläche. Das tat gut. Leider verschmolz die angenehm frische Flüssigkeit mit dem Dreck in seinen Händen und wurde schnell klumpig. Enttäuscht rieb er sich seine Handflächen und entfernte den Dreck.

Dann ging er weiter. Mit einem Mal wurde der Weg schmaler und auch die Decke hing jetzt nur noch einige Zentimeter über seinen Kopf. Beunruhigt schaute er in die Ferne. Er blickte zu einer Wand mit Höhlenmalerei und trat näher. Hände waren als Stempel genutzt und zu einer Form zusammengelegt worden. Als er das Bild näher betrachtete, schrak er zusammen. Die Abdrücke waren aus einer roten Farbe – vermutlich aus menschlichem Blut – und zeigten ein Kreuz. Ben schwankte nach hinten und drehte sich um. Sein Blick wanderte zum Eingang des Tunnels zurück. Noch konnte er umkehren. Doch was hatte er davon? Seine Freunde waren gefangen, und wenn er ihnen nicht helfen konnte, waren sie für immer verloren – und er vermutlich auch.

Er bückte sich und kroch durch eine schmale Öffnung. Diese war so niedrig, dass er mehrmals seinen Kopf an dem Stein stieß. Die Luft wurde knapp und er keuchte. Langsam kroch er weiter. Weiteres Geröll fiel von der Decke. Wie lange würde die Höhle noch bestehen bleiben? Vielleicht war sie einsturzgefährdet? Panisch zog sich Ben weiter vorwärts. Ein schwerer Steinklumpen fiel direkt vor seinen Augen auf den Boden. Er schob ihn vor sich her und beeilte sich, um so schnell wie möglich aus dieser Position zu entschwinden.

Auf einmal krachte es beunruhigend hinter ihm. Er verrenkte seinen Körper und lugte nach hinten. Die Fackel in seiner zitternden Hand fiel zu Boden und erlosch. Hinter ihm war die Decke eingestürzt und hatte den Weg versperrt. Jetzt war ein Umkehren unmöglich.

Der Kräuterlehrling hielt verschreckt die Luft an. Er traute sich nicht, sich zu bewegen. Wenn er jetzt zu voreilig handelte, war sein Abenteuer schneller vorbei, als ihm lieb war. Ganz langsam und vorsichtig tastete er mit seinen Händen in der Dunkelheit herum. Dann kroch er ein Stück vorwärts. Tastete weiter. Kroch vorwärts, bis er nach etwa einem Meter freien Fall aus dem Tunnel plumpste und auf einem harten Steinboden auftraf. Die Höhlenwände zitterten nach seinem Aufprall und der Tunnel stürzte zusammen. Erschrocken blickte er sich um und atmete erleichtert aus, als er bemerkte, dass es ihn noch nicht erwischt hatte. Die Betonung lag auf noch. Die Gefahren schienen ihn bis jetzt zu verschonen – als ob das Schlimmste noch kommen würde.

Das Unglück begann mit der schlagartigen Veränderung der Wetterlage. Die Temperatur nahm um gefühlte 50 Grad Celsius ab und verwandelte die Gegend in eine Schneelandschaft. Ben stapfte durch das kalte Weiß. Seine Schuhe weichten durch und die Socken wurden nass. Ein unangenehmes Gefühl.

„Na toll. Das passiert mir doch immer“, murmelte Ben und schüttelte den Kopf. „Sogar mit speziellem Schuhwerk.“ Damals, als achtjähriges Kind, hatte er immer Schneestiefel an, die speziell für Nässe und Feuchtigkeit hergestellt worden waren. Und dennoch hatte es der kleine Ben jedes Mal geschafft, einen kleinen Teich in seinen Schuhen entstehen zu lassen. Mit jedem Schritt, den er tat, platschte es in seinen Stiefeln und die kleinen, dicken Zehen liefen vor Kälte blau an.

Darüber war natürlich nicht nur der Junge betrübt. Denn auch Resa war nicht besonders glücklich, wenn sie den heulenden Ben die Treppen nach oben in Richtung Bad tragen musste. Jedes Mal hatte sie panische Angst, in den Pfützen, die von Bens Kleidung tropften, auszurutschen und womöglich die Treppen mitsamt Kind herunterzufallen. Das passierte, Gott sei Dank, nicht. Unbeschadet erreichten sie das Bad und sie riss dem triefenden Kind die kalte Kleidung vom Körper.

„Nun ab mit dir in die Badewanne", sagte sie dann immer. Das würde sie jetzt nicht machen. Und das nicht nur aus dem Grund, dass er so langsam, aber sicher erwachsen wurde. Noch immer befand sich Ben in dieser dunklen Gegend. Auch wenn Resa weit weg war, die Erinnerungen waren so nah. Er spürte sie dicht neben sich, beinahe so, als würde sie ihn begleiten und immer wieder mahnend zu seinen Stoffschuhen schauen.

„Du holst dir noch eine Erkältung", würde sie sagen.

Und Ben würde antworten: „Aber die habe ich doch schon."

Dann würde ihn Resa mit besorgtem Blick anstarren. Sie würde merken, dass ihr Sohn nicht mehr alle ihre Ratschläge ernst nahm und sich erst seine eigene Meinung bilden musste. Schließlich fehlten nur noch wenige Jahre bis zu seiner Volljährigkeit. Und bis es soweit war, musste er manchmal schon seine eigenen Entscheidungen treffen, auch wenn Resa es noch nicht ganz wahrhaben konnte.

„Ach, Mama." Ben fühlte einen schmerzhaften Stich in seiner Brust. Die Erinnerungen an seine Mutter taten ihm weh. Sie musste unglaubliche Ängste durchstehen und machte sich vielleicht sogar Vorwürfe. „Mach dir bitte keine Sorgen", flüsterte Ben.

Damals, als sein Vater verschwand, war sie kaum wiederzuerkennen gewesen. Sie weinte ununterbrochen, zwar niemals in Bens Anwesenheit, aber dennoch entgingen dem Jungen die Sorgen seiner Mutter nicht. Mit seinen Patschhänden strich er damals über den Rücken seiner Mutter. Doch jetzt war er nicht da. Niemand war da, um seine Mutter zu trösten. Sie war ganz allein.

So wie Ben. Er hinterließ tiefe Spuren in dem Schnee, die mit der Zeit und den – hoffentlich – bald wärmer werdenden Temperaturen verwischt werden würden. Übrig würden Pfützen bleiben und die Erinnerung an die kalte, verschneite Jahreszeit. Es war schließlich wie im Winter. Der Schnee verdeckte die triste Pflanzenwelt und schuf eine neue Umgebung. Eine Umgebung, die hell leuchtete und jeden Gegenstand, den sie mit Kälte umschloss, zum Glänzen brachte. Die Oberfläche glitzerte in Regenbogenfarben.

„Schnee kann schon schön sein“, seufzte Ben.

Als Ben zehn Jahre alt war, blickte er eines Tages traurig aus dem Fenster. Noch immer hatte es nicht geschneit und in kürzester Zeit war Weihnachten. Und ein Weihnachten ohne Schnee konnte und wollte er sich nicht vorstellen. Das kalte, gefrorene Wasser gehörte zu dem Fest dazu wie der prall gefüllte Geschenkesack zum Weihnachtsmann, und ohne wollte der kleine Junge auf keinen Fall feiern.

Er sprang vom Stuhl und zupfte an dem Rock seiner Mutter. „Mama, wenn es nicht schneit, möchte ich auch kein Weihnachten feiern“, verkündete er.

„Warum das denn nicht?“, wollte seine Mutter wissen und schmunzelte.

„Weil man dann nicht mit dem Schlitten fahren kann.“

„Aber an Weihnachten fährst du doch nicht mit dem Schlitten. Wie jedes Jahr werden wir in der warmen Stube vor dem geschmückten Tannenbaum sitzen und Lieder singen.“

„Ja, sicher. Aber weißt du was? Kinder, die noch an den Weihnachtsmann glauben, werden diesen Glauben verlieren, wenn es nicht schneit.“

„Und warum?“

„Weil der Weihnachtsmann mit einem Schlitten die Geschenke vorbeibringt. Siehst du, genau aus diesem Grund möchte ich, dass es schneit.“

Resa lächelte und nickte. „Es wird ganz sicher schneien“, sagte sie. Und sie hatte recht behalten.

Wenn Ben aber weiter darüber nachdachte, mochte er den Schnee plötzlich nicht mehr. Denn unter der funkelnden Oberfläche war es unberechenbar glatt und scharfe Kanten lagen darunter verborgen. Im Schnee waren rote Flecken. Er drehte sich um und verfolgte mit seinen Augen die roten Spuren, die er hinterließ. Seine Wunden waren noch nicht verschlossen. Eis legte sich über die roten Stellen. Mit seinen Händen rieb er darüber. Doch auch diese taten höllisch weh. Seine Hände waren durch die Kälte rau und zerbrechlich. Sie ließen sich kaum bewegen, verlangten nach Wärme, wollten die blaue Farbe vertreiben, die sie umgab. Langsam fuhr Ben über seine Lippen. Sie schienen zerrissen. Seine Zunge leckte über die aufgeplatzte Oberfläche und schmeckte das warme Blut, welches sich mit dem kalten Wasser der geschmolzenen Schneeflocken vermengte.

Für ihn war Schnee immer der Vorbote für die Weihnachtszeit gewesen, auf die er sich das ganze Jahr über freute. „Alle Jahre wieder kommt das Christuskind auf die Erde nieder, wo wir Menschen sind“, ging es dem Jungen durch den Kopf und er summte vor sich hin. Seine Stimme klang hohl und das sonst so fröhliche Lied verwandelte sich in Trauergesang. Dieses Jahr würde das Christuskind nicht kommen. Es würde Ben und seine Mutter nicht finden in dieser tristen Gegend.

Er schluckte bei dem Gedanken an das Wörtchen *uns*, welches er schon seit Stunden nicht mehr gebrauchte. Es schien ihm wie in Vergessenheit geraten zu sein. All die Erinnerungen an Mel und Kumbold schienen so weit weg. Hatte er innerlich seine Rettungsaktion schon aufgegeben?

Sein Körper fühlte sich schlapp an und auch seine Bewegungen wurden schwer. „In Filmen war es doch immer so leicht“, dachte er. Mit athletischen Körpern sprangen die Darsteller über fahrende Autos oder hangelten sich über steile Berghänge. Wie auch immer, nach ein bis zwei Stunden blickten alle Darsteller lächelnd in die Kamera. Mal wieder waren alle gerettet worden. Ob ihm das auch gelingen würde? Ein pessimistischer Gesichtsausdruck war die Folge.

Er dachte an die Worte des kleinen Kobolds, der schon bei der ersten Begegnung sagte: „Ohne dich sind wir jahrelang auch gut klargekommen. Wir brauchen keine Hilfe. Ich möchte nicht, dass er mitkommt.“

Auch wenn es Ben nicht wahrhaben wollte, wusste er, dass Molle recht behalten hatte. „Ich war nicht gut für Mariella. Und für meine Eltern auch nicht. Ich habe alles falsch gemacht“, dachte er und versank in Selbstmitleid.

Simones seltsames Verhalten

Simone war tatsächlich in ihre Straße gezogen. In das schöne Eckhaus mit dem traumhaften Rundbogen über der Terrasse. Das Haus hatte einen spanischen Touch. Es befand sich auf einer kleinen Erhebung und schien auf die umliegenden Gebäude einen Schatten zu werfen. Es war hellgelb gestrichen und die Treppe, die nach oben zur Eingangstür führte, bestand aus bläulichen Mosaiksteinen.

Resa gefiel das Haus. Und dennoch lief sie immer leicht geduckt daran vorbei, wenn sie zum Einkaufen in die Innenstadt musste. Simone könnte ja aus dem Fenster gucken und dann wäre sie gefangen. Ihre ehemalige Klassenkameradin würde sie nicht so schnell wieder gehen lassen und sie stundenlang in ein Gespräch über alte Zeiten verwickeln. Darauf hatte sie wirklich keine große Lust.

Noch immer klebte der gelbe Zettel an ihrer Pinnwand. *Freitag: Abendessen bei Simone.* Und der gefürchtete Tag kam mit schnellen Schritten immer näher.

Noch immer hatte Resa nicht über ihre familiären Schwierigkeiten gesprochen und sie wollte es auch eigentlich gar nicht tun. Am liebsten würde sie gar nicht zu der Verabredung gehen. Sie könnte eine schlimme Grippe vorspielen, um an dem geplanten Abendessen nicht teilnehmen zu müssen. Aber aufgeschoben war nicht gleich aufgehoben, dessen war sie sich bewusst. Die aufgedrehte Simone würde vielleicht sogar auf die Idee kommen, einen Krankenbesuch zu machen. Und das wäre das Allerschlimmste.

Resa hatte sich vorgenommen, am kommenden Freitag zu erzählen, dass Ben und Peter bei einem Rockkonzert seien und nicht kommen könnten. Das wäre plausibel. Wenn Simone sie allerdings zu Hause besuchte, würde ihr das Fehlen des Sohnes und des Mannes auffallen. Mittlerweile hatte Resa sämtliche Bilder von Peter und Ben abgehängt und in Kisten verstaut. Einfach, weil die Erinnerungen sie zu sehr schmerzten.

Mit einem Blumenstrauß in der Hand klingelte Resa an der Haustür von Simone.

„Ich komme gleich“, rief diese hektisch von innen. Das war typisch. Noch nie hatte sie es geschafft, pünktlich fertig zu sein.

Resa sah auf ihre Armbanduhr. 20 Uhr, so war es abgemacht. Neugierig schaute sie durch das Türglas und blickte in den hellen Flur. Ein Stillleben mit einer gefüllten Obstschale hing an der weiß gestrichenen Wand. Der Boden bestand aus bräunlichen Fliesen. „Schön und vor allem praktisch“, dachte Resa, die sich mit weißen Fliesen herumärgerte. Jeden Tag musste sie Staubsaugen und wischen, weil der helle Fußboden für den Dreck sehr empfänglich war. Leider. Sie wippte von einem Fuß auf den anderen. Noch immer war Simone nicht zu sehen. Was machte sie denn noch alles? Hatte sie sie in der Eile vergessen? Resa klingelte noch einmal.

„Jaha. Gleich“, rief Simone. Und plötzlich schlitterte sie mit bunten Hausschuhen über den gefliesten Boden. Mit jeder Bewegung wippten die Hasenohren, die an ihren Fellschuhen angenäht waren. Sehr stylish. So etwas würde Resa nie anziehen. Nicht in ihrem Alter. „Hallo, meine Liebe. Supi, dass du gekommen bist“, sagte Simone.

Und da war es wieder. Das fürchterliche, kleine Wort. Supi. Musste denn alles supi sein? Nichts war supi.

„Ja, ich freue mich auch“, log Resa und lächelte. „Danke für die Einladung.“

„Gern. Aber jetzt komm erst einmal herein. Ich muss dir unbedingt unser neues Haus zeigen.“

Resa nickte und folgte der aufgedrehten Frau nach drinnen. Der Geruch nach frischer Farbe drang in ihre Nase. Hier war erst vor wenigen Tagen gestrichen worden.

„Ich hoffe, der Gestank macht dir nichts aus. Aber du weißt ja sicher, wie das ist, wenn man gerade frisch tapeziert und gestrichen hat. Der Farbgeruch ist einfach nicht wegzubekommen. Da kann man noch so häufig lüften. Es bringt einfach nichts.“

„Deine Probleme möchte man mal haben“, dachte Resa. Stattdessen sagte sie: „Das stört mich nicht. Ich finde es sogar ganz angenehm. Ist es nicht ein wunderbares Gefühl, wenn man in einem neuen Haus wohnt und alles noch neu riecht?“

„Schon“, sagte Simone zögernd.

„Na, siehst du.“

„Mh. Du, ich muss dir noch etwas Supitolles zeigen."

Diese Frau mit ihrer jugendlichen Umgangssprache ging Resa zunehmend auf die Nerven. Simone musste mittlerweile fünfundvierzig Jahre alt sein. Sie zog sich aber an wie eine Vierzehnjährige, die ständig neue Klamotten ausprobiert, um zu ihrem eigenen Stil zu finden. Heute trug Simone ein grünes Top, welches sich eng um ihren Oberkörper legte. Dazu kombinierte sie einen kurzen Jeansrock, der ihr nur knapp über den Po reichte. Aber besonders auffallend waren ihre filzigen Haare, die sie zu zwei Pferdeschwänzen zusammengeknotet hatte. Wunderschön.

„Da bin ich aber neugierig", murmelte Resa.

Simone führte sie die Treppen nach oben in einen kleinen Raum. „Mein begehbarer Kleiderschrank. Ist er nicht total supi?"

„Total." Der hatte noch gefehlt. Eine ganze Wand entlang standen nur Schuhe. Eine andere war dekoriert mit Röcken, T-Shirts und Jacken. Resa hatte recht behalten. Die Frau wollte ihre Jugend noch nicht beiseitelegen.

„Und das Allercoolste ist mein Schminktisch."

Ein Schminktisch. Oje. „Wozu brauchst du den denn?", fragte Resa skeptisch.

„Na, zum Schminken."

„Okay ..." Resa stand mit offenem Mund vor der kindlichen Kommode. Simone öffnete gefühlte einhundert Schubladen und zog einen Lippenstift nach dem anderen heraus. „Wozu brauchst du einen orangefarbigen Lippenstift?", fragte Resa.

„Ach. Der hat mir einfach gefallen."

„Und der grüne?"

„Der auch."

Allmählich verschwanden die Grübchen aus Simones Gesicht und sie schaute enttäuscht auf den Boden. Natürlich war ihr Verhalten nicht ihrem Alter entsprechend. Als Resa die Enttäuschung ihrer ehemaligen Klassenkameradin sah, fügte sie schnell hinzu: „Ein schönes Hobby."

„Findest du?"

„Äh. Ja."

„Danke. Du bist eine supertolle Freundin."

„Oh. Ähm ja. Du für mich auch." Verwirrt schaute Resa in das betrübte Gesicht von Simone. Was war denn das?

Aber Simone sagte nichts weiter. Sie latschte aus dem Zimmer und schaute sich nach ihrer Freundin um, ob sie ihr auch folgte.

„Wo ist denn dein Mann?“, fragte Resa.

Zögernd drehte sich Simone zu ihr um. „Weißt du“, sagte sie. „Thorsten und ich ... wir haben uns getrennt.“

Fassungslos starrte Resa sie an. Sie konnte nicht glauben, was sie da gerade hörte. Eine Scheidung hätte sie jedem anderen Ehepaar zugetraut, aber doch nicht den beiden. Schon seit der Schulzeit waren sie ein Pärchen. Sie galten als das Traumpaar schlechthin. Und jetzt? Alles aus.

„Aber wie?“

Simone machte ein betroffenes Gesicht und holte tief Luft, bevor sie fortfuhr. „Thorsten gefielen andere Frauen einfach besser“, sagte sie dann und schluckte.

In dem Moment schrak Resa zusammen. Das konnte ja nicht wahr sein. Sie kannte keine andere Frau, die attraktiver als Simone war. Sie war schließlich das beliebteste Mädchen in der Schule gewesen. Na gut, mittlerweile war auch Simone älter geworden und der jugendliche Kleidungsstil passte einfach nicht mehr zu ihr.

„Da war eine blonde Frau. Sie war eines Abends zu Besuch. Und als Thorsten ihren runden Bauch erblickte, wusste er, was los war. Nathalie war schwanger – von ihm.“

„Dieser blöde ...“, murmelte Resa und streichelte über Simones Schulter. „Und wie geht es Georg?“

Ihre Freundin seufzte und führte sie zum benachbarten Zimmer. Dann klopfte sie laut an die Tür. „Georg? Ich bin’s, Mama. Du, magst du nicht mal rauskommen? Wir haben Besuch. Du weißt doch, Resa ist da.“

„Keine Zeit.“

„Er sitzt am Computer“, flüsterte sie und öffnete die Tür.

In einem schwach beleuchteten Zimmer saß ein dicklicher Junge mit roter Strubbelfrisur. Neben ihm stand eine Schüssel gefüllt mit Gummibärchen sowie eine große Colaflasche. Resas Mund stand sperrangelweit offen. Das konnte doch unmöglich der kleine zierliche Georg sein. Doch in diesem Moment drehte sich der Junge um und schaute zu den Frauen. Tatsächlich. Das war Georg. Er ähnelte seinem Vater sehr und das lag nicht nur an den Sommersprossen. Die Gesichtsausdrücke konnte er genauso gut wie Thorsten. Gerade schob er fragend seine Augenbrauen nach oben. „Was gibt's?", erkundigte er sich.

„Möchtest du nicht mit uns zu Abend essen?"

„Äh." Sein Blick wanderte zurück zu seinem Bildschirm. Dann fluchte er und tippte wie wild auf seiner Tastatur herum. „Keine Zeit."

„Was machst du denn?"

„Ich recherchiere."

„Und was?"

„Mann, Mama. Du lenkst mich von meiner Arbeit ab, weißt du das? Ich versuche, mehr über Ventya herauszufinden."

Simone seufzte. „Diese Welt existiert nicht. Das weißt du doch, mein Schatz."

„Ich werde es dir beweisen."

„Ventya? Was ist denn Ventya?" Jetzt beteiligte sich auch Resa an dem Gespräch.

„Ventya ist ein wundervolles Land voller Fabelwesen. Dort darf einfach jeder leben. Jeder wird so respektiert, wie er ist", sagte Georg und schaute mit etwas traurigen Augen zu seinem kugelrunden Bauch.

„Alles Unsinn", erwiderte Simone und bugsierte Resa aus der Tür hinaus.

„Was meint Georg damit?"

„Seit sein Vater uns verlassen hat, macht er sich die größten Vorwürfe. Schließlich hat Thorsten nun einen neuen Sohn und Georg fühlt sich vernachlässigt. Er weiß sich nicht anders zu helfen, als in eine visuelle Welt einzutauchen. Und diese Welt nennt sich Ventya. Es gibt viele Sagen, in denen es heißt, dass dieses Land nicht nur in Träumen existiert. Und Georg möchte es finden."

„Warum?"

„Er sagte einmal zu mir, dass dort ganz bestimmt viele nette Väter wohnen. Er wolle sich einen aussuchen und mit nach Hause bringen." Simone schluchzte. „Mein Sohn ist kaum wiederzuerkennen. Du kennst ihn ja noch von früher. Jeden Tag scheine ich ihn mehr zu verlieren. Er ist regelrecht süchtig nach seinem Computer."

Nach diesem Gespräch lernte Resa ihre ehemalige Klassenkameradin erst richtig kennen. So blöd war sie eigentlich gar nicht und

Resa begann, sie zu mögen. Das seltsame Verhalten Georgs bedauerte sie zutiefst und auch die Trennung Simones von Thorsten. Sie war froh, eine Freundin gefunden zu haben, mit der sie über alles sprechen konnte. Ihre beiden Schicksale erschienen ihr so ähnlich. Nie im Leben hätte sie damals daran gedacht, mit Simone irgendwann Geheimnisse auszutauschen.

In Liti-Town

Seit Stunden irrte Ben in der Schneelandschaft herum. Er fror und bekam allmählich Hunger. Sein Magen zog sich schmerzhaft zusammen und knurrte Furcht einflößend. Dabei schien dieser regelrecht nach etwas Essbarem zu rufen: „Ich habe Hunger, Hunger, Hunger!“ Als Ben seine Augen zusammenkniff, sah er, umschlungen von einer bläulichen Nebelwand, einen gedeckten Tisch. Ein Teller, ein Glas, Besteck, ein Laib Brot, eine Schüssel Salat, ein Teller voll mit Fleisch und eine große Flasche Wasser standen zum Greifen nah vor ihm. Aufgeregt rannte er in die Richtung. Doch je weiter er lief, desto weiter entfernte sich auch der Tisch.

„Ich habe Hunger“, seufzte Ben und rieb sich über seinen knurrenden Bauch. „Jetzt bilde ich mir schon einen gedeckten Tisch ein“, dachte er und kniff die Augen zusammen. Nachdem er sie wieder geöffnet hatte, war der Tisch verschwunden. Auf einmal hörte er schwere Schritte, die durch den Schnee stapften. Es quietschte ein bisschen. Erschrocken drehte sich Ben um. Sein Hunger hatte sich abrupt in ein mulmiges Gefühl verwandelt. Die Schritte kamen näher.

„Vielleicht ist das Litizia“, schoss es ihm durch den Kopf.

Mit zusammengekniffenen Augen versuchte er, Umrisse zu erkennen, aber er sah nichts. Er dachte an Mel, an den Schrecken von Ventya, seine Mutter und seinen Vater. Alles wurde ihm genommen. Zittrig schob sich seine Unterlippe über die obere. Seine feuchten Augen betrachteten bekümmert die Umgebung. Dabei sah er aus wie ein bockiges Kind, welches mit einem niedlich-trotzigen Gesichtsausdruck versuchte, trotzdem ein Eis zu bekommen, obwohl seine Eltern es verboten hatten. Bald darauf wurde aus Bens putziger Grimasse eine beinahe furchterregende. Er wurde zornig und ballte die Hände zu Fäusten.

„Komm nur her!“, rief er. „Zeig dich! Ich habe keine Angst vor dir.“

Tapp. Tapp. Tapp. Es kam näher. Doch die Antwort blieb aus.

„Keine Antwort zu geben ist feige!“, rief Ben.

Tapp. Tapp.

„Gefällt dir diese Dunkelheit? Ich finde sie schrecklich. Du hast das Leben dieser Pflanzen zerstört. Sieh sie dir an!“

Tapp. Tapp.

„Wie kann man nur so herzlos sein?“, schrie Ben.

Tapp. Tapp. Tapp. Tapp. Tapp. Die Schritte wurden schneller.

„Ben!“, schnaufte jemand.

Tapp. Tapp. Tapp.

„Hallo?“, rief Ben verunsichert.

„Ben. Ich bin es!“

„Kumbold?“

„Ja.“

Kumbold.

Freudestrahlend lief Ben in dessen Richtung. Ein paarmal stolperte er über vereiste Wurzeln und fiel beinahe auf den Boden, doch er rannte immer weiter. Er spürte seine Seite, die ihm durch das stechende Gefühl verdeutlichte, dass er anhalten sollte. Doch das tat er nicht. Er rannte und rannte und rutschte und rutschte. Dann fiel er hin. Die Glätte hatte er unterschätzt. Nun lag er da.

Tapp. Tapp. Tapp. Die Schritte von Kumbold. Da war er. Der Kräutermeister. Er war da. Ben war nicht mehr allein.

Schnell stellte er sich wieder auf die Beine und klopfte den Schnee von seinem Hinterteil. „Kumbold!“ Überglücklich fiel er dem Meister in die Arme und fing an zu schluchzen. „Mariella. Sie ist eingesperrt.“

Tröstend strich der Kräutermeister mit seiner rauen Hand über Bens Haare. Aus seiner Hosentasche reichte er seinem Lehrling ein zerlumptes Taschentuch.

„Danke“, murmelte Ben und schnäuzte sich die Nase. Als er Kumbold das Taschentuch reichte, bemerkte er das blutige Hemd sowie die großen Blessuren am Körper des Meisters. „Was ist passiert?“, fragte Ben erschrocken.

Kumbold seufzte und strich sich über seine blutende Schulter. Das Hemd war an der Stelle aufgerissen. Die Fransen des Stoffes färbten sich blutrot und verschwanden in der offenen Wunde. Ben verzog die Miene.

„Die Welt des Dunkelwalds ist größer als erwartet", sagte Kumbold. „Ben, ich wurde entführt."

Ben antwortete nicht. Er war sprachlos. Er öffnete seinen Mund, der doch sonst auch so viel reden konnte. Es kam aber einfach kein Ton heraus, nur etwas nichtssagender Atem. Stattdessen presste er seine Lippen aufeinander und seufzte vernehmlich.

„Ich wurde in eine Gegend gebracht, die ich noch nie zuvor gesehen habe. Es war noch dunkler als hier. Seltsame Gestalten liefen durch die Wälder. Sie trugen lange Gewänder und eine Kapuze, die ihre Gesichter verdeckten. Es war zum Fürchten. Sie brachten mich in ein Gebäude, welches kalte, dunkle Wände hatte. So eine Bauweise habe ich noch nie vorher gesehen. Es sah aus wie eine Kiste."

Ben starrte noch immer den Meister mit offenem Mund an. Wie hatte er nur glauben können, dass Kumbold ihn je im Stich gelassen hätte? Er fühlte sich schlecht bei dem Gedanken, was er seinem Meister vorgeworfen hatte. Sein Bauch tat weh und knurrte.

„Oh. Das habe ich ja ganz vergessen ...", murmelte Kumbold daraufhin, zog aus seiner Hosentasche etwas in Papier Eingewickeltes und hielt es dem ausgehungerten Lehrling hin. „Du hast sicherlich großen Hunger. Und verletzt bist du auch", seufzte Kumbold und betrachtete die großen Wunden an Bens Beinen und Armen.

„Was ist das?", fragte Ben und riss das Papier von dem brotähnlichen Ding.

„Etwas Spezielles", antwortete der Meister aber nur und zwinkerte.

Ben betrachtete kurz den Brotklumpen und biss herzhaft hinein. Dann noch mal und noch mal. Er verschlang das Essen im Nu. Es schmeckte tatsächlich nach dunklem Teig und dennoch war es nahrhafter als normales Brot. Zusätzlich heilten auf mysteriöse Weise seine Blessuren. „Was is eigendlich genau passierd? Wer had dich entführd? Un wo wars du?", nuschelte er und kaute auf dem Gebackenen herum.

„Erinnerst du dich noch an Litizia?" Ben nickte. „Sie muss mich verhext haben. Denn ich erwachte erst wieder, als ich auf einem kalten Boden lag. Vor mir stand eine Schar von Kapuzenträgern. In ihren Händen hielten sie Messer, die sie auf mich richteten. So eine Angst habe ich noch nie gehabt, Ben. Ich dachte wirklich, dass ich dort nicht wieder heil herauskommen würde."

„Was passierte dann?"

„Ich wurde in ein Verlies gebracht und blieb dort entsetzlich lange Stunden."

„Und dann?"

„Dann klopfte es an meiner Tür. Der Riegel wurde hochgeschoben und ein alter Mann mit weißem Bart stand vor mir."

„Wer war das?", fragte Ben aufgeregt. Mittlerweile hatte er seinen Kalorienbrotklumpen aufgegessen. Zum Glück, denn an dieser Stelle hätte er sich vermutlich arg verschluckt.

„Ben, das war Simonu."

„Simonu? Das gibt es doch gar nicht. Simonu ist doch tot."

„Das dachte ich auch. Aber er war es, der mich gerettet und mich letztendlich zu dir geführt hat."

Zweifelnd blickte Ben seinen Meister an. Er wusste nicht, was er von der Geschichte halten sollte. Wurde Kumbold schon verrückt, wenn er von Toten sprach? „Und wo ist Simonu jetzt?"

„Bei Litizia. Er arbeitet dort als Kräutermeister. Nur deshalb ist es ihm gelungen, mich zu befreien. Er darf sich auf dem Gelände frei bewegen und hat viele kleine Helferlein, die ihm Neuigkeiten berichten. So erfuhr er von meinem Aufenthalt."

„Und wie seid ihr geflohen?"

„Simonu kennt das Straßensystem auswendig und weiß, wie man unbeobachtet von A nach B gelangen kann. Im Endeffekt war es ein Kinderspiel. Litizia ist nicht gerade die Cleverste."

„Apropos. Wo ist Litizia eigentlich?"

„Das ist eine gute Frage. So genau weiß das nämlich niemand. Sie ist immer unterwegs und selten in ihrem Schloss."

„Sie hat ein Schloss?"

„Ja. Wie schon gesagt. So ein Furcht einflößendes Gebäude habe ich noch nie gesehen. Es sieht aus wie ein grauer Kasten."

„Und was macht Litizia die ganze Zeit?"

„Sie bewacht ihre Untertanen, die Kapuzenträger. Sie sind dafür verantwortlich, den Dunkelwald zu vergrößern, indem sie die Pflanzenwelt Ventyas zerstören."

„Aber wenn Litizia kaum auffindbar ist, dann verstehe ich nicht, wie ihr so einfach fliehen konntet."

„Wie schon gesagt. Litizia ist nicht gerade die Cleverste. Mit einem kleinen Kräutertrunk, den Simonu ihr brachte, schlief sie für mehrere Stunden tief und fest. Ihr wird mein Fehlen nicht auffallen. Dafür haben wir gesorgt."

Ben nickte. „Was machen wir jetzt?", fragte er.

„Wir sollten versuchen, deine Freunde zu retten."

„Und wie?"

„Tja, der Weg wird leider nur über den der Hexe Litizia führen."

„Okay."

Sie stapften los. Während sie sich nebeneinander durch die hohe Schneedecke pflügten, beobachtete Ben seinen Meister von der Seite. „Kumbold? Ich habe alles falsch gemacht", flüsterte er.

„Warum denkst du das?", fragte dieser und blickte starr nach vorn.

„Weil ich noch nichts erreicht habe. Und immer bin ich auf andere angewiesen."

„Und was ist dein Problem?"

„Ich habe panische Angst davor zu versagen. Am Ende muss ich vielleicht selbst gerettet werden. Das wäre peinlich."

„Was ist daran peinlich? Du kannst froh sein, wenn du Freunde hast, die sich gegenseitig helfen. Jeder kann mal in eine brenzlige Situation kommen, oder ist es etwa auch peinlich, dass Mariella gefangen genommen worden ist?", fragte Kumbold und zeigte nach vorn. „Wir sind da", raunte er.

Sie erreichten eine hohe Steinmauer. Diese war so hoch, dass selbst der Kräutermeister nicht darüber schauen konnte. Ben blickte sich um, doch einen Eingang oder Ähnliches konnte er nicht sehen. Er trat dicht an die Wand heran und fuhr mit seiner Hand über die raue Oberfläche. Mit dem Zeigefinger pulte er in den Fugen und holte kleinere Steinchen heraus, die er achtlos auf den Boden warf.

„Wie sollen wir denn da reinkommen? Hattest du nicht gesagt, dass du den Weg kennst?", maulte Ben und trat kräftig gegen den harten Stein. Etwas Verputz rieselte auf den Boden.

„Du stehst vor dem geheimen Seiteneingang. Hätte ich dich zum Haupteingang geführt, wärst du direkt in das Gefängnis gelangt und da willst du doch sicherlich nicht hin", antwortete Kumbold.

„Hm. Und wie kommen wir rein?"

„Ach, Ben. Denk doch einfach mal nach. Du musst mehr Fantasie haben."

„Die habe ich schon lange verloren.“

„Nein, Ben. Die hast du eben nicht verloren. Sonst wärst du nicht hier in Ventya“, antwortete Kumbold gereizt. Sein Lehrling musste noch viel lernen. Ihm fehlte schlicht an Eigeninitiative.

„Was nützt mir schon die Fantasie?“, nörgelte Ben.

„Ben, glaube doch mal an dich. Glaube an das, was du siehst, an das, was du träumst. Manchmal habe ich das Gefühl, dass du nicht so recht weißt, was du eigentlich willst.“

Ben schnaufte und fuhr abermals mit seinen Fingern die Mauer entlang. Ein kleines vierbeiniges Tier krabbelte über seine Hand und schaute ihn mit großen dunklen Augen an, als wollte es von ihm wissen, ob er glaubte, was er sah. Doch der junge Kräuterlehrling schien sich nicht für das kleine Tierchen zu interessieren und versuchte es von seiner Hand zu scheuchen. Der Vierbeiner ließ sich indessen nicht abschütteln und klammerte sich fest an die Haut. Ungläubig musterte Ben das kleine Tier und schaute in die dunklen Augen. Und dann geschah etwas Seltsames. Er erinnerte sich an seinen fünften Geburtstag.

„Heute habe ich Geburtstag!“, schrie Ben und hüpfte im ganzen Haus herum. An seinem linken Fuß war ein Luftballon festgeknotet. Zwei Geburtstagsgäste rannten ihm wie wild hinterher und versuchten, auf den Luftballon zu treten. Ben war schnell und spurtete hinaus in den Garten.

„Ich will ihn zerplatzen!“, rief Maurice, sein bester Freund, und ließ den roten Ball nicht aus den Augen.

„Ich auch!“, sagte Isabel und prustete. Sie war einfach nicht schnell genug, um mit den Jungs mitzuhalten.

Maurice hatte seinen Freund schon fast erreicht. Seine Finger streckten sich nach Bens Schulter und tippten darauf. „Ich habe dich“, brüllte er.

„Du musst aber den Luftballon kaputt machen“, schrie Ben und drehte sich während des Rennens um. Dabei übersah er eine Kübelpflanze und fiel bäuchlings auf den Boden. Es folgte Maurice, der auf ihn plumpste. Dann lagen sie da und wussten nicht so recht, wie ihnen geschah. Maurice war der Erste, der zu heulen anfing.

„Ich bin hingefallen. Es ist alles Bens Schuld“, zeterte er und rannte zu seiner Mutter, die am Kaffeetisch zusammen mit anderen

Müttern quatschte. Ben hingegen blieb verdutzt auf dem Boden liegen. Ein Lurch krabbelte an ihm vorbei und verschwand unter der Grasdecke. Neugierig kroch Ben auf allen vieren hinterher. Als das Tier bemerkte, dass es verfolgt wurde, blieb es stehen und schaute überrascht zu dem kleinen Jungen. Für einen kurzen Moment schienen beide wie erstarrt und Ben meinte, die Gedanken seines Gegenübers gelesen zu haben. Allein durch die Tatsache, dass er ihm in die Augen gesehen hatte. Es sah so aus, als ob sich in den Augen des Lurches ein kurzer Film abspielte. Er sah das Tier zusammen mit anderen Artgenossen an einem Fluss kühles Wasser schlürfen.

„Hast du Durst?“, fragte Ben.

Der Lurch nickte. Die Augen des Kindes wurden groß und leuchteten. Dann stellte sich Ben auf seine krummen Beine und wackelte zu seiner Mama.

„Mama!“, rief er aufgeregt. „Ich habe etwas ganz Tolles gesehen. Ich brauche Wasser.“ Doch als er mit einer Flasche zurück zu der Stelle lief, war der Lurch verschwunden.

Erstaunt drehte sich Ben zu seinem Meister um. „Heißt das, dass ich mir nur vorstellen muss, dass sich ein Eingang öffnet?“

Kumbold schüttelte den Kopf. „Du musst es dir ganz fest wünschen. Ich muss in deinen Augen sehen, wie du dir vorstellst, durch die Mauer zu schlüpfen.“

Konzentriert blickte Ben auf die Wand. Die Steinschichten verschwammen vor seinen Augen und er bildete sich ein, einen kleinen Rundbogen zu entdecken.

„Da“, rief Ben aufgeregt und stürmte zu dem Tor. Doch als er hindurchgehen wollte, prallte er gegen hartes Gestein. „Wie?“

„Du hast es dir nicht aus tiefstem Herzen gewünscht, Ben. Du scheinst kein Interesse daran zu haben, in die Welt von Litizia zu gelangen.“

„Aber das ist nicht wahr. Ich muss doch schließlich da durch. Meine Freunde vertrauen auf mich.“

Abermals stellte er sich vor die Mauer. Mit seinem Zeigefinger strich er langsam über die Oberfläche. Schutt bröckelte ab. Er dachte an die Menschen, die er am meisten liebte. Seine Mutter, seinen Vater, Mariella, Kumbold und die vielen Einwohner von Ventya. Diese Menschen waren für ihn das Wichtigste auf der Welt und ohne sie konnte sich Ben sein Leben auch nicht vorstellen. Verträumt wanderte sein Blick Richtung Boden. Der Schutt, der eben noch von der Mauer gebröckelt war, schien jetzt auf der Erde zu glänzen. Jedes einzelne kleine Steinchen schien eine individuelle Farbe zu tragen. Die Nuancen reflektierten in Bens Augen und er schaute gebannt auf die Mauer. Die leuchtenden Elemente schienen ein Loch in die Wand zu brennen, die daraufhin ebenfalls in bunten Farben glühte. Wenn Ben nicht wüsste, dass er sich nun auf den Weg in das dunkelste Gebiet Ventyas begab, würde er sich an der Schönheit dieser Regenbogenwand erfreuen. So starrte er nur mit offenem Mund auf das, was vor ihm passierte. Auch Kumbolds Augen leuchteten und er blickte stolz zu seinem Lehrling.

„Du hast dich vermutlich sicher schon gefragt, warum jeder Einwohner von Ventya eine besondere Begabung hat, oder?", fragte Kumbold. Ben nickte. „Nun, das ist eine weitere Besonderheit dieser wundervollen Welt. Und sie würde nicht Ventya heißen, wenn nicht jeder eine individuelle Begabung bekommen würde."

„Soll das heißen ..."

„Ja, auch du hast eine. Du hast ein gutmütiges Herz, Ben. Deine Leidenschaft, anderen Menschen zu helfen, ist groß und du denkst über Dinge ausgiebig und mit Bedacht nach. Niemals würdest du einer Fliege etwas zuleide tun. Nun fragst du dich sicher, was deine Begabung ist, stimmt's? Du kannst durch verschlossene Türen gehen. Und nicht nur durch solche, nein, du kannst auch verschlossene Tore im Inneren jedes einzelnen Individuums öffnen, um sie an das zu erinnern, was im Leben wirklich zählt."

„Deswegen hat sich die Mauer geöffnet?"

„Ja."

„Aber wie habe ich das gemacht?"

„Dein ganzes Tun läuft in deinem Gehirn ab. Du forderst in einem unglaublich schnellen Tempo verschiedene Dinge, die dein Gehirn zu erledigen hat. Beziehungsweise sendet es Signale an deine übrigen Körperteile und animiert sie zum Handeln. Wenn du rennen möchtest, was tust du dann?"

„Ich bewege meine Beine."

„Ja, aber bevor du deine Beine bewegen kannst, erkennt dein Gehirn, dass du rennen möchtest, und schickt Signale zu den einzelnen Körperteilen, die du beim Rennen gebrauchst."

„Das bedeutet also, dass mein Gehirn es schafft, Türen zu öffnen?“

„Ja. Wie genau das funktioniert, weiß ich nicht. Schließlich ist das eine besondere Begabung, die dir Ventya durch einen Zauber geschenkt hat.“

„Aha.“ Es war Ben zwar nicht ganz klar, wie sein Gehirn es schaffte, Türen zu öffnen, aber die Erklärung Kumbolds schien ihm glaubhaft. Er schlüpfte durch das Loch in der Wand. Auf der anderen Seite angelangt erkannte er windschiefe Buden, die nur aus ein paar Brettern und zerlumpten Leinen bestanden. Die dunklen Stoffe wurden so über die Behausung gelegt, dass sie den Blick ins Innere nicht freigaben. Die Häuser standen dicht beieinander entlang der unbefestigten Straße. Es roch unangenehm. Müll lag überall. Ob auf der sandigen Straße oder auf den Leinendächern. Übel riechende Dämpfe stiegen hoch und Ben hielt sich hastig die Nase zu. „Bäh. Was ist das denn?“, flüsterte er.

„Hier wohnen die Kapuzenträger“, raunte Kumbold.

Sie schlichen eine enge Gasse, die sich hinter den stinkenden Buden befand, entlang. Der Geruch war unangenehm, kaum auszuhalten, und Ben zog sein T-Shirt bis unter die Nase, um wenigstens ein wenig des Miefs zu reduzieren. „Wie kann man hier nur wohnen?“

„Etwas anderes bleibt ihnen wohl nicht übrig.“

Die Gasse wurde schmaler und der Boden unter ihren Füßen veränderte sich von lehmigem Boden in gepflasterten. Dunkle, mit Ruß bemalte Häuser reihten sich aneinander und lösten die stinkenden Leinenbuden ab. Langsam, aber sicher näherten sie sich dem Zentrum von Litizias Stadt. Die Häuser hatten eine ungewöhnliche Form, wenn man das, was Ben gerade staunend betrachtete, überhaupt als Form bezeichnen konnte. Eigentlich waren es riesige Kästen. Die Dächer verliefen waagerecht etwa zehn Meter über dem Boden. Die dazugehörigen Wände schienen hingegen unpassend. Windschief stand eine Wand neben der anderen und formte asymmetrische Kästen. Von der Gasse aus konnte Ben kein einziges Fenster erkennen. Entweder die Häuser besaßen einfach keine, was in dieser Dunkelheit sowieso kein Muss gewesen wäre, Sonnenlicht war schließlich nicht vorhanden, oder die Fenster befanden sich auf der Straßenseite.

Kumbold nickte. „Jedes Haus besitzt eine Tür und ein Fenster auf der Straßenseite. Das reicht zum täglichen Lüften."

In der Ferne nahmen sie Fußgetrappel wahr, das sich auf den gepflasterten Wegen wie ein gleichmäßiges Klopfen anhörte. Eine Truppe von Kapuzenträgern lief gerade auf der entgegengesetzten Seite an den Reihenhäusern entlang.

„Diese blöde Hexe", hörten sie jemanden leise fluchen. Anerkennendes Lachen folgte.

„Was habe ich da gerade gehört?", ertönte eine scharfe Stimme laut. Das war Litizia. Das gleichmäßige Klappern der Schuhsohlen auf der Straße verstummte. „Ich habe euch etwas gefragt." Keine Antwort. Stattdessen scharrten einige Kapuzenträger nervös mit ihren Schuhen auf dem Boden. „Ich weiß sowieso, wer es war", sagte Litizia sarkastisch. „Lumpel, tritt vor!"

In der Gruppe war Bewegung. Schuhe wurden über den Untergrund geschlurft und jemand klopfte aufmunternd auf Schultern.

„Wie kannst du mich nur als dumm bezeichnen?", donnerte Litizia. „Du weißt ja noch nicht einmal, was das bedeutet. Schließlich bist du der Dumme. Und das wirst du gleich am eigenen Leibe erfahren müssen." Sie lachte. In der Gruppe der Kapuzenträger herrschte betretenes Schweigen.

Dann knallte es laut. Dumpf schlug ein Körper auf der Straße auf. Die Kapuzenträger hielten vernehmlich die Luft an. Einige von ihnen schrien kurz auf.

Wie erstarrt blickten sich Ben und Kumbold an. Beide ahnten, was auf der anderen Seite gerade vor sich ging.

„Und jetzt ab mit euch in eure Häuser!", bellte Litizia und klatschte mehrmals in die Hände.

Ben und Kumbold nahmen unregelmäßiges und vor allem schnelles und gehetztes Fußgetrappel wahr. Dann war es wieder still. Was die beiden nicht sahen, war, dass Litizia den leblosen Körper lieblos, mit einigen Fußtritten, in eine staubige Ecke beförderte. Dann löste sie sich in Luft auf.

„Los. Wir müssen uns beeilen", zischte Kumbold und schob Ben vor sich her. Am Ende der Gasse erreichten sie eine kleine Holzhütte, die schon ganz verfallen und verfault dastand. Kumbold klopfte viermal an die Tür.

„Ich bin's", wisperte er.

Innen schien sich jemand zu bewegen. Dann ging die Tür auf und vor den beiden stand ein kleiner, runzliger Mann mit einem weißen Bart. Staunend blickte Ben das spröde Barthaar an, welches bis zu den nackten Füßen des alten Mannes reichte.

„Wie lange man wohl braucht, um zu einer solchen Länge zu kommen?“, murmelte der Lehrling und grübelte.

„Etwa die Zeit, die ich hier auf meinen Kumbold gewartet habe“, antwortete Simonu. In seinem faltigen Gesicht breitete sich ein müdes Lächeln aus und er winkte die Neuankömmlinge herein. Bens Wangen erröteten. Ihm war gar nicht bewusst, dass er diesen Gedankengang laut ausgesprochen hatte. Was musste Simonu nun von ihm denken? Doch dieser schien die Bemerkung schon wieder vergessen zu haben. „Du hast es tatsächlich geschafft, Boldi“, sagte er und gluckste vor sich hin.

„Boldi?“ Ben lachte.

„Ja, das ist sein Spitzname“, sagte Simonu, stellte sich auf die Zehenspitzen und tätschelte Kumbold anerkennend die Schulter. „Seit vielen Jahren habe ich auf den Augenblick gewartet und nun endlich ist er gekommen.“

Sie setzten sich an einen runden Tisch. Simonu breitete eine alte, vergilbte Karte aus und fuhr mit seinem knorrigen Zeigefinger darüber. „Das ist Litizias Stadt. Ihr Schloss befindet sich, wie auch in absolutistischen Städten, auf einer kleinen Anhöhe. Strahlenförmig führen die Straßen an ihr Anwesen heran. Sie hat somit einen guten Rundumblick und kann Unbefugte vorzeitig ausfindig machen. Dementsprechend kann sie dann handeln. Es ist wichtig, dass ihr wisst, dass ihr die hier rot gekennzeichneten Wege nicht benutzen dürft. Diese sind durch magische Kräfte gesichert. Jeder gemeldete Einwohner hat ein gesondertes Armband an, welches diverse Daten speichert. Meine Nummer ist beispielsweise die 48, durch die meine Tätigkeit als Kräutermeister gespeichert ist. Die Informationen werden Litizia zugesandt, sobald ich mich entweder zu nah an ihrem Anwesen befinde, also etwa in 50 Metern Entfernung, oder wenn sie direkt nach mir sucht. Das bedeutet, dass ich euch die ungesicherten Wege zeigen muss, damit ihr möglichst ungesehen bis zum Schloss vordringen könnt.“

Die Kerzenflamme auf dem Tisch loderte und die Schatten der Freunde wanderten mal drohend in Richtung des eingezeichneten

Schlosses, dann wichen sie wieder aus und vereinten sich zu einem Ganzen. Ben beobachtete das Lichtspiel mit einem verträumten Blick.

„Hallo? Ben? Bist du noch da?“ Kumbold stupste ihn in die Seite.

„Oh. Ja.“ Schlaftrunken starrte der Junge auf die Karte. Seine müden Augen folgten Simonus Finger, der gerade die Route für den morgigen Tag besprach. Dann döste er vor sich hin.

Kumbold zwinkerte Simonu zu. Der Lehrling war fix und fertig mit der Welt. Er wollte nur noch schlafen. Langsam beugte sich der Meister über ihn und hob ihn sanft in seine muskulösen Arme. Behutsam legte er ihn auf das Bett, welches sich in einer Ecke des Zimmers befand. Ben öffnete kurz die Augen, nahm noch verschwommen wahr, dass Kumbold gebeugt über ihm stand, lächelte und schlief weiter.

Er erwachte, als Kumbold im Schlaf gegen Bens Bettgestell trat und diesem einen ganz schönen Schubs versetzte. Erschrocken setzte sich der Junge hin und musterte, mit seinem Schlafsand in den Augen, die beiden Kräutermeister, wie sie dicht beieinander auf dem kalten Boden lagen. Simonu schnarchte und Kumbold hielt sich im Schlaf die Ohren zu, gleichzeitig stand sein Mund sperrangelweit offen, um leise Pfeiftöne zu erzeugen.

Ben streckte und rekelte sich. Dann sprang er putzmunter auf, lief zu dem runden Tisch und zündete die Kerze an. Tatsächlich war der Morgen beinahe so dunkel, als ob die Nacht noch nicht vorüber wäre. Zum Glück existierte aber noch das Wörtchen beinahe. Es war zumindest so hell, dass Ben einzelne Objekte und Personen gut erkennen konnte. Um komplizierte Karten zu lesen, benötigte er dennoch Kerzenlicht.

Jetzt wachten auch Kumbold und Simonu auf, die sich mit einem Ächzen erhoben.

„Mein Rücken ...“, klagte Kumbold.

„Mein Po ...“, jammerte Simonu. Dann lachten sie und schlurften mit gemächlichen Schritten zu Ben und der Karte.

In Liti-Town, wie sich Litizias Reich nannte, war es noch still. Kein unruhiges Fußgetrappel war auf der Straße zu hören. Die Kapuzenträger mussten noch schlafen.

„Heute ist Ruhetag“, flüsterte Simonu.

„Litizia hat einen Ruhetag eingeführt?“

„Ja. Auch wenn sie so kalt und unbarmherzig erscheint, hat sie noch nicht alle Nächstenliebe verloren.“

„Mh.“

„Wie auch immer, gut, dass es solch einen Tag gibt“, sagte Kumbold. „Denn ansonsten könnten wir heute nicht so unbemerkt Richtung Schloss spazieren. Am Ruhetag haben alle Kapuzenträger in ihrer Behausung zu bleiben und sich, wie der Name schon sagt, auszuruhen.“

„Irgendwie tun sie mir leid“, murmelte Ben.

„Mir tut jedes Lebewesen leid, welches Litizia je zu Gesicht bekommen hat“, sagte Simonu spöttisch und schmunzelte. „Spaß beiseite, wir sollten uns nun mit wichtigeren Dingen beschäftigen. Ich habe euch beiden je ein Kostüm der Kapuzenträger beiseitelegen lassen. Diese zieht ihr sicherheitshalber an.“

Zögernd starrte Ben seinen Meister an, doch dieser zog den dunklen Stoff schon über seinen Kopf. Ben tat es ihm gleich, auch wenn er sich ziemlich unwohl darin fühlte. Die Ärmel waren weit geschnitten und erinnerten an Fledermausarme. An Stoff hatten die verantwortlichen Schneider nicht gespart. Die Kleidung fiel dem Jungen locker über seinen schlanken Körper. Seine kräftigen Oberarme sahen durch diese Tarnung nahezu jämmerlich schwach aus. Bei Kumbold hingegen wirkte die Kostümierung etwas anders. Über dem voluminösen Bauch spannte der Stoff. Grinsend fuhr er sich über die Wölbung. Ben zog sich derweilen die Kapuze über den Kopf. In dem Anzug fühlte er sich beinahe selbst wie einer der Sklaven, die jeden Tag im Gleichschritt ihrer Gruppe folgten.

„Ihr seht zum Fürchten aus“, sagte Simonu und gab jedem zum Abschied ein grünlich schimmerndes Fläschchen. „Ein kleines Allzweckmittel.“ Die beiden Helden in Kapuzenkostümierung nahmen das Geschenk dankend an und verabschiedeten sich von dem Greis.

Sie liefen einen schmalen, unbefestigten Weg entlang, der das Ende vorerst noch nicht zu erkennen gab. Im Schatten der Häuser kamen sie unbemerkt voran. Noch hatte Ben keine Angst. Solange sein Meister vor ihm herlief, hatte er nichts zu befürchten, auch wenn die unangenehme Kälte ihm in den Mantel kroch und seine

Haut streichelte. Er nahm seine Hände vor den Mund und hauchte mehrmals hinein. Erst als sie wieder etwas Wärme getankt hatten, nahm er sie wieder weg und ließ sie unter den Fledermausärmeln verschwinden.

„Dieses Kostüm ist wirklich eine Mogelpackung“, dachte Ben. Er hatte angenommen, dass der Stoff warm hielt, aber da hatte er sich getäuscht. Durch jede offene Stelle drang kalte Luft und ließ Bens Körper erzittern.

Ihre Schuhe rutschten auf dem steinigen Sandweg. Mehrmals musste Ben sich an dem Mantel seines Meisters festkrallen, um nicht auf den Boden zu plumpsen. Dieser Trampelpfad war für ungeübte Wanderer ein wahrer Stolperpfad.

„Du musst besser aufpassen“, flüsterte Kumbold und schaute mit ernstem Gesichtsausdruck Richtung Himmel.

„Ich weiß“, sagte Ben, bevor er gänzlich hinflog. Er war auf einer weichen Stelle ausgerutscht, wo seine Schuhe nicht mehr greifen konnten.

„Ist alles in Ordnung?“

„Ja.“

Im Inneren des Hauses, vor dem sie gerade pausierten, hörten sie aufgeregte Stimmen. „Da draußen ist jemand“, sagte einer.

„Sollen wir Litizia informieren?“, fragte ein anderer.

„Wenn wir es nicht tun und eventuell ein Unbefugter dort die Straße entlangläuft, könnten wir mächtig Ärger bekommen.“

„Ja. Wir müssen tun, was Litizia uns befiehlt. Läute die Glocke, Ringel.“

Kurz darauf ertönte ein ohrenbetäubender Lärm. Für einen kurzen Moment schien Ben das Herz stehen zu bleiben und er hielt den Atem an. Er hörte die Kapuzenträger unruhig hin und her laufen. Sie schienen ihre Behausungen zu verlassen.

„Los, schnell. Wir müssen uns beeilen“, sagte Kumbold und zog seinen Lehrling hinter sich her. „Wenn Litizia jetzt aus dem Schloss kommt, haben wir einen kurzen Vorsprung, um ungesehen hineinzugelangen.“

„Okay“, japste Ben und eilte mit großen Schritten dem Meister hinterher.

Der Lärm wurde leiser und der Weg immer steiler. Geschwind kletterten sie einen Berghang hinauf. Ben drehte sich um und konnte in der Ferne leuchtende Fackeln erkennen, die in der ganzen Stadt verteilt zu sein schienen. Er schluckte und schaute wieder nach oben. Kumbold war schon angelangt und streckte dem Lehrling seine Hand entgegen. Ben wurde mit einer unmenschlichen Kraft nach oben gezogen.

Auf der Anhöhe wehte ein luftiger Wind. Dieser kroch eisig kalt unter den Mantel, glättete die Falten des Stoffes und wölbte ihn auf, sodass Ben aussah wie ein Windbeutel. Ein Windbeutel, der zu lange gebacken worden und so schwarz wie Ruß war.

Flugs gingen sie weiter. Das imponierende Gebäude vor ihnen wurde immer größer und einschüchternder. Es sah tatsächlich so geschmacklos aus, wie Kumbold es beschrieben hatte. Wenn man an Schlösser denkt, hat man Prunk, Reichtum und Schönheit vor Augen. Das Gebilde vor ihnen war das komplette Gegenteil. Es war schlicht, dreckig und heruntergekommen. Das Gebäude war tatsächlich nur ein lieblos hingestellter Kasten. Es sah so aus wie eine in die Jahre gekommene Blechkiste, die man höchstens dafür nutzte, um sie mit Farbtöpfen oder Werkzeugen zu füllen, um diese dann in die hinterste und dunkelste Ecke des Kellers zu verfrachten. Als Dekoration würde man so etwas sicherlich nicht in die Wohnstube stellen.

„Das würde ich auch nicht. Litizia hingegen ließ sich von einem solchen Werkskasten animieren und befahl ihren Kapuzenträgern, ein solch scheußliches Teil zu bauen", flüsterte Kumbold und lachte leise. „Manche Menschen kann man allein durch ihre Vorlieben einschätzen. Litizias Vorliebe zu abstoßend hässlichen Gebäuden lässt sie als Person nicht gerade freundlich erscheinen", überlegte Ben.

Sie schlichen um das Gebäude herum und fanden einen Seiteneingang, der genauso Furcht einflößend aussah wie schon das ganze Schloss. Die Tür war rabenschwarz und hatte die Form eines Schwertes. Die Personen, die tagaus, tagein durchmarschierten, mussten von schlanker Gestalt sein, andernfalls würden sie nur mit Hängen und Würgen hineinkommen. Ben schlüpfte durch den Eingang und schaute sich nach seinem Gefährten um.

„Du, Ben. Ich weiß nicht, ob ich das schaffe", murmelte Kumbold und fuhr sich über seinen dicken Bauch. Er trat seitwärts mit einem Schritt in das Haus hinein und versuchte dann, seinen Bauch durch die Öffnung zu quetschen. Er stöhnte und prustete.

„Doch. Du musst das schaffen", keuchte Ben. Von innen nahm der Junge die Hand seines Meisters und zerrte wie ein Verrückter.

Kumbold passte nicht hinein. Er war einfach zu groß und zu kräftig. Mit traurigen Augen schaute er zu seinem Lehrling und tätschelte ihm den Kopf. „Ab jetzt musst du alleine gehen", sagte er. „Du musst bis in ihr Schlafgemach kommen. Dort vermuten wir ihren Schlüssel. Ganz sicher sind wir aber nicht. Falls irgendetwas schiefgehen sollte, egal was, trink aus dem Fläschchen und du wirst Hilfe bekommen. Versprich mir das, Ben."

„Ich verspreche es."

„Und tu nichts Gewagtes ... Auch wenn diese Aktion vermutlich schon das Gewagteste ist, was man in seinem Leben nur machen kann. Pass auf dich auf, mein Junge."

Entdeckt

Ben blickte ihm einen kurzen Moment nach, sah, dass das Zentrum der Stadt voll leuchtender Fackeln war, und drehte sich dann zu dem Raum um, in dem er sich befand. Er schluckte und sprach sich innerlich Mut zu. „Ich schaffe das. Ich schaffe das. Ich schaffe das."

Langsam setzte er einen Fuß vor den anderen und gelangte so an das Ende des dunklen Raumes. Eine Tür stand einen Spalt weit offen und er schaute neugierig hindurch. Hinter dieser Tür verbarg sich ein schwach beleuchteter Gang. Mehrere Fackeln hingen an den rußigen Wänden und beleuchteten den Weg.

Bedächtig öffnete er die Tür, die sich mit einem aggressiven Quietschen öffnete. Es hörte sich an, als ob jemand mit seinem Fingernagel eine Gitarrensaite von unten nach oben hinaufkratzte. Angsterfüllt drehte Ben den Kopf nach links und nach rechts und versicherte sich mehrmals, ob sich auch niemand in diesem Gang befand. Pedantisch drehte er sich um, schaute nach vorne, wieder nach rechts und links. Diese Prozedur wiederholte er, bis der Gang eine Kurve nach rechts machte. Er presste sich wie ein Rochen an die Aquariumscheibe an die Wand und setzte einen Fuß langsam neben den anderen. Seine Finger tasteten sich vorwärts und griffen in die vor Kälte eingerissenen Schlitze, um sich darin für einen kurzen Augenblick festzukrallen. Mehrmals fasste der Junge in irgendwelche, undefinierbaren Dinger, die sich teilweise matschig oder labbrig anfühlten. „Iiih", fluchte er in leisem Flüsterton.

Dann war die Kurve geschafft. Er schaute sich abermals peinlich genau überall um. Niemand war zu hören oder zu sehen. Dann schlich er weiter.

Über sich nahm er dumpfe Schritte wahr. Jemand musste sich im ersten Stockwerk befinden, nahm er an und schaute besorgt Richtung Decke. Riesig große Spinnennetze waren dort aufgespannt und behaarte Langbeiner schauten ihn von oben amüsiert an. Ben verzog das Gesicht und schaute nach vorn.

„Bloß nicht mehr nach oben gucken“, sagte er sich.

Die dumpfen Schritte wurden schneller und lauter. Dann verschwanden sie wieder. Seltsam. Die Wachen waren vermutlich schon informiert, dass sich Unbefugte in Liti-Town aufhielten. Ben durfte keine Zeit verlieren. Übereilt durfte er aber auch nicht handeln.

Er erreichte eine krumme Steintreppe. Ben schluckte und schaute nach oben. Am Ende der Treppe musste sich eine Luke befinden, die man mit der Hand öffnen konnte. Denn in der Ferne sah er ein schwaches Licht. Na toll. Auffälliger konnte man natürlich nicht ins Schloss spazieren. Der Junge ging vorsichtig die Treppen nach oben. Seine Finger krallten sich panisch in die benachbarten Wände, um sich wenigstens etwas vor der Gefahr des Herunterfallens zu schützen. Ein Geländer gab es natürlich nicht, und dass Ben eine unglaubliche Höhenangst hatte, war in dieser Situation nicht gerade hilfreich.

Er wollte am liebsten die Augen zukneifen, um die Tiefe nicht wahrnehmen zu müssen. Doch dann würde er die Treppenstufen nicht treffen oder er würde hängen bleiben. Irgendetwas würde ihm passieren, das war bei Bens Talent meist vorprogrammiert.

Mittlerweile hatte er die Hälfte geschafft und er legte kurz eine Verschnaufpause ein. Schweiß rann ihm in Bächen über das Gesicht und er atmete schwer. Ihm wurde schwindelig bei dem Gedanken, dass er sich mittlerweile drei oder vier Meter über dem Boden auf einer ungesicherten Treppe befand. Er wischte sich mit dem Fledermausärmel über die Stirn und holte tief Luft, bevor er seinen Weg fortsetzte. Mit einem Stöhnen erreichte er die oberste Treppenstufe und streckte seinen Arm aus, um die Luke zu öffnen.

Verblüfft stellte er fest, dass gar keine Luke existierte. Seine Hand fühlte zwar einen hölzernen Gegenstand, dieser befand sich aber vermutlich in einer Höhe von vierzig Zentimetern über dem zweiten Erdgeschoss.

„Vielleicht eine Bühne?“, überlegte er und zog sich langsam nach oben. Tatsächlich kroch Ben auf dem Rücken, weil sich über ihm die hölzerne Decke befand. Er erkannte aus dieser Position, dass er in einem Zimmer war, welches in einem pinken Ton gestrichen worden war. Der Boden, auf dem er lag, war plüschig weich und unglaublich bequem. Er musste sich in einem Wohnzimmer oder auch Schlafgemach befinden.

Vorsichtig lugte er unter seinem Versteck hervor und versicherte sich, dass sich niemand in dem Raum befand. Übergenau schaute er sich nach allen Seiten um. Dann stand er sprachlos in dem Zimmer. Wohin sein Auge auch blickte – alles war pink! Und die angenommene Bühne entpuppte sich als Bett, welches voll mit Teddybären und Puppen war. Ein großer, runder Spiegel hing direkt über einer hübschen Kommode, die vermutlich jedem Mädchen, welches Wert auf ein wenig Prinzessinnenfeeling legte, gefallen würde. Die Kommode bestand eigentlich nur aus zwei kleinen Schubladen. Vier längliche Sockel führten schwungvoll Richtung Boden. Egal, wer hier wohnte, es musste sich um eine Prinzessin handeln. Eine Prinzessin, die es bevorzugte, in einem so scheußlichen Haus zu wohnen wie in diesem hier.

Ben ließ sich auf den weichen Boden plumpsen. Seine Finger spielten mit den plüschigen Fransen, aus denen der Teppich bestand. Er blickte an die Decke, wo ein großer Kronleuchter hing, natürlich ebenfalls in Pink, der gleichmäßig hin und her wackelte. Die Kapuzenträger waren vermutlich noch immer auf der Suche nach ihm und liefen gerade im zweiten Stockwerk auf und ab.

Ben erschrak. Was machte er hier eigentlich? Er musste dringend weiter. Auch wenn es in diesem Zimmer nicht nötig war, schlich er auf Zehenspitzen an die pinke Tür und guckte durch das Schlüsselloch, welches eine Herzform hatte. Erschrocken presste er sich die Hand vor den Mund. Denn gerade kam schnellen Schrittes Litizia auf ihn zu. Er schmiss sich auf den Boden und krabbelte zu seinem alten Versteck.

„Ist dieses pinke Zimmer denn Litizias?“, überlegte der Junge. „Das passte ja überhaupt nicht zusammen.“

„Diese unfähigen Idioten“, schimpfte Litizia und ließ sich auf das Bett fallen. Kuscheltiere flogen daraufhin in ihrem ganzen Zimmer herum. „Da gibt man ihnen einmal die Möglichkeit, sich an ihrem Ruhetag frei zu bewegen, mit der Bedingung, nach demjenigen Ausschau zu halten, der sich unbefugt hier aufhalten soll, und dann vergeigen sie es. Von wegen es läuft hier jemand Unbefugtes herum, das haben sie sich nur ausgedacht, um ihren Tag heute frei in der Stadt zu verbringen. Diese Idioten. Meinen Ruhetag jedenfalls haben sie versaut.“

Dann fing sie an zu schnarchen und Ben stieß innerlich einen Freudenschrei aus. Das musste bedeuten, dass Litizia nicht weiter nach ihm suchen ließ! Auch wenn er noch immer in einer brenzligen Lage war, hatte er neue Hoffnung schöpfen können. Er würde warten, bis Litizia wieder aufgestanden war, um dann weiter im Schloss nach dem Schlüssel zu suchen, das hieß ... Plötzlich fiel Ben wieder ein, was Kumbold ihm gesagt hatte. Sie vermuteten den Schlüssel in dem Schlafzimmer von Litizia. Vielleicht trug sie ihn sogar bei sich und wann kam man besser an jemanden heran, als wenn dieser schlief?

Langsam krabbelte Ben aus seinem Versteck und schaute von unten Litizia an, die in dem Licht und ohne die dunkle Kapuze gar nicht so Furcht einflößend aussah. Sie wirkte beinahe hübsch und verletzlich. Doch von dieser Erkenntnis durfte sich der Junge nicht beeinflussen lassen. Diese Frau war bösartig, hatte seine Freunde als Geiseln genommen und gestern einen der Kapuzenträger getötet, nur weil dieser über sie geschimpft hatte. Sein Blick wanderte zu dem Armband an ihrem Handgelenk, an dem tatsächlich ein Schlüssel hing. „Sollte das schon alles gewesen sein?", fragte sich der Junge und langte begierig nach dem glitzernden Metall.

In dem Moment schnarchte Litizia ungewöhnlich laut, beinahe so, als würde sie gleich aufwachen. Dann drehte sie sich. Ben atmete erleichtert auf und beugte sich vorsichtig über die Hexe. Der Verschluss des Armbandes war leicht zu öffnen, auch wenn der Schweiß Ben schon wieder in Strömen über das Gesicht lief. Zum einen musste er so leise wie nur möglich arbeiten und zum anderen musste er in einer ungünstigen Lage sein Gleichgewicht halten. Es knackte und Ben versteckte den Schlüsselbund in seiner Hosentasche, die sich unter dem Kapuzenmantel befand. Er stöhnte und strahlte zugleich und rutschte unter das Bett. Bevor er allerdings die Luke erreichte, hielt ihn etwas zurück. Litizia war erwacht und umklammerte seine Füße.

„Na, wen haben wir denn da?", fragte sie und lachte. „Dich kenne ich von irgendwoher." Dann zog sie ihn unter ihrem Bett hervor. „Schick hast du dich gemacht, aber doch nicht extra für mich?" Das unschuldige Gesicht der schlafenden Litizia war verschwunden und das bösartige kam zum Vorschein. „Was mache ich jetzt nur mit dir?"

Resa im Chatfieber

Als sich Resa von Simone verabschiedet hatte, rannte sie geschwind die Straße entlang. So schnell war sie schon lange nicht mehr gelaufen und dementsprechend schnaufend erreichte sie ihr Zuhause. Stöhnend stand sie vor der Haustür und versuchte, aus ihrer Handtasche den Schlüsselbund herauszufischen. Sie öffnete den Reißverschluss der Seitentasche und kramte darin herum. Sie ertastete so einiges. Benutzte Taschentücher, zerknitterte Werbezettel und altes Kaugummipapier – aber keinen Schlüssel. Hektisch wühlte sie in der nächsten Seitentasche und zog neben Tampons noch Lippenstifte und uralte Fahrkarten heraus. Entrüstet schüttelte sie ihren Kopf. Sie wusste gar nicht, dass sie so viele Dinge in ihrer Handtasche aufbewahrte und vor allem hätte sie niemals gedacht, dass so viel hineinpasste. Kaum zu glauben, was sie so alles an unnötigem Gewicht mit sich herumtrug.

Doch noch immer hatte sie den blöden Haustürschlüssel nicht gefunden. Kurz danach hatte Resa die Nase voll und stülpte ihre Tasche um. Sie hielt sie so Richtung Boden, dass der ganze Inhalt herausplumpste. Vor ihren Füßen offenbarte sich eine Ausstattung für beinahe zwei Tage. Neben Kosmetikprodukten fielen auch zwei T-Shirts, eine kurze Hose, Unterwäsche und ein Regenschirm heraus. Und zwischen all den Sachen lugte schließlich ihr Schlüsselbund hervor. Sofort stürzte sich Resa auf das glitzernde Metall und steckte es in das dafür vorgesehene Loch. Dann griff sie in den großen Kleiderhaufen vor sich und schmiss ihn auf die Kommode. Eine Socke fiel herunter, aber das störte die sonst so ordnungsbewusste Frau gerade gar nicht. Sie hatte Wichtigeres zu tun und flitzte im Eiltempo die Treppen nach oben ins Büro.

Dort angekommen fuhr sie den Computer hoch. Denn sie musste unbedingt herausfinden, was es mit Ventya auf sich hatte. Die Rechenmaschine brauchte Ewigkeiten und Resa klopfte ungeduldig mit ihren Fingernägeln auf die Arbeitsplatte.

„Geht es nicht noch langsamer“, schimpfte sie und drückte eine Taste. Doch noch immer war der Startbildschirm nicht zu sehen. „Ich schmeiß dich noch weg, wenn du nicht sofort richtig hochfährst“, drohte sie.

Sie wusste, dass es sinnlos war, auf seinen Computer einzureden, und eigentlich war ihr Verhalten auch mehr als peinlich. Hätte sie jemand dabei beobachtet, wie sie mit ihrem Bildschirm sprach, hätte der sie womöglich für eine Irre gehalten. Und vielleicht hätte dieser auch gar nicht so unrecht gehabt. Was erhoffte sie sich davon, mehr über Ventya zu erfahren? Wer weiß, vielleicht gab es dieses Land noch nicht einmal. Sie hatte Georg ja gesehen. Er war kaum ansprechbar und lebte nur noch in seiner fiktiven Welt.

Ihr Startbildschirm erschien mit einem nervigen Klingelton und sie klatschte freudig in die Hände. Na endlich. Doch als sie auf das Internetsymbol klickte, öffneten sich kein Browser und auch keine Suchleiste. Wütend klickte Resa nochmals auf das Symbol und noch einmal. Die Tasten gaben ein beängstigendes Ächzen von sich. Aber das war Resa in dem Moment egal. Sie war in Fahrt und würde nicht eher damit aufhören, auf ihre Tastatur zu trommeln, ehe sich nicht das gewünschte Fenster öffnete. Neben ihrem Pfeil erschien eine Sanduhr und signalisierte ihr, unbedingt zu warten. Andererseits könnte ihr antiker Computer hängen bleiben.

„Du bist so was von ...“, tobte Resa. Weiter kam sie nicht, denn vor ihr erschien ein kleines graues Kästchen.

Das Programm reagiert nicht mehr. Sofort beenden?

„Das war ja klar. Will man einmal an das elektronische Teil, funktioniert es nicht.“ Sie klickte auf *Sofort beenden* und musste mit ansehen, wie der Internetbrowser, der nicht richtig reagierte, wieder geschlossen wurde. Na toll.

„Liebster Computer ...“, versuchte sie es nun erneut auf andere Art und Weise. Dabei strich sie über den Rechner und sprach ihm Mut zu. Vielleicht half ja das? Natürlich wusste sie, dass das nichts bringen würde, aber es würde vielleicht ihr helfen, sich zu beherrschen. Und schon jetzt merkte sie, wie abhängig sie von dem Teil wurde. Denn ohne den Computer würde sie nichts über Ventya erfahren.

„So. So langsam müsstest du es aber geschafft haben“, sagte sie und schaute auf ihre Armbanduhr. Zwanzig Minuten dauerte der

Prozess schon. Viel zu lange. Doch plötzlich erschien ein weiteres Fenster und zeigte ihr an, dass die Updates erfolgreich heruntergeladen worden waren.

„Das wollte ich aber nicht", wunderte sich Resa, dachte aber nicht weiter darüber nach. Sie hatte eben ein eigenwilliges Gerät, das machte, was es wollte. Doch nun war Resa an der Reihe. Der Internet-Browser öffnete sich problemlos und sie tippte *Ventya* in das Suchfenster ein. Sie fand eine Seite, die ausführlich über diese Welt berichtete. Gespannt las Resa alle Rubriken durch.

Was ist Ventya?
Ventya ist wohl eines der beliebtesten Reiseziele der Welt. Doch anders als bei den meisten Urlaubszielen ist es nicht für alle Reisenden buchbar. Denn Ventya ist ein magischer Ort, zu dem man nur mit Zauberei gelangen kann. Die einen fliegen mit einem Teppich in das Land der Träume, andere erreichen es durch Boote, die von einem Strudel gefangen genommen werden. Es gibt vermutlich Tausende von Möglichkeiten und jeder Reisende hat seinen eigenen, persönlichen Weg.

Wer lebt in Ventya?
In dem Land leben Fabelwesen, die man eigentlich nur aus Büchern kennt. Und wer jetzt behauptet, dass das alles überhaupt nicht stimme, der hat keine Ahnung. Menschen, die nicht mehr an Elfen, Kobolde und Zwerge glauben, werden in der wunderbaren Welt von Ventya eines Besseren belehrt. Denn in diesem Land gibt es nichts, was es nicht gibt.

Woher ich das alles weiß?
Nun, ich spreche aus Erfahrung, denn ich selbst bin schon dort gewesen und durfte mir ein Bild von dem beliebtesten Reiseziel der Welt machen. Und das ist es tatsächlich. Ich würde untertreiben, wenn ich behaupten würde, dass es ein besseres gäbe.

Fasziniert von dem Inhalt dieser Website merkte Resa gar nicht, wie schnell die Zeit verging. Sie saß schon mehrere Stunden vor der Kiste und nahm nicht wahr, wie ihre Augen müde wurden und angestrengt auf den hellen Bildschirm starrten. „Wer ist der Verantwortliche für diese Internetseite?", fragte sie sich und suchte nach dem Impressum. Ihr stockte fast der Atem, als sie den Namen Georgs las.

Was ist das Besondere an Ventya?
In Ventya darf jeder leben, ob klein oder groß, dick oder dünn. Charaktereigenschaften spielen keine Rolle. Wichtig ist die Einstellung zu den Mitmenschen. In Ventya gibt es keine Machtverhältnisse. Es gibt keinen Nachbarschaftsstreit und auch keinen Konkurrenzkampf, denn in der wunderbaren Welt der Fabelwesen lernt jeder von jedem. Es ist ein Geben und ein Nehmen. Und was will man mehr? Schließlich möchte der Mensch so respektiert werden, wie er ist.

Vielleicht sitzt der ein oder andere Internetsurfer jetzt verwirrt vor dem Bildschirm und fragt sich, was ich, Georg, damit eigentlich sagen möchte. Aber überlegt doch mal! Denkt an euren Wohnort, an den Arbeitsplatz oder an die Schule, an euer Hobby. Seid ihr mit allem zufrieden? Oder seid ihr sogar diejenigen, die anderen Menschen das Leben schwer machen? Das Leben ist zu schön, um Dinge einfach so hinzunehmen, wie sie sind. Jeder Mensch sollte das Leben genießen können.

Resa schluckte und merkte, wie emotional sie auf das Geschriebene reagierte. Einen solchen Text hätte sie Georg gar nicht zugetraut. Sie konnte verstehen, in welche Richtung seine Unzufriedenheit ging. Sie richtete sich an seinen eigenen Vater, der das Leben seiner Mutter und das seinige mächtig auf den Kopf gestellt hatte. Thorsten hingegen hatte sich ein neues aufgebaut, mit einer neuen Frau und einem neuen Kind. Seine alte Familie hatte er einfach sitzen lassen und nicht an die Folgen gedacht.

Aber es gab auch andere Ungerechtigkeiten – natürlich in unterschiedlichen Schweregraden. Schon allein, wenn ein Geschwisterkind etwas bekam, was das andere nicht erhielt, war Ärger vorprogrammiert. Sie dachte an ihre ältere Schwester, die damals von den Eltern ein Poesiealbum geschenkt bekommen hatte. Sie erinnerte sich, wie sauer sie auf Natalia war. Dabei konnte sie noch nicht einmal schreiben. Aber allein die Tatsache, dass ihre Schwester etwas bekam und sie nicht, störte die damals sechsjährige Resa:

„Gib es mir zurück. Sofort", brüllte Natalia und rannte wie eine Furie hinter ihrer kleinen Schwester her.

„Nein", sagte diese und drückte das Poesiealbum fest an ihren Bauch. „Ich möchte auch so eins haben."

„Aber du weißt doch noch nicht einmal, was das ist."

„Das ist nicht wichtig. Mir gefällt das Buch einfach." Mit glasigen Augen betrachtete Resa das Cover und strich vorsichtig darüber. Ein pinkfarbenes Einhorn lächelte sie an.

„Mir gefällt es auch. Sehr sogar. Und da wir gerade dabei sind: Es gehört noch immer mir. Gib es mir zurück. Oder ich hole Mama!", schrie Natalia.

Mittlerweile rannten die Kinder die Treppe hoch. Es fehlten nur noch einige Meter, dann würde Resa in ihrem Kinderzimmer sein. Dann könnte sie sich darin einschließen und niemals wieder herausgehen. Natalia war aber schneller und stupste sie mit einer Hand an der Schulter an.

„Ich habe dich. Ergib dich", schnaufte sie.

„Nein", sagte Resa und schüttelte ihren lockigen Engelskopf.

„Mama, Papa!", jammerte Natalia.

„Was ist denn?", rief die Mutter von unten.

„Resa hat mir mein Poesiealbum weggenommen." Jetzt heulte sie, nicht nur wegen ihres gemopsten Buches, sondern auch, weil sie wusste, dass die Eltern meist alarmiert zu ihr gelaufen kamen. Aus Angst, dem Kind könnte etwas passiert sein. Und so kamen sie auch diesmal. Beide eilten die Treppen nach oben und sahen die Streithähne an. Auch Resa weinte mittlerweile.

„Was ist hier los?", fragte der Vater.

„Das Poesiealbum", schluchzte Natalia und zeigte mit ihrem Finger auf Resa, die das Buch noch immer fest umklammerte.

„Resa, du weißt doch, dass das Poesiealbum deiner Schwester gehört, oder?", fragte die Mutter ruhig. Resa nickte und drückte das Buch noch fester an ihren Bauch.

„Ich will auch so eins", verkündete sie.

„Du bekommst so eins, sobald du schreiben kannst", sagte der Vater und überreichte Natalia das Buch. „Aber weißt du, was du heute schon machen darfst?" Resa schüttelte den Kopf. „Wenn deine Schwester nichts dagegen hat, darfst du heute den ersten Eintrag in das Poesiealbum machen. Na, wie findest du das?" Schlagartig verwandelte sich Resas trauriges Gesicht in ein fröhliches. Noch heute zeigte Natalia das Poesiealbum bei Familienfeiern herum. Und jedes Mal, wenn Resa ihre Seite anschaute, musste sie lachen. Ulkige Strichmännchen mit Blumen in den Händen grinsten sie dann an.

„Ach ja", seufzte Resa gedankenversunken. Dann wanderte ihr Blick wieder auf die Internetseite.

Die Legende von Ventya / Die Legende von Lucastadt

Schon seit Hunderten von Jahren existiert die Legende von Lucastadt. Die meisten Einwohner kennen diese: Ein junges Mädchen soll damals zu der Insel inmitten von Lucastadt gefahren sein. Ob sie je dort angekommen ist, weiß niemand so genau. Tatsache ist, dass sie spurlos verschwand und nie wieder entdeckt wurde. Viele Menschen glauben, dass das Mädchen ertrunken ist und ihr Geist noch heute auf der Insel herumschwirrt. Und dann gibt es andere, die denken, dass sie bis heute in Ventya lebt. Kaum zu glauben, aber wahr. Und ich möchte euch an dieser Stelle noch einmal daran erinnern, dass ich aus Erfahrung spreche. Deshalb kann ich euch versichern, dass dieses Mädchen noch existiert. Ich habe es mit eigenen Augen gesehen.

Die Menschen in Lucastadt erzählen sich, dass das junge Fräulein sehr arm gewesen sein soll. Seine Familie hatte es nur mit wenig Aufmerksamkeit bedacht, denn alle schufteten Tag und Nacht auf ihrem Hof. Lisa, so soll das Mädchen geheißen haben, lernte eines Tages einen jungen Mann kennen, in den sie sich verliebte. Doch auch in der Liebe schien sie kein Glück zu haben, denn ihre Eltern verweigerten eine Eheschließung. Lisa sollte im trauten Heim bleiben und den Eltern zur Hand gehen. Schließlich hatte sie noch sechs jüngere Geschwister, die versorgt werden mussten.

Mit dieser Situation war Lisa nicht zufrieden. Sie fand alles ungerecht. Sie fand es ungerecht, dass ihre Freundinnen heiraten durften. Sie fand es ungerecht, dass auch ihre Geschwister irgendwann heiraten durften. Nur sie würde dann niemanden mehr finden können, wenn ihre Geschwister alt genug wären. Die ganze Welt war für sie einfach nur unfair.

Eines Tages ruderte sie dann zu der Insel im Lucasee und das Unglück begann. Was die Menschen hier in Lucastadt aber nicht wissen, ist, dass Lisa sich in Ventya ihren ganz persönlichen Wohnsitz aufgebaut hat. Heute lebt sie in einem Schloss. Die Bewohner von Ventya fürchten sich vor ihr. Denn aus der lieben Lisa wurde eine böse Hexe, die sich Litizia nennt. Dabei kann man das Verhalten von Litizia oder Lisa relativ leicht analysieren. Alles, was sich Lisa damals gewünscht hatte, war, so respektiert zu werden, wie sie war. Sie wollte den Mann heiraten, den sie liebte. Aber nichts, was sie sich wünschte, wurde ihr erfüllt. Sie musste eine Rolle spielen, die sie nicht spielen wollte. Jahrelang bestand ihre Aufgabe im Kinderhüten, während ihre Freundinnen sich mit anderen Dingen vergnügten. Sie lernten stricken und nähen, all die Dinge, die man als gute Ehefrau beherrschen musste. Und Lisa lernte nichts davon. Sie lernte, das Leben einfach permanent so hinzunehmen.

In Ventya hat Litizia nun das geschafft, was sie sich immer gewünscht hat: ein eigenes Leben aufzubauen, mit Dienern, die ihr jeden Wunsch erfüllen. Doch was ist nur mit dem lieben Mädchen passiert? Vermutlich dachte sie, dass man mit einer netten Art nicht weit kommt im Leben. Mit einem schroffen Ton befiehlt sie nun ihren Dienern, die schöne Welt von Ventya zu einer kalten und tristen umzugestalten. Sie will es zu ihrer eigenen Welt machen.

Resa stand der Mund sperrangelweit auf. Konnte diese Geschichte stimmen? Oder dachte sich Georg das alles nur aus? Sie griff nach dem Telefon und wählte Simones Nummer. Es tutete ziemlich lange, bis eine verschlafene Stimme „Meyer?“ murmelte.

„Hallo Simone. Du, darf ich mal Georg sprechen?“

„Um diese Uhrzeit? Resa, es ist drei Uhr morgens!“

„Was?“ Vor Schreck ließ Resa fast das Telefon aus ihrer Hand fallen. „Das kann nicht sein!“

„Was gibt es denn so Dringendes?“

„Es geht um Ventya.“

Am anderen Ende hörte sie ein verächtliches Schnaufen. „Bitte Resa. Dieses Land ist nicht real. Du siehst doch, was es aus Georg gemacht hat. Und auch du scheinst gerade jedes Zeitgefühl verloren zu haben. Leg dich schlafen.“

„Tut mir leid", sagte Resa, als sie nach einem prüfenden Blick auf ihre Armbanduhr feststellen musste, dass es tatsächlich schon drei Uhr morgens war. „Ich muss die Zeit vergessen haben."

„Ich rufe dich morgen früh, äh, heute noch einmal an, okay?", entgegnete Simone.

„Danke. Und noch mal Entschuldigung", flüsterte Resa. Dann legte sie auf. Noch immer summte ihr Computer vor sich hin. Die Belüftung schien nicht mehr ganz intakt. Das fiel Resa erst jetzt auf. Mit müden Augen starrte sie auf die Internetseite, die noch immer geöffnet war. Sie konnte und wollte jetzt noch nicht schlafen gehen. Ihr Blick fiel auf ein Chatsymbol. Vielleicht war ja noch jemand online, der mit ihr über Ventya sprechen konnte.

Ventyagirl: *Hallo? Ist noch jemand online?*
Computerfreak: *Jep.*
Ventyagirl: *Das ist ja super! Ich war heute das erste Mal auf dieser Seite und möchte unbedingt mehr über Ventya lernen.*
Computerfreak: *Freut mich. Was möchtest du wissen? Schieß los! Bin ganz Ohr.*
Ventyagirl: *Ist es möglich, dass man über mehrere Jahre in Ventya bleiben kann?*
Computerfreak: *Sicher. Worauf willste hinaus?*
Ventyagirl: *Kann es sein, dass mein Mann dort lebt?*
Computerfreak: *Möglich. Seit wann ist er verschwunden?*
Ventyagirl: *Seit acht Jahren.*
Computerfreak: *Das ist hart. Vielleicht weiß dein Mann nicht, wie er wieder zurückkommen kann. Bei mir war das relativ easy.*
Ventyagirl: *Soll das heißen, dass du schon in Ventya warst?*
Computerfreak: *Jep.*
Ventyagirl: *Das ist ja interessant. Bist du dann der Verantwortliche für diese Seite?*
Computerfreak: *Jep.*
Ventyagirl: *Das ist ja toll, mit dir wollte ich nämlich sprechen. Was genau hat es mit der Legende auf sich? Du beschreibst eine Litizia, die seit einigen Hundert Jahren ihr Unheil verbreitet. Andererseits beschreibst du eine dennoch so wundervolle Welt.*
Computerfreak: *Das ist richtig. Jeder, der je dorthin gelangen durfte, bekommt ne besondere Begabung. Der eine kann plötz-*

lich fliegen, der andere bekommt Zauberkräfte. Litizia wurde ne mächtige Hexe, und wenn du mich fragst: Ich denke, dass sie damit überfordert war. Denn mit Zauberkraft kann man sich schließlich jeden Wunsch erfüllen. Sie hätte sich das Leben aufbauen können, was sie leben wollte. Aber jetzt macht sie es anderen zur Hölle. Kannst du dir das erklären?

Ventyagirl: *Ehrlich gesagt, nicht. Litizia muss sehr verletzt worden sein.*

Computerfreak: *Eben, das glaub ich auch.*

Ventyagirl: *Aber woher weißt du das alles?*

Computerfreak: *Weil ich es schon selbst sehen durfte.*

Ventyagirl: *Das weiß ich schon. Aber was mich interessiert ist, wie du dort hingekommen bist. Wo bist du gelandet? Welche besonderen Kräfte hattest du?*

Computerfreak: *Das ist ne lange Geschichte. Hast du ein kleines bisschen Zeit?*

Ventyagirl: *Die ganze Nacht!*

Computerfreak: *Okay. Als sich meine Eltern scheiden ließen, zog mein Vater zu seiner neuen Frau und dem gemeinsamen Baby. Mit dieser Situation kam ich nicht wirklich klar. Ist ja auch eigentlich kein Wunder. Wer lässt sich schon gern auswechseln? Na ja, ich jedenfalls nicht. Du musst wissen, dass viele, die nach Ventya kommen, aus unterschiedlichen Welten kommen. Das heißt, dass viele schon eine besondere Begabung haben. Elfen zum Beispiel können bereits fliegen. Dafür haben sie die Begabung, anderen Lebewesen deren Gefühle aus dem Gesicht ablesen zu können. Tja, aber welche Besonderheit brachte nun ich mit? Ich kann gut mit neuer Technik umgehen, sitze ja täglich am PC. Und irgendwann passierte es. An einem Tag saß ich mal wieder vorm Computer, als ich eine E-Mail von meinem Vater bekam. Er schickte mir Fotos von seiner neuen Familie samt Kleinkind. Er dachte wohl, dass ich mich freuen würde, aber Tatsache war, dass er mich damit sehr verletzte. Um meinen Ärger ein wenig zu mildern, begann ich mit einem Projekt. Ich verunstaltete die Fotos und machte Karikaturen draus. Und plötzlich wurde ich in den PC gezogen und war in Ventya. Es hört sich irreal an, aber das war es nicht. Das musst du mir glauben!*

Ventyagirl: *Ich glaube dir. Wie ging es weiter?*

Computerfreak: *Ich kam also dorthin, wo technikbegabte Leute gebraucht wurden – zu Litizia. Plötzlich trug ich nen dunklen Anzug mit Kapuze. Ich musste zum Fürchten ausgesehen haben.*
Ventyagirl: *Und was hast du dort gemacht?*
Computerfreak: *Ich musste ein Überwachungssystem für Litizia einrichten. Denn auch wenn sie Zauberkräfte hat, kann sie nicht alles sehen, was in ihrem Reich passiert.*
Ventyagirl: *Das ist ja schrecklich!*
Computerfreak: *Das war es auch. Ich wollte nur noch weg. Und eines Tages war ich es dann auch, denn plötzlich saß ich wieder vor meinem Computer.*
Ventyagirl: *Wie lange warst du in Ventya?*
Computerfreak: *Etwa sieben Wochen. Meiner Mutter erzählte ich später, dass ich in der Zeit bei meinem Vater war. Und da sie keinen Kontakt zu ihm hat, glaubte sie mir. Ich sagte, dass ich meinen Halbbruder kennenlernen wollte.*
Ventyagirl: *Warum hast du ihr nicht die Wahrheit gesagt?*
Computerfreak: *Weil sie mir nicht geglaubt hätte. Ich hab es mal versucht, mit ihr über Ventya zu sprechen, und hab ihr beide Legenden erzählt. Aber sie hält es für Unsinn.*
Ventyagirl: *Dann hast du aber nur die schlechte Seite von Ventya kennengelernt, oder?*
Computerfreak: *Jep. Ich hab im Dunkelwald arbeiten müssen. Aber ich war nicht der Einzige mit schwarzem Umhang und Kapuze. Schließlich hat Litizia viele Untertanen und diese konnten mir einiges über das andere, richtige Ventya erzählen. Da möchte ich einmal hin.*
Ventyagirl: *Kann ich auch mal nach Ventya?*
Computerfreak: *Möglicherweise. Schließlich ist dein Mann vermutlich da. Aber ich habe keine Ahnung, wie du dort hinkommen kannst. Jeder hat seinen eigenen Weg.*
Ventyagirl: *Schade. Aber vielen Dank für deine Auskunft. Du warst mir eine große Hilfe!*
Computerfreak: *Hab ich gern gemacht.*
Ventyagirl: *Vielleicht ist mein Sohn auch in Ventya. Dazu erzähle ich dir morgen mehr. Jetzt muss ich erst einmal schlafen gehen. Gute Nacht!*
Computerfreak: *Okay. Mach mal. Dir auch gute Nacht! Bye*

Mit zittrigen Händen fuhr sich Resa über ihre müden Augen. Mittlerweile war es fünf Uhr morgens. Ihr Körper schrie regelrecht nach einem Bett. Schlaftrunken wankte sie Richtung Badezimmer und schaute in den Spiegel. Sie schrak zusammen. Ihr zeigte sich ein schreckliches Bild. Sie konnte sich kaum wiedererkennen. Ihr Gesicht war blass und unter ihren Augen waren tiefe Furchen. Sie kniff sie zusammen und schüttelte den Kopf. „Bloß nicht in den Spiegel sehen", dachte sie und schlurfte ins Schlafzimmer. Sie hatte sich nicht einmal die Zähne geputzt. Aber das störte sie in dem Moment nicht. Sie ließ sich erschöpft ins Bett fallen und schlief sofort und in Alltagskleidung ein.

Nein!

„Ich habe einen passenden Ort für jemanden wie dich bauen lassen. Dort bringe ich dich jetzt hin“, sagte Litizia und lachte.

„Einen Ort, der vermutlich alles andere als rosig ist, nicht so wie dieses Zimmer. Ein Ort, der vermutlich Gitterstäbe vor Fenstern und Türen hat“, dachte der Junge und schauderte. Sein Herz pochte laut und seine Luftröhre schien sich zu verschließen. Er schnappte nach Atem. Sein ganzer Körper war angespannt und kerzengerade wie ein Brett. Litizia schritt anmutig durch das Zimmer und strich mit ihren knorrigen Händen über die Kommode.

„Doch mit was fessele ich dich nur?“, fragte sie sich.

Ben wurde immer mulmiger zumute. Mit welchen Methoden würde Litizia ihn bestrafen? Er dachte an Foltermethoden, die er sich zusammen mit seiner Schulklasse mal in einem Museum angeschaut hatte. Da waren die entsetzlichen Stühle mit den spitzen Nägeln gewesen, auf dem die Verurteilten festgebunden wurden. Diese Nägel bohrten sich durch Fleisch und Blut und verletzten die Angeklagten immens.

Ben schluckte. Dann gab es noch die Seile, mit denen die Beschuldigten erhängt wurden. Der Junge versuchte, den Brechreiz zu unterdrücken, der ihn plötzlich quälte. Doch mit seinen schlimmen Gedanken konnte er einfach nicht aufhören und das verbesserte natürlich nicht gerade seine Gemütslage. Er erinnerte sich an Wassermethoden, mit denen überprüft werden sollte, ob Angeklagte Hexen waren oder nicht. Entweder man überlebte und schaffte es, mehrere Minuten unter Wasser die Luft anzuhalten, und wurde später als Hexe verbrannt oder man starb sofort. Grausam.

Er würgte und sein Mund füllte sich mit Erbrochenem. Sein Körper neigte sich beinahe automatisch nach vorne. Seine rechte Hand presste er fest auf den Mund, mit der anderen wühlte er hektisch in seiner Hosentasche. Er brauchte dringend ein Taschentuch. Allerdings waren seine Taschen leer. Es war kein Taschentuch zu finden und das Erbrochene in seinem Mund drückte auffordernd gegen seine Lippen, die er fest zusammenkniff. Ihm war elend zumute.

„Was ist?“, fragte Litizia und schaute ihn amüsiert an. „Falls du deinen Mageninhalt auf meinem schönen pinken Boden ausbreiten solltest, dann gnade dir Gott!“

Ben hielt die Luft an und schluckte. Es war entsetzlich und einfach ekelhaft. Er verzog sein Gesicht. Schweiß rann ihm von der Stirn und von seinen Achseln. Er schnappte nach Luft und schluckte wieder, versuchte, an etwas Schöneres zu denken. Dann kam ihm die Erinnerung an seinen letzten Strandurlaub mit seiner Mutter.

Der Sandboden war heiß und Ben hüpfte von einem Fuß auf den anderen, um bis zu der Stelle zu gelangen, an der sie immer ihren Sonnenschirm und ihre Liegen aufstellten. „Heiß, heiß, heiß“, sagte er und biss sich auf die Lippe.

Resa grinste. „Zieh dir doch deine Sandalen an“, meinte sie und zeigte auf ihre Schuhe.

„Ach nö. Das rentiert sich kaum. Ich ziehe sie sowieso gleich wieder aus und so heiß ist es nun auch wieder ... Au!“

Seine Mutter lachte bei dem Anblick ihres Sohnes. Es sah aber auch zu komisch aus, wie er da den Strand entlanghüpfte. Dann hatten sie es geschafft. An ihrer Stelle war der Sand durch die Nähe zum Meerwasser feucht und Ben atmete auf. „Siehst du“, sagte er. „Die Sandalen habe ich gar nicht gebraucht und dafür, dass ich kleinere Schmerzen in Kauf nehmen musste, bin ich jetzt der Erste, der im Meer badet.“ Geschwind rannte er ins Wasser und schaute von dort aus Resa zu, wie sie sich gemächlich die Schuhe auszog und den Schirm aufspannte. Dann flitzte auch sie in das angenehme, salzige Meerwasser hinein.

Ben schaute verträumt umher und atmete tief ein und aus. Die Luft am Meer war so einzigartig, so kühl und so frisch an einem so heißen Sommertag. Doch in diesem Moment atmete er keine Meeresluft ein. Er befand sich in Litizias Plüschzimmer, was ihm recht schnell wieder bewusst wurde. Er zuckte zusammen und schaute angespannt zu der Hexe.

„Geht es dir wieder besser?“, fragte Litizia mit einer falschen Fürsorglichkeit.

Ben blieb stumm stehen und betrachtete sie, wie sie in ihrem Zimmer auf und ab schritt und einen großen Schrank öffnete. Sie durchwühlte mehrere Kästen und Schubladen, bis sie das fand, wonach sie suchte. Obwohl Ben stocksteif dastand, mit der Angst, die ihn zu lähmen schien, musste er fast grinsen. Denn Litizia kramte pinke Handschellen hervor und umschloss damit Bens Gelenke. Verdattert blickte Ben in das bleiche Gesicht der Frau vor sich, die bei jedem fürchterlichen Lachanfall ihre gelben, spitzen Zähne entblößte. Sie zeigte solche Zähne, die in jedem normalen Zahnarzt ein Grauen hervorrufen mussten. Diese Situation war einfach kurios.

„Hübsch", murmelte sie.

Entsetzt schaute Ben auf sein plüschiges Armband. Das konnte nur ein schlechter Witz sein. „W...was s...soll d...das?", stotterte er.

„Ach, lass mir doch den Spaß", sagte sie und lachte. „Und weißt du, was mir noch mehr Spaß machen würde? Wenn du mir eine Geschichte erzählen würdest."

„W...was?"

„Du hast mich schon verstanden. Ich liebe Geschichten. Nur leider möchte mir Pete keine erzählen. Aber ich bin mir sicher, dass du das genauso gut kannst."

Verdattert schaute Ben zu Litizia, die ihn interessiert musterte. Sie schien ihre Frage durchaus ernst zu meinen. „W...warum i...ich?"

„Nun, die Ähnlichkeit ist ja nicht zu übersehen. Mir brauchst du nichts vorzumachen."

Als Litizia diese zwei Sätze ausgesprochen hatte, erkannte Ben plötzlich, was er die ganze Zeit nicht gesehen hatte. Er hatte seinen Vater schon längst gefunden, ohne es zu bemerken. Wie konnte er seinen eigenen Vater nicht erkennen? Sicher, er war damals noch klein und es waren mittlerweile schon acht Jahre vergangen, seit sie sich das letzte Mal gesehen hatten. Aber dass er seinen eigenen Vater nicht erkannt hatte? Er schluckte.

„Tja, aber ich sehe, dass auch du mir keine erzählen möchtest. Wie der Vater so der Sohn", sagte Litizia und schüttelte ihren Kopf. Dann schubste sie Ben aus der Tür, hinaus auf einen dunklen, kalten Gang.

Fackeln beleuchteten den Weg und ließen dämonische Schatten an den Wänden entstehen, die sich entsprechend der Bewegungen der Flammen verformten und Furcht einflößend bewegten. An den Wänden hingen verkohlte Bilder, die das Schloss von allen Seiten porträtierten. Sie sahen fast alle gleich aus und das lag nicht nur an dem goldenen Rahmen. Kein Wunder, das Schloss war ja auch ein riesig großer, geschmackloser Kasten, deren Seiten sich kaum voneinander unterschieden.

Ben verzog angewidert das Gesicht und schaute auf den Boden. So konnte er seine zerlatschten Schuhe betrachten, ein Bild, das ihn glücklicher stimmte als die an den dreckigen Wänden.

Allmählich wurde ihm schwindelig. Die ganze Zeit auf den Boden zu starren, war wohl doch nicht das Wahre und er richtete seinen Blick wieder nach vorn. Als er sich nach rechts drehte – eigentlich wusste er gar nicht, wieso – sah er ein Bild, welches gar nicht zu den anderen zu passen schien. Erstaunt blieb er stehen und betrachtete das Gemälde. Es zeigte eine junge Frau, die lächelnd auf einer Bank saß. Ihren Ellenbogen stützte sie auf die Lehne. Durch diese schräge Sitzposition fiel die Stola, die sie keck um den Hals gewickelt hatte, über ihren gebeugten Arm und entblößte dabei eine freie Schulter. Ihr Mund lächelte, auch wenn sie insgesamt nicht glücklich wirkte. Die Augen strahlten eine solche Traurigkeit aus, dass Ben ein Gefühl von Mitleid nur beim bloßen Betrachten entwickelte.

„Was bleibst du hier stehen?", sagte Litizia schroff und pikte ihren spitzen Fingernagel in Bens Rücken. „Geh weiter!"

„W...er ist d...das?"

„Das geht dich nichts an."

Mittlerweile bohrte sich der Nagel in Bens Haut und verursachte unangenehme Schmerzen. Der Junge stolperte einen Schritt nach vorne, sein Blick aber blieb standhaft. „W...war...um hä...ng...st d... du es d...dann a...auf, w...wenn es niem...and s...sehen s...soll?"

Für einen kurzen Moment schien Litizia denselben traurigen Gesichtsausdruck anzunehmen wie das gemalte Mädchen. Sie schien wie in Trance, als ob sie sich an etwas erinnerte.

Ben nickte. Er wusste Bescheid. Das Mädchen mit den traurigen Augen war Litizia. „D...das bist d...du!"

„Ja, richtig geraten", antwortete Litizia genervt und verdrehte die Augen. „Bald hängt das Bild hier nicht mehr. Es erinnert mich zu sehr an meine Vergangenheit."

„W...welche V...vergangenheit?"

„Na, als ich noch nicht in dem Schloss gewohnt habe, habe ich logischerweise woanders gewohnt."

„W...wo?"

„In Luca... Halt! Das geht dich gar nichts an!", fauchte sie. Die Hexe führte ihn bis ans Ende des Ganges und öffnete eine mit fünf Sicherheitsschlössern versehene Tür. „Für die nächsten Tage ist das dein Schlafgemach", sagte sie.

Ben schluckte und merkte den Druck auf seinem Rücken, den Litizias spitzer Nagel verursachte. Dieser Druck wurde immer stärker und versuchte, Ben zum Gehen zu bewegen. Sein Herz pochte laut und er zitterte am ganzen Leibe. Er war wie erstarrt und rührte sich nicht einen Meter. Er konnte nicht einfach gehen, sich kampflos einsperren lassen, jetzt, wo er endlich seinen Vater wiedergefunden hatte. Er hatte so viel nachzuholen, wollte Peter alles erzählen und wollte auch so viel von ihm wissen. Seine ganze Verwandtschaft glaubte, dass Peter tot sei, ertrunken in dem gefährlichen Lucasee.

Dabei war das alles falsch. Ben hatte von Anfang an recht behalten. Sein Vater war nicht tot. Er lebte und das sollte ganz Lucastadt erfahren! Sie alle sollten es sehen, sollten einsehen, dass sie einen großen Fehler gemacht hatten. Sie hatten einem kleinen achtjährigen Jungen die Gewissheit genommen, dass sein Vater noch lebte, bemitleidet hatten sie ihn. Vielleicht weil sie nicht wussten, wie sie mit der Situation umgehen sollten. Doch das war keine Entschuldigung.

Ben stand kopfschüttelnd vor dem Verlies. Wie sollte nun sein Leben weitergehen? Wie lange würde er bei Litizia eingesperrt sein? Er wollte nicht sein ganzes Leben in einem dreckigen Verlies verbringen, wo kein Sonnenlicht hineindringen konnte und er aufgrund der geringen Nahrung elend verhungern würde. Seine Freunde brauchten ihn. Wie von Zauberhand öffnete sich sein Mund und er sagte ein mutiges Wort, nur ein einziges: „Nein."

Bens Augen wurden immer größer. Dieses Wort war ihm einfach so herausgepurzelt. Es war ein Wort, welches so einfach und doch so schwer über die Lippen kam. Denn *Nein* war bislang kein fester Bestandteil seines Wortschatzes. In dem Moment fühlte er sich stark und doch auch ängstlich.

„Was bildest du dir ein?", rief Litizia aufgebracht und umfasste mit angespannten Händen Bens Oberarme. Dann schüttelte sie ihn, als wollte sie ihm damit sagen, dass er aufwachen und erkennen sollte, dass sie die Bestimmerin war. Er sollte Angst bekommen, fürchterliche Angst, und tun, was sie sagte. „Das war das falsche Wort!“, schrie Litizia. „Das falsche!“

Ein starker Wind pustete durch den Korridor und ließ den Mantel von Litizia unheimlich wehen. Kalter Nebel stieg auf und umschlang seine Füße, krabbelte nach oben zu seinen Unter- und Oberschenkeln. Dabei fühlte es sich so kühl an, als ob er eiskalt duschen würde. Nur dass der Strahl nicht von oben über seine Haare floss, sondern sich langsam von unten nach oben ausbreitete. Litizias Hände schienen sich zu verkrampfen und richteten sich nach oben. Ein heller Lichtstrahl strömte heraus und erleuchtete den Korridor in einer grünlich milchigen Farbe, die sich mit dem Nebel vermischte und zu einer großen grauen Wolke auftürmte. Litizia richtete die Hände gegen eine Wand. Augenblicklich zersprang diese in Tausende von Einzelteilen. Bens Augen wurden groß. Die Explosion war so gewaltig, dass sich ein großes Loch in der Wand bildete und er nach draußen schauen konnte.

Im Zentrum von Liti-Town, dort, wo er noch vor Kurzem die vielen hell erleuchteten Straßen gesehen hatte mit den Kapuzenträgern, die wirr umhergerannt waren, war jetzt alles ruhig. Niemand schien zu erahnen, was sich gerade in dem Schloss von Litizia ereignete.

„N...nein“, kam es stotternd aus Bens Mund.

„Egal, was du mir auch zu sagen hast. Es interessiert mich nicht. Du hast zu tun, was ich dir sage, und solange du dich wehrst, werde ich dir fürchterliche Schmerzen zufügen.“ Sie lachte. „Ja, du hast es richtig erraten. Das Mädchen auf dem Bild war ich. Und ja, es möchte sich nicht an seine Vergangenheit erinnern. Und weißt du, warum?“ Litizia war aufgebracht und starrte Ben auffordernd an. Er musste etwas sagen.

„Nein. Ich w...weiß nicht.“

„Ja, woher auch? Ich war ein armes Mädchen, besaß nichts außer meinen Kleidern, die ich trug. Weißt du, wie es ist, alles zu tun, was jemand von dir verlangt? Tagaus, tagein musste ich tun, was meine Eltern von mir forderten. Ich schuftete den ganzen Tag und doch durfte ich nicht eine Sekunde ruhen. Meine Freundinnen hatten ihre Freizeit, lernten junge Männer kennen und verließen mit ihnen bald ihr Elternhaus. Und ich? Ich musste bleiben.“

Ben schluckte. „Das tut mir leid“, murmelte er.

„Das glaube ich kaum. Du kannst dir nicht vorstellen, wie sich eine solche Abhängigkeit von den Eltern anfühlt. Ich war gefangen in meinem eigenen Heimatort. In Ventya durfte ich nun endlich selbst bestimmen.“ Sie lachte lauthals. „Und ich bestimme jetzt über dich.“

Ein heißer Strahl durchzuckte Bens Körper. Seine Augen wurden groß und blickten ins Leere. „W...warum t...tust du d...das?“, röchelte er noch. Dann spürte er plötzlich nichts mehr und fiel benommen zu Boden. Bei seinem Aufprall klirrte es verdächtig, doch das nahm Ben nicht mehr wahr.

Alarmiert von dem Geräusch umrundete Litizia mit zusammengekniffenen Augen den bewusstlosen Körper. Dann trat sie verächtlich dagegen und sagte: „Steh wieder auf!“ Sie richtete ihren glühenden Finger auf den Jungen. „Was hast du unter dem Mantel versteckt?“, fragte sie laut, obwohl sie genau wusste, dass Ben ihr nicht antworten konnte. Als sich der glühende Finger nach oben bewegte, wurde Ben unbeholfen auf die Füße gestellt. Noch immer hatte er sein Bewusstsein nicht wiedererlangt. Er war in ein künstliches Koma versetzt und die Kraft zum Stehen ergab sich nur aus dem leuchtenden Lichtstrahl, der auf ihn gerichtet war. Sein Kopf hing schlapp nach unten und wackelte ein wenig, beinahe so wie ein Wackeldackel auf der Ablagefläche im Auto.

Litizia tastete Bens Körper ab und fand kurz darauf das grüne Fläschchen. „Na, was haben wir denn da?“, sagte sie und lachte schadenfroh. Sie zwickte Ben in die Backe. „Das hast du fein gemacht, mein Kleiner. Ich würde zu gern wissen, was in dem Elixier enthalten ist. Es ist mit Sicherheit ein Wundermittel vom Kräutermeister persönlich. Vielleicht macht es mich schöner. Oder reicher. Oder mächtiger.“ Dann führte sie die Flüssigkeit an ihren Mund und schloss genüsslich die Augen.

„Mmmh“, machte sie, als sie ein paar Schlückchen getrunken hatte. Sie strich sich über ihren Bauch. „Ich spüre die Energie“, seufzte sie und gluckste vor sich hin. Doch das Gefühl der Euphorie hielt nicht lange an. Plötzlich erstarrte ihr Gesicht und lief grün an. Litizia schrie, hockte sich auf den Boden und umschlang schmerzerfüllt ihre Beine. „Was ist das für ein scheußliches Gesöff! Du hast mich vergiftet, du Grobian!“ Dann fiel sie erschlafft auf den Boden und blieb reglos liegen.

In diesem Moment erwachte Ben, der noch immer wie versteinert in der Gegend herumstand. Verdutzt schaute er sich um und fuhr sich mit dem Oberarm verschlafen über die Augen. Sein Blick fiel auf die pinkfarbenen Handschellen, die seine Gelenke miteinander verbanden. Mit einem kräftigen Ruck waren die Handschellen entzwei.

„Huch?" Er erinnerte sich daran, wie er ohnmächtig zu Boden gefallen war. Aber nun stand er da, er hielt sich auf mysteriöse Art und Weise aufrecht. Er rieb sich eine schmerzende Beule am Kopf, die er sich vermutlich beim Fallen auf den Boden zugezogen hatte. Vermutlich. Schon häufiger war er in Ohnmacht gefallen, meist dann, wenn er krank war und sein Blutzuckerspiegel sowieso zu niedrig war. Es passierte, wenn er aus dem Bett kroch, um mal kurz Richtung Bad oder Küche zu gehen.

Er erinnerte sich an einen Tag, an dem seine Beine wie wild zitterten und sich gummiartig zu bewegen schienen. Seine Augen waren halb geschlossen und schauten Richtung Boden. Im Zeitlupentempo schlich er den Flur entlang und krallte nach jedem Gegenstand, der ihm ihn die Quere kam: der Stuhl, das Sofa und die Kommode. Als er die Küchentür erreichte, griff seine Hand panisch nach der Türklinke. Er fühlte, wie sein Körper schlapp wurde und kurz davor stand, in sich zusammenzufallen.

„Mama?", stöhnte er. Dann klappte sein Körper zusammen. Er fiel trotzdem sanft, obwohl sein Kopf gegen die Türklinke stieß. Das schien er nicht zu bemerken. Regungslos blieb er auf dem Boden liegen. Wie aus weiter Ferne hörte er eine Stimme, die immer lauter und lauter wurde. Sie rief seinen Namen. Er befand sich in einem Zustand, als ob er träumen würde, und doch fühlte es sich anders an. Seine Mutter rüttelte ihn und er öffnete benommen seine Augen. Er nahm Resa nur verschwommen wahr und schien sich an nichts zu erinnern. Erst als er nach wenigen Sekunden feststellte, dass er auf dem Boden lag, schien er zu begreifen, was geschehen war. Resa hielt seine Beine in die Höhe.

Jetzt hatte ihm niemand die Beine hochgehalten, damit sein Blut Richtung Kopf strömte. Er schien sich von selbst hingestellt zu haben. Denn Resa war nicht da.

Als er auf den Boden sah, erschrak er fürchterlich. Er schrie auf, als er die bleiche Frau leblos dort liegen sah. Er sprang neben sie und fühlte ihre knorrige Hand, die erkaltet auf dem Boden lag. Panisch drückte er seinen Kopf an ihre Brust, um einen Herzschlag wahrzunehmen.

Dabei fragte er sich, ob so böse Hexen überhaupt ein Herz besaßen. Er hörte ein schwaches Pochen in ihrer Brust und fuhr zusammen. Was sollte er nur machen? Neben ihm stand das halb leere Fläschchen, welches er in Notsituationen trinken sollte. Sollte das bedeuten, dass Litizia davon getrunken hatte und sich dadurch selbst vergiftet hatte? Das war unmöglich, Kumbold würde ihm nie Gift zu trinken geben. Niemals. Er bückte sich und griff nach dem Wunderelixier. Sein Blick wanderte immer wieder zu der leblosen Frau. Er musste jeden Moment mit ihrem Erwachen rechnen, obwohl sie dalag, als wäre sie tot.

Mit zittrigen Händen drehte und wendete er das Gefäß in seiner Hand. Abermals wanderte sein Blick zu der leblosen Frau, die sich noch immer nicht bewegte. Dann schaute er auf das Etikett der Flasche. Ein Vermerk war krakelig darauf geschrieben und schien rot zu leuchten. „Trink es, dann geht es dir besser."

Er erinnerte sich, was Kumbold zu ihm gesagt hatte. „Falls irgendetwas schiefgehen sollte, egal was, trink aus dem Fläschchen und du wirst Hilfe bekommen. Versprich mir das, Ben."

Auch wenn es Litizia durch den Trunk nicht gerade besser ging und Ben sich noch nicht einmal sicher war, ob sie überhaupt noch lebte, sagte er: „Ich verspreche es", und führte mit bebenden Fingern das Fläschchen an seinen Mund. Er merkte, wie sich die Flüssigkeit in seinem ganzen Körper ausbreitete, und fühlte sich für einen kurzen Moment wie im siebten Himmel. Er schien zu fliegen und stand doch mit beiden Füßen auf dem Boden. Er streckte die Arme aus und drehte sich voller Glücksgefühle im Bauch mehrmals um die eigene Achse. Dass er dabei über Litizia stolperte, schien ihn wenig zu kümmern. Es drehte sich alles in seinem Kopf. Ob dieses Schwindelgefühl von seinen Umdrehungen oder von dem Elixier herrührte, wusste er nicht. Seine Augen schienen zu schielen und sich in entgegengesetzte Richtungen zu drehen. Er sah Sterne, rote, blaue, grüne und gelbe, die vor seinen Augenlidern funkelten. Dann klappte auch er zusammen und fand sich neben Litizia auf dem Boden liegend. „Werde ich jetzt sterben?“, fragte er sich. Aber er hatte keine Angst, nicht vor dem Tod und auch vor sonst nichts mehr. Litizia hatte ihm doch etwas Wichtiges mit auf den Weg gegeben: den Mut. Er hatte den Mut gehabt, sich gegen etwas zu wehren, und hatte den Befehl verweigert, den ihm Litizia erteilt hatte. Er hatte *Nein* gesagt. Einfach nur *Nein*. Und es war gar nicht so schwierig gewesen, *Nein* zu sagen.

Nein. Nein. Nein.

Das Neinsagen musste man lernen, man musste es sich aneignen, im richtigen Moment auch mal etwas abzulehnen.

Nein. Nein. Nein.

Man konnte nicht immer alles machen, was von einem verlangt wurde. Man konnte nicht immer nur *Ja* sagen, auch wenn man wusste, dass man das alles nicht schaffen konnte. Man musste auch mal an sich denken und sagen, dass man etwas nicht wollte. Und das hatte er zum ersten Mal geschafft. Darauf war er stolz. Er dachte an Fabio, einen Kumpel, den er eigentlich gar nicht so recht leiden konnte.

Denn Fabio war egoistisch und dachte immer nur an sich und seine Vorteile. Eines Tages fragte er Ben, ob er sich nicht mal mit ihm treffen wolle. Ben wollte nicht. Auf dem Schreibtisch in seinem Zimmer stand ein Stapel Bücher, der noch heute abgearbeitet werden musste. Andernfalls würde er am nächsten Tag die Deutsch-Leistungskontrolle in der Schule nicht bestehen. Dessen war er sich sicher und dennoch sagte er das Treffen mit Fabio nicht ab. Fabio ging in seine Parallelklasse und sollte am nächsten Tag eine Kurzkontrolle in Biologie schreiben. Das Thema kapierte er nicht und wollte sich deswegen mit jemandem treffen, der es verstand. Eigentlich hatte Ben keine Zeit. Er musste sich selbst vorbereiten, aber er war zu gutmütig und sagte zu. Wie er es sich schon gedacht hatte, hatte sich Fabian den Hefter noch nicht einmal angeschaut und erwartete von Ben, dass er ihm alles erklärte, was er wissen musste. Und Ben tat, was man von ihm verlangte.

Spät am Abend kam er nach Hause und setzte sich an seinen eigenen Schreibtisch, um sich selbst für seinen Test vorzubereiten. Er war hundemüde und konnte sich kaum konzentrieren. Dennoch arbeitete er noch bis drei Uhr morgens und fiel dann erschöpft in sein Bett.

Am nächsten Tag war er sehr unkonzentriert. Das war auch kein Wunder. Er hatte ja kaum geschlafen. Und in diesem Zustand konnte er kaum den Test schreiben. Er tat es aber trotzdem und – wie hätte es auch anders kommen sollen – verhaute ihn. Und das alles geschah nur, weil er einfach nicht *Nein* sagen konnte.

Ben wälzte sich und schrie. Er schrie ein einziges Wort immer und immer wieder: „Nein! Nein! Nein!"

Jeder Kapuzenträger, der jetzt an ihm vorbeigehen würde, würde ihn als verrückt bezeichnen oder ihn sofort einsperren. Schließlich lag die leblose Herrscherin neben ihm. Vielleicht würde er ihn aber auch beglückwünschen, weil er Litizia geschlagen hatte. Was auch immer die Kapuzenträger mit ihm machen würden, es war Ben egal. Er merkte schon gar nicht mehr, dass er sich in dem Schloss von Litizia befand. In seinem Kopf drehte sich alles. Ihm war hundeelend zumute und er wollte nur noch eins: endlich bei seiner Familie und seinen Freunden sein, bei Resa und Peter, bei Mel, Kumbold, den Elfen und, ja, sogar bei Molle.

Er schrie aus Leibeskräften: „Nein! Nein! Nein! Ich will noch nicht sterben!"

Georgs Einfall

Sobald Resa erwacht war, saß sie schon wieder an ihrem Computer. Hätte man sie nur wenige Wochen vorher gefragt, hätte sie es selbst nicht für möglich gehalten, dass sie einmal so sehr von diesem Teil abhängig sein würde. Aber in diesem Gerät befanden sich wichtige Informationen, die sie wissen musste, um nach Ventya zu gelangen. Ihr Entschluss stand fest. Sie wollte ihren Sohn und auch ihren Mann wiederfinden. Sie war sich hundertprozentig sicher, dass ihre Liebsten noch lebten.

Dieser Morgen begann nicht mit einer Tasse Kaffee und auch nicht mit Schokoladencreme auf ihrem Toast. Der knusprige, leicht verbrannte Geruch des heißen Sandwichbrotes, der sich mit dem intensiven Kaffeegeruch vermischte, gehörte normalerweise für sie zu einem gelungenen, guten Morgen, genau wie ihre tägliche kalte Dusche. Heute vermisste sie nichts davon. Sie zog sich nicht einmal um, sondern blieb in ihrer Kleidung, die sie schon gestern und während der ganzen Nacht getragen hatte. Sie roch den Schweiß und rümpfte die Nase. Zeitgleich fuhr sie sich durch ihre zerzauste Mähne, die wild in alle Richtungen abstand. Die Haare fühlten sich fettig und ungepflegt an.

„Na und?", sagte sie und lachte. „Heute sieht mich sowieso keiner." Sie seufzte und genoss für einen kurzen Moment das Nichtstun.

Computerfreak: *Guten Morgen. Bist du schon wach? Gut geschlafen?*
Ventyagirl: *Guten Morgen, Computerfreak. Ja, ich bin schon wach. Na ja ... körperlich. *grins* Hast du gut geschlafen?*
Computerfreak: *Ehrlich gesagt hab ich gar nicht geschlafen. Konnte einfach nicht. Aber das ist auch nix Neues. Ich bekomm Ventya einfach nicht aus dem Kopf. Außerdem möchte ich dir helfen, dorthin zu gelangen. Ich hab schon einen Plan!*

Ventyagirl: *Ehrlich? Das ist ja toll! Welchen Plan hast du?*
Computerfreak: *Ich hab mir die ganze Nacht den Kopf zerbrochen, welche Begabung du haben könntest beziehungsweise welches Mittel dich nach Ventya bringen könnte. Doch bevor ich dir meine Ergebnisse sage, möchte ich gern die Geschichte von deinem Sohn hören, als er verschwand.*
Ventyagirl: *Mein Sohn war krank und saß am Frühstückstisch. Als ich kurz in den Nebenraum ging, war er verschwunden.*
Computerfreak: *Hmm. Seltsam. Hat es an der Tür geklingelt oder das Telefon? Hast du irgendein Geräusch gehört?*
Ventyagirl: *Nein. Nicht ein einziges.*
Computerfreak: *Habt ihr euch gestritten?*
Ventyagirl: *Nicht direkt. Ich habe ihm gesagt, dass er seinen Tee trinken solle, damit er schnell wieder gesund würde. Aber das wollte er nicht.*
Computerfreak: *Warum nicht?*
Ventyagirl: *Weil er Kräuter nicht leiden kann. Er findet sie eklig.*
Computerfreak: *Also die Auseinandersetzung da zwischen euch wird wohl kaum der Auslöser für sein Verschwinden gewesen sein. Die Tür nach Ventya öffnet sich meist durch Begabungen.*
Ventyagirl: *Dann kommen wir so wohl nicht weiter.*
Computerfreak: *Ne, nicht wirklich. Aber ich möchte dir gern erzählen, was ich heut die ganze Nacht gemacht hab.*
Ventyagirl: *Ich bin gespannt!*
Computerfreak: *Auch wenn ich dich nicht wirklich kenne, denk ich, dass du eine zielstrebige Frau bist, die ihren Sohn über alles liebt. Du hast schon mehrere Schicksalsschläge erleiden müssen, da auch dein Mann auf mysteriöse Weise verschwand. Aber deine Liebe ist stärker, als dass du die Hoffnung jemals aufgeben würdest. Du bist eine Frau, die um ihr Glück kämpft.*

Als Resa die Zeilen, die auf ihrem Computer nacheinander erschienen, las, wurde ihr warm ums Herz. Georg war ein lieber Junge und versuchte, ihr Mut zu machen. Gern würde sie ihm erzählen, wer sie wirklich war, doch das brachte sie nicht übers Herz. Georg kannte Ben und wäre dann vermutlich genauso verletzt, wie sie es schon die ganzen Monate über war. Und das wollte sie dem Jungen, der ihr so gern helfen wollte, nicht antun.

Ventyagirl: *Ich danke dir für deine Unterstützung!*
Computerfreak: *Na, noch hab ich dir ja nicht geholfen. Wart ab, was ich dir noch sagen will!*
Ventyagirl: *Okay. Ich bin ganz Ohr.*
Computerfreak: *Wo war ich stehen geblieben? Moment. Ah ja! Du bist eine starke Frau. Ich hab also die Eigenschaft ‚stark' etwas genauer analysiert und hab mich gefragt, auf welchen Gebieten man stark sein kann. Was denkst du?*
Ventyagirl: *... Vielleicht, wenn man jemanden beschützen kann?*
Computerfreak: *Genau. Ich hab schon viele Filme gesehen, in denen Superhelden Menschen beschützen. Und all diese Darsteller haben besondere Kräfte. Tja, und wie bekommt man solche Kräfte? Durch Training.*
Ventyagirl: *Was möchtest du mir dadurch sagen?*
Computerfreak: *Stärke kann man auf verschiedene Weise definieren. Die einen finden jemanden stark, wenn er anderen Mut machen kann, wenn man also keine besondere Muskelkraft hat. Andere hingegen finden Menschen stark, die 200 Kilo schwere Lasten schleppen können. Möglicherweise ist das der Schlüssel für deine Tür nach Ventya. Du musst Kampfsport trainieren!*
Ventyagirl: *Bist du dir sicher?*
Computerfreak: *Natürlich nicht. Aber es wäre möglich. Und ich an deiner Stelle würde alles versuchen, was nur möglich ist ...*
Ventyagirl: *Du hast recht. Ich werde es gleich versuchen!*
Computerfreak: *Viel Erfolg.*

Erstaunt blickte Resa auf den Bildschirm. Vor vielen Jahren hatte sie einmal Karate gemacht – zusammen mit Peter. Ihr weißer Anzug mit dem grünen Gürtel hing noch in ihrem Schrank. Sie musste ihn nur herausholen und konnte sofort mit dem Training beginnen. Aber sie rührte sich nicht. Sie schaute noch immer auf den Bildschirm und konnte noch nicht richtig fassen, was sie gerade gelesen hatte. Wenn Georgs Vermutung tatsächlich stimmte, war sie schon bald in Ventya. Aber wie würde es dann weitergehen? Was erwartete sie dort?

Ventyagirl: *Bist du noch da?*

Resa wartete noch zehn Minuten, doch Georg meldete sich nicht mehr. Vermutlich aß er gerade ein Toastbrot und unterhielt sich mit Simone. Frühstück, dieses wunderbare Wort, welches Resa sofort an ihren knurrenden Magen erinnerte. Bevor sie also mit dem Training beginnen wollte, hatte sie noch einen Termin mit ihrer Kaffeemaschine und ihrem Toaster. Mit leerem Magen wollte sie nicht in ein fernes Land reisen.

Happy End?

„Du, Molle? Was meinst du, wie viel Zeit mittlerweile vergangen ist, seit Ben uns verlassen hat?", fragte Mel Richtung Boden.

Dort saß Molle. Schon seit Stunden malte er auf der Erde herum. Stolz betrachtete er den gezeichneten Kobold und grinste. „Nicht schlecht, nicht schlecht", sagte er ironisch. Ein künstlerisches Talent hatten Kobolde wirklich nicht.

„Was hast du gesagt?"

„Ach, ich habe gerade mit mir selbst gesprochen. Ich weiß nicht, wie lange Ben schon weg ist", antwortete Molle. „Ich habe aufgehört zu zählen. Das Zählen hat mich so müde gemacht, dass ich währenddessen eingeschlafen bin. Hey, wie findest du mein Selbstporträt?"

Mel nickte und jammerte zugleich. „Ich will hier raus!"

„Versuch dich zu beruhigen, Mel. Wir kommen schon noch raus, da bin ich mir sicher."

„Ich will zu Ben", sagte Mel schluchzend. „Ich habe Angst, dass ihm etwas Schlimmes passiert sein könnte. Ja, ich habe Angst. Und dieses Gefühl kannte ich doch vorher überhaupt nicht."

„Mel, hör auf, etwas immer schlimmer darzustellen, als es tatsächlich ist."

„Ich versuche es ja."

„Das sieht mir nicht so aus. Seit Stunden rufst du Bens Namen. Du weinst pausenlos und zitterst am ganzen Körper. Mel, das hilft dir im Moment nicht weiter. Auch ich habe Angst, versuche aber, diese zu unterdrücken und an etwas Schönes zu denken. Nur so können wir hier noch weitere Stunden ausharren. Du machst dich sonst noch verrückt."

Mel schluckte und nickte. „Ach, weißt du, ich vermisse ihn einfach so sehr."

„Ich weiß, Mel. Und auch wenn ich den Kräutermann nicht ausstehen kann, hast du recht. Ich sollte ihm eine Chance geben. Aber nur, dass du es weißt, diese Chance ist klitzeklein. Pst. Mel, hörst du das?“ An der Tür bewegte sich jemand und klopfte dagegen. „Hallo? Ist da jemand?“, fragte Mel und bewegte sich vorsichtig in Richtung des Einganges.

„Ich bin es, Pete.“

„Pete? Wir dachten, du bist mit Ben unterwegs?“

„Ben? Nein, Ben ist nicht da. Ich habe Ben begleitet, wobei die Betonung auf *habe* liegt. Ben ist nicht mehr da und ich kann dir auch nicht sagen, wo er ist. Ich war ohnmächtig."

„Was soll das heißen“, sagte Mel. Ihr Atem legte mittlerweile einen rasanten Sprint hin.

„Na, dass ich weggetreten war, nicht ansprechbar.“

„Ich weiß, was es bedeutet, ohnmächtig zu sein. Wo ist Ben?“

„Keine Ahnung.“ Pete seufzte traurig. „Ich hätte ihn gern begleitet.“ Beinahe kaum hörbar fügte er noch hinzu: „Meinen Sohn.“

„Deinen *was*?“ Fassungslos starrte Mel zu Molle, der genauso überrascht aussah.

„Ja, er ist mein Sohn.“

Bevor Mariella etwas darauf antworten konnte, rumpelte es entsetzlich laut in der hinteren Ecke des Schuppens. Das Regal, auf dem die beiden Gefangenen ihre spärliche Nahrung und ihre Suppenschüsseln abgestellt hatten, fiel zu Boden. Und mit ihm die Suppe und der Laib Brot.

„Autsch!“, schrie jemand und stellte sich wackelig auf die Beine. Gleichzeitig rieb sich dieser Jemand den Kopf und lief torkelnd auf Mel und Molle zu. Die Gestalt entpuppte sich in dem schummerigen Licht als Frauenkörper.

„Wer bist du?“, fragte Mel und ging vorsichtshalber einen Schritt zurück.

„Was ist passiert?“, fragte Pete von außen und presste sein Ohr an die Tür.

„Ich bin Resa“, sagte die Frau und klopfte sich ihre weißen Hosen sauber. „Die Landung habe ich mir etwas weicher vorgestellt und vor allem sauberer. Diese Flecken bekomme ich nie wieder heraus.“ Sie rieb an ihrer Hose herum und spuckte auf einen großen Fleck, der sich direkt über ihrem Oberschenkel abzeichnete. Und das waren vermutlich nicht die einzigen. Denn bitte wer achtete in einem düsteren Raum auf saubere Kleidung? „Ach, was soll‘s“, sagte Resa und ließ ihre Hose in Ruhe. Interessiert schaute sie zu dem Mädchen und dem Kobold, der vor Schreck auf dessen Schulter gesprungen war und sich flugs hinter den schwarzen Haaren versteckt hatte.

„Was ist denn das?“, wollte Resa wissen und zeigte auf Molle. Bislang ragte nur dessen Schwanz zwischen Mels Haaren hervor. Dann streckte der Kobold seinen Kopf heraus und betrachtete misstrauisch die Frau.

„Das ist mein Kobold“, sagte Mel und strich ihm sanft über das graue Fell.

Resa nickte. „Und wer bist du?“

„Ich bin Mariella.“

„Wo bin ich nur gelandet?“

„In einer alten, vergammelten Hütte irgendwo im Dunkelwald von Ventya.“

„Ventya?“ Resa klatschte aufgeregt in ihre Hände. „Ich habe es geschafft! Ich bin in Ventya!“

Irritiert musterte Mel die Frau. „Was meinst du damit?“

Und dann erzählte Resa die ganze Geschichte – von Anfang an, als ihr Mann spurlos verschwand und letztendlich auch ihr Sohn, wie sie in ihrem Garten die Karateübungen gemacht hatte und plötzlich ein starker Wind aufkam und sie mitnahm. Und dass sie dann plötzlich hier gelandet war.

Pete klopfte aufgeregt an der Tür, als er das alles hörte. War das ein Traum? Das war doch unmöglich oder etwa nicht? Sollte der Spuk nach langen acht Jahren nun endlich vorbei sein?

„Resa? Bist du es, Resa? Meine geliebte Frau?“

„Peter?“ Resa stockte der Atem. Eine Träne rann über ihre Wange.

„Ja.“

„Was wird hier gespielt?“, mischte sich Molle ein.

„Ein Familiendrama, welches an seinem Happy End angelangt ist“, flüsterte Mel und wischte sich eine Träne von der Wange.

„Aha“, murmelte Molle und malte an seinem Kunstwerk weiter. „Und wann beginnt endlich unser Happy End?“

Es vergingen noch weitere Stunden, in denen Resa und Peter jeweils an der Tür, die eine innen, der andere außen, saßen und sich über ihr Leben austauschten, als Ben freudig und mit einem klingelnden Schlüsselbund in seiner Hand erschien.

„Ich habe den Schlüssel“, rief er aufgeregt und rannte zu Peter, seinem Vater, den er nun endlich nach langer Zeit wiederhatte. Lebendig, so wie es der kleine achtjährige Junge schon damals gewusst hatte, aber keiner hatte ihm geglaubt. „Oh, Papa", schluchzte er und fiel Peter, der sich mittlerweile auf die Beine gehievt hatte, in die Arme. „Ich war so blind."

„Ach, Ben. Das ist doch völlig verständlich."

„Hast du es etwa von Anfang an gewusst?"

„Ja. Aber ich wollte dir selbst die Zeit geben, mich zu erkennen. Du hättest mir vielleicht nicht geglaubt, wenn ich es dir schon vorher gesagt hätte."

Ben nickte. „Wie geht es dir?"

„Gut. Ich war nur ohnmächtig. Mein Schädel brummt noch etwas, aber ansonsten bin ich fit wie noch nie."

„Ben?", rief Resa und klopfte stürmisch gegen die Tür.

„Mama?" Jetzt begriff Ben gar nichts mehr. Er war sprachlos. Gut, dass er seinen Mund nicht zum Türenöffnen brauchte. Flugs schloss er den Durchgang auf und fiel seiner Mutter in die Arme. Seine Familie war wieder komplett. Noch immer konnte er vor Überraschung nichts sagen. Aber das war auch nicht wichtig, denn jeder begriff in diesem Moment, was Ben fühlen musste.

„Ich bin so froh, dass du da bist", flüsterte Mel, nachdem sich Ben aus der Umarmung seiner Eltern wieder löste. Dann lag auch sie in seinen Armen, schluchzend und lachend zugleich.

„Du glaubst gar nicht, wie sehr ich dich vermisst habe!", sagte Ben. „Endlich sind wir alle wieder komplett ... Das heißt, ganz komplett sind wir noch nicht. Wir müssen Kumbold holen und auch Simonu."

Als sie den Nebeneingang erreichten und Ben die Mauer wie durch Zauberhand öffnete, schlichen er, Mariella, Resa, Peter und Molle die enge Gasse entlang. In Liti-Town war alles still. Noch schien kein Kapuzenträger mitbekommen zu haben, was sich in dem Schloss zugetragen hatte.

Als sie die verfaulte Hütte erreichten, klopfte Ben viermal an, so wie es auch Kumbold getan hatte und flüsterte: „Ich bin's, Ben."

Simonu öffnete die Tür und aus Ben sprudelte die ganze Geschichte heraus. Er erzählte von dem Wunderelixier und von dem seltsamen Benehmen Litizias.

„Als ich das Wundermittel geschluckt hatte, war ich kurze Zeit später in der Nähe von der alten Hütte im Dunkelwald, ganz in der Nähe meiner Familie.“ Er lächelte. „Aber was ich noch nicht ganz verstehe, ist, wieso Litizia das Elixier nicht vertragen hat.“

Simonu seufzte. „Das Wunderelixier führt denjenigen, der davon trinkt, dorthin, wo er am meisten gebraucht wird. In dem Moment, wo er sich auf der Reise befindet, liegt sein Körper noch eine kurze Zeit reglos auf dem Boden, bis er vollständig verschwindet.“

„Das ist ja Wahnsinn“, sagte Ben.

Der alte Kräutermeister nickte stumm und bat ihn und seine Freunde einzutreten. Sein Gesicht war kreidebleich, als ob er sich erkältet hätte oder ihm schlecht wäre. Er strich sich seufzend über den langen Bart, bis er sagte: „Ich bin sehr stolz, Ben. Du hast mutig gehandelt. Kumbold hingegen hat den Aufenthalt nicht überlebt.“

Ben erstarrte innerlich und schaute fassungslos zu Simonu. „Aber wie ...“

„Es verging keine halbe Stunde, seit ihr unterwegs gewesen seid, als die Kapuzenträger schon die ganze Stadt belagert hatten. Sie schienen einfach überall zu sein und durchsuchten alle Häuser. Auch das meinige, wo sie glücklicherweise nichts Verdächtiges fanden. In der Ferne hörte ich einige Kapuzenträger rufen: *Der Kräutermeister ist geflohen. Der Kräutermeister ist geflohen. Sein Verlies ist leer.* Damit meinten sie Kumbold. Erst jetzt war ihnen aufgefallen, dass er gar nicht mehr in den dunklen Gemäuern war. Dann stürmten sie abermals mein kleines Haus und nahmen mich gefangen. Sie führten mich Richtung Schloss, geradewegs in die Richtung des Nebeneingangs. Dort, wo ihr beide hindurchschlüpfen solltet. Ich sah Kumbold, der von den Kapuzenträgern gezwungen wurde, durch die Tür zu gehen. Er schaffte es aber aufgrund seiner Körpergröße nicht. Der Durchlass war einfach zu schmal. Er ächzte und schrie. Die Kapuzenträger richteten ihre Schwerter auf ihn. Einige pikten ihn in den Bauch. Sie schrien: *Entweder du gehst durch die Tür oder wir töten dich.* Mit entsetzten Augen schaute mich Kumbold an. Erst jetzt hatte er mich entdeckt. In seinem Blick lag eine tiefe Traurigkeit. Dann hörte er einfach auf. Er wollte nicht mehr weiterkämpfen. Die Tür war zu klein und sein Bauch zu dick.

Wirst du wohl durch die Tür gehen, sagte ein Kapuzenträger und stemmte sich gegen den Kräutermeister, um ihn eigenhändig durch die Tür zu befördern. Aber auch er scheiterte und sagte: *Es hat keinen Sinn. Er ist ein Schwerverbrecher, ein Feind Litizias und gehört hinter Gitter. Wenn wir ihn nicht hinter Gitter bringen können, dann muss er sterben.* Die anderen nickten zustimmend und riefen im Chor: *Dann muss er sterben.* Und anschließend ging alles ganz schnell. Fünf Kapuzenträger stachen mit ihren Schwertern auf ihn ein, bis sein Herz aufhörte zu klopfen. Blut spritzte aus seinem Bauch, aus seinen Armen und Beinen. Ich sah nur noch rot und schrie. Die Kapuzenträger lachten und führten mich zurück zu meiner Hütte. Als ich mich das letzte Mal umdrehte, sah ich, wie sie Kumbolds Körper zerschnitten, damit sie ihn aus der Tür bekamen." Simonu schluchzte und schnäuzte laut in sein Taschentuch. „Es ist alles meine Schuld", sagte er.

„Das ist ja furchtbar", sagte Ben. Tränen liefen über sein Gesicht.

Leise, traurige Musik, die sich auf die Gemüter der Bevölkerung übertrug, schien das ganze Land Ventya zu umhüllen. Ben fühlte sich leer. Er dachte an Kumbold, der ihm so viel gegeben hatte, nicht nur das Wissen über die Kräuterkunde. Nein, nur durch ihn hatte er wieder gelernt, an sich zu glauben. Er lernte, die Hoffnung nie aufzugeben und seinen Träumen zu folgen. Kumbold war sein bester Freund.

Jemand berührte sanft seine Schulter. Es war Mel, die ihn mit einem besorgten Blick anschaute. Sie fiel ihm in die Arme und vergrub ihr Gesicht an seiner Brust. Tränen liefen über ihr Gesicht und sie schluchzte. Tröstend strich Ben über ihr dunkles Haar.

„Es ist nicht Simonus Schuld, sondern meine", sagte Mel und überließ sich ihrer Traurigkeit.

„Mel, das, was heute passiert ist, hat nichts mit Schuld oder Unschuld zu tun. Es war ein schreckliches Unglück mit tödlichen Folgen."

„Aber Ben." Sie hob ihren Kopf und schaute ihm traurig in die Augen. „Ich rede nicht von heute. Wegen meiner Sturheit seid ihr in den Dunkelwald gekommen. Molle hat mich vor der bösartigen Kreatur gewarnt. Er hatte Angst, doch ich habe die Gefahr nicht gesehen."

„Mel, bitte sprich nicht so", sagte Ben. Sanft strich er über ihre weichen Lippen. „Du bist kein schlechter Mensch. Du bist eine liebevolle Frau. Du versuchst, auf jeden Rücksicht zu nehmen, und denkst als Erstes an das Wohlbefinden deiner Mitmenschen, bevor du auf deine eigenen Wünsche Rücksicht nimmst. Mel, du bist ein wunderbarer Mensch, den ich sehr liebe“, flüsterte er, beugte sich zu ihr herunter und küsste sie.

Endlich.

„Oh nein!“, rief Molle und schaute mit geröteten Wangen auf den Boden. „Ich finde Küsse ekelhaft.“

„Kobolde küssen sich, indem sich ihre Stubsnasen berühren und ihre Schwänze verknoten“, erklärte Mel.

Plötzlich fingen alle zu lachen an. Simonu kugelte sich auf dem Boden, Mariella und Ben lagen sich freudig in den Armen und Resa und Peter blickten sich verliebt in die Augen. Molle stand peinlich berührt einige Meter von der Gruppe entfernt, bis auch ihm ein leichtes Lächeln über das Gesicht huschte. Und auch wenn die Freude nur sehr kurz anhielt, tat sie jedem gut. Für wenige Sekunden dachte jeder Einzelne mal nur an sich selbst und sein Glück, dass der Schrecken vorerst vorbei war. Wo Litizia jetzt gelandet war, wusste zwar niemand so genau, aber sie war nicht da, und nur das zählte. Vielleicht war sie ja auf dem Mond, und bis sie von dort wieder zurückkommen würde, würde noch viel Zeit vergehen.

„Wie wird es jetzt weitergehen?“, fragte Ben.

„Ich denke, es ist an der Zeit, euch wieder nach Hause zu schicken“, sagte Simonu.

Resa und Peter lächelten und fassten sich an den Händen.

„Ich freue mich schon, bald wieder in unserem Haus zu wohnen. Was sich wohl alles verändert hat?“, sagte Peter.

„Die größte Veränderung wird wohl unsere Nachbarschaft sein. Stell dir vor, Simone ist in unsere Straße gezogen!“

„Die Simone, mit der du früher Ballettunterricht hattest? Na, das kann ja was werden.“ Er lachte.

„Du glaubst gar nicht, was sie uns für ein Glück gebracht hat“, sagte sie geheimnisvoll. Fragend hob Peter die Augenbrauen. Resa sagte aber nur: „Das wirst du alles noch früh genug erfahren.“

„Aber wir können euch doch nicht allein lassen!“, schrie Ben und umklammerte Simonu. „Was wird aus dem Haus von Kumbold?“

„Mach dir darüber mal keine Sorgen. Ich werde wieder in das Haus einziehen und mich um alles Weitere kümmern. Du hast uns viel geholfen, Ben. Du hast Ventya von der bösen Hexe befreit. Jetzt wird es wieder das schöne Land, das es vor Jahren mal gewesen ist, und für dich ist es an der Zeit, dass du wieder in dein normales Leben zurückgehst."

Mel zupfte an Bens Umhang. „Ich will nicht, dass du gehst", sagte sie und schluchzte.

„Du musst ihn ziehen lassen, meine liebe Mel. Er hat seine Familie gefunden und wird nun mit ihr wieder nach Hause gehen. Ich verspreche dir, dass du ihn wiedersehen wirst", sagte Simonu. Er überreichte Resa, Peter und Ben eine Flasche. „Mit diesem Fläschchen gelangt ihr wieder nach Hause. Ihr werdet nicht alles aufbrauchen, da ich euch für einen Besuch hier in Ventya noch ein kleines Schlückchen mehr hineingefüllt habe. Ich denke, dass das in eurem Interesse ist."

Und dabei schaute er schmunzelnd zu Mariella und Ben.

Autorin

Carina Troxler wurde am 11.10.1992 in Herbolzheim geboren. Von 1996 bis zu ihrem Studienbeginn 2011 lebte sie in Brieselang, Brandenburg.

Schon seit einigen Jahren schreibt sie fiktive Geschichten und erfreut sich an ihrer blühenden Fantasie. Doch nicht immer tauchen in ihren Geschichten Feen, Zwerge oder Kobolde auf.

Neben ihrem Germanistik- und Kommunikationswissenschaftsstudium an der Friedrich-Schiller-Universität Jena verfasst sie freizeitlich Artikel für die Jugendseite der Märkischen Allgemeinen Zeitung.